오랜 거짓말이
끝나는 날에

KONOFUYU INAKUNARU KIMI E NAGAI USO GA OWARU HINI
Text Copyright © INUJUN 2024
Cover Illustration by Tamaki
All rights reserved.
Originally published in Japan in 2024 by Poplar Publishing Co., Ltd.
Korean translations rights arranged with Poplar Publishing Co., Ltd.
through BC Agency

휴대전화 소설 대상 수상 작가 이누준 장편소설

오랜 거짓말이 끝나는 날에

김진환 옮김

알토북스

차례

하얀 눈이 하늘에서 소리도 없이 내리고 있다.
올해도 이 거리에 겨울이 찾아왔다.
마음에 내려 쌓이는 슬픔은 이 눈처럼 녹진 않는다.
벌써 몇 년째 겨울에 갇혀 사는 기분이다.

암흑 속에서 가만히 몸을 숨긴 채 살았다.
아무것도 보이지 않고, 아무것도 들리지 않는다.
그걸로 충분하다고 생각했다.

그런 내 앞에 어느 날 네가 나타났다.
신기하기도 하지.
널 위해 할 수 있는 일을 찾는 나를 발견했으니까.

이 겨울, 사라져 버릴 너를 위해서.

0년째

새로운 계절 속에서

문득 겨울 냄새가 나서 멈춰 섰다.

정확히 말하면 그리운 냄새에 발이 멋대로 멈췄고 몇 초 뒤에 '아, 이건 겨울 냄새야.' 하고 이해한 것에 가깝다.

눈이 내리는 것도 아니고, 오늘은 특별히 춥지도 않다.

아타미역 앞의 상점가에는 온천 만주 가게와 특산품 가게가 쭉 늘어서 있고 저녁 시간인데도 관광객의 발길이 끊이지 않았다.

코로 숨을 들이쉬어 봐도 이제 겨울 냄새는 느껴지지 않았다.

"무슨 일 있어?"

무의식중에 걸음을 멈췄던 것 같다. 조금 앞쪽에서 한다 렌야가 의아하다는 듯 고개를 갸웃거리는 게 보였다. "아무것도 아냐." 하고 고개를 가로젓고 나서 렌야를 따라잡았다.

지금은 이 인파에서 빠져나가는 게 가장 급한 일이었다.

"오늘은 왜 상점가 쪽으로 온 거야?"

비난하려는 게 아니라 순수한 궁금증이었다.

평소 대학교에서 집에 올 때는 역 앞의 샛길을 지났다. 상점가가 내리막길로 되어 있는 탓에 이쪽으로 가다 보면 집까지 가는 길에 오르막길이 하나 더 늘어나게 된다.

그보다 큰 문제는 내가 사람 많은 곳을 싫어해서 금세 진이 빠진다는 점이다. 렌야도 그걸 모르진 않을 텐데….

"이제 곧 너하고 사귄 지 1년이잖아."

렌야는 소년 같은 미소로 그렇게 말했다.

같은 세미나 그룹에 속하게 된 뒤부터 지금까지 렌야의 모습은 바뀌지 않았다. 벌꿀색으로 물들인, 나보다 가느다란 머리카락에 동그란 눈과 얇은 입술. 밝은 성격 덕분에 늘 사람들에게 둘러싸여 있다.

한편 나는 내가 먼저 말을 건네는 걸 어려워해서 어딜 가든 '아싸'로 구분된다. 완전히 정반대였기에 세미나 그룹에서도 별로 대화를 나눈 기억이 없다.

그래서 작년 크리스마스이브에 렌야에게 고백받았을 때는 정말로 놀랐다.

"둘이서 여기 처음 왔을 때, 기억해?"

렌야가 말하는 '처음'이란 건 언제일까? 봄에 열렸던 세미나 그

룸 환영회 뒤? 아니면 여름에 피서 나왔을 때?

"음, 언제였지?"

조금 길어지기 시작한 머리카락을 만지작거리며 물었다.

"온천 만주를 살 때 같이 와 줬잖아."

"아아, 그때 할머님한테 사다 드린다고⋯."

온천 만주를 잔뜩 사 가던 렌야의 뒷모습이 떠올랐다. 난 근처
에 있는 벤치에서 기다리고 있었다. 그때는 아마 고백받기 전이었
던 것 같다.

"우리 둘 다 취직이 결정됐으니까 만주로 건배하자. 할머니한
테도 사다 드리고 싶고."

그는 내 대답도 기다리지 않고 지난번과 똑같은 가게 쪽으로 빨
려 들어가듯 사라졌다. 키가 그렇게 크지 않은 렌야의 뒷모습은
금세 인파 속에 파묻혀 보이지 않게 되었다.

아아, 그렇지. 그때 이 벤치에 앉아 있었어.

지금은 관광객이 앉아 있었기에 조금 떨어진 곳에서 기다리기
로 했다.

"취직이라⋯."

어느새 대학 4학년 겨울이다. 졸업과 취직이 코앞이었다.

우리가 사는 아타미시는 시즈오카현의 동쪽 끝에 위치하고 인
구는 약 3만 4천 명 정도다. 경제의 중심은 숙박업과 요식업이었
고, 난 제과 회사의 사무직으로 내정되어 있었다.

귀에 이어폰을 끼고 스마트폰을 컸다. 동영상 앱에 구독된 채널을 재생하자 사람들의 소음이 순식간에 사라졌다.

동영상에서는 인기 유튜버가 대단할 것도 없는 도전을 하고 있다. 내가 유심히 보는 건 영상을 편집한 방식이었다.

자막 사용과 BGM 선정도 훌륭하지만 무엇보다도 대단한 건 장시간 촬영한 내용일 텐데도 업로드된 동영상에서는 아낌없이 삭제되어 최적의 길이로 편집되었다는 점이다. 보통은 길게 보여 주고 싶었을 도전 내용도 실패 장면은 거침없이 빨리 감기로 처리되었다. 효과음 사용도 센스가 좋고.

역시 대단해…. 이 채널의 인기는 완급을 의식한 편집 능력 덕분이라고 난 생각한다.

"기다렸지?"

렌야가 생각보다 빨리 종이봉투를 들고 돌아왔기에 이어폰을 뺐다. 작년에는 만주를 너무 많이 사서 다 들고 오기도 힘들 정도였는데 오늘은 두 상자뿐이었다.

"또 유튜브 보는 거야? 너는 '스테키 무테키 채널'을 정말 좋아하는구나."

"채널을 좋아하는 게 아니라…."

"편집을 좋아하는 거랬지? 벌써 100번은 들었어."

렌야가 상자를 열더니 연갈색 만주를 내게 건넸다.

"자, 건배."

"건배."

가볍게 들어 올리면서 또 겨울 냄새가 나는지 찾아보았다. 그건 대체 뭐였을까…?

"아까 겨울 냄새가 나지 않았어?"

"겨울 냄새? 갑자기 시인 같은 소리를 하네."

"그런 게 아니라…."

말이 끝나기도 전에 렌야가 걸어가기 시작해서 언덕길을 뒤따라 걸었다.

아타미의 땅은 대부분이 구릉지대다. 쉽게 말해 언덕투성이였다. 높은 지대에는 별장이 늘어서 있고 아래쪽으로는 바다가 펼쳐져 있다.

내가 사는 집은 상점가를 빠져나와 언덕을 몇 분 올라간 곳에 있었다. 역까지 금방 갈 수 있어서 마음에 들지만, 취직이 내정된 회사는 자동차가 아니면 갈 수 없는 곳에 있다. 내년부터는 운전 학원에 다닐 예정이었다.

상점가를 빠져나온 곳에서 렌야가 걸음을 멈췄다. 여기서부터는 각자 다른 길이라 오늘은 이만 헤어질 시간이었다.

"세미나 졸업 여행, 너는 어떻게 할 거야? 이제 곧 신청 마감이잖아."

여행지가 대만이라는 말을 듣고 고민을 거듭한 끝에 포기하기로 했다.

사람 많은 곳을 싫어할 뿐 아니라 차멀미도 심하고 술도 약했다. 비행기에서 멀미라도 하면 큰일이고, 외국 관광지는 꽤 많은 사람으로 붐빌 것이다.

엄마인 후코쨩도 '너는 멀미가 심하니까 장시간 비행은 무리야. 해외여행은 절대 안 돼.'라며 세뇌하듯 말해 왔고.

치마 주머니에서 스마트폰이 부르르 떨렸다. 누가 건 전화인지는 뻔했지만 그냥 내버려두었다.

"역시 못 갈 것 같아. 운전면허도 제대로 딸 수 있을지 확신이 없으니까."

렌야가 만주를 먹으며 "그래?" 하고 대꾸했다.

"그럼 운전면허를 따면 둘이서 여행 가자. 홋카이도 같은 데는 어때?"

사람 많은 곳을 힘들어한다는 걸 처음 사귀었을 때 분명히 말했을 텐데도, 그의 기억 속에선 사라져 버린 것 같다. 그래서 오늘도 상점가를 지나온 걸까⋯.

"사람들이 많아야 즐겁지. 떨어지지 않도록 손 꼭 잡고 다니면 되잖아."

역시 완전히 깜빡하고 있나 보다.

스마트폰이 또 진동했다. 엄마 후코쨩의 전화인 건 틀림없었다.

"생각해 볼게. 이만 가야겠다."

"알았어. 내일 봐."

렌야는 가볍게 손을 들어 보이더니 언덕길을 내려가기 시작했다. 하지만 나에게는 등산이라 불러도 될 만한 급경사 길이 기다리고 있었다.

마음을 다잡고 힘껏 걷다 보니 주변에 보이는 가게들이 점점 줄어들었다. 낡은 우체국 건물 앞에서 왼쪽으로 꺾고 그다음은 오른쪽이다. 한동안 나아가자 2층 가정집이 보였다. 몇 번이나 외벽을 새로 칠했는데도 금세 색이 바래는 건 바닷바람을 많이 맞기 때문일까?

아아, 또 스마트폰이 울렸다.

작은 대문을 지나 현관문을 열었을 때였다.

"어, 딸?"

깜짝 놀라는 목소리와 함께 후코쨩이 요란한 발소리를 내며 달려왔다.

엄마를 후코쨩이라고 부르는 건 어릴 때부터다.

초등학생 시절, 친구가 '엄마를 이름으로 부르는 건 이상해.'라고 놀려서 호칭을 바꿔 보려고 했던 적도 있다. 하지만 후코쨩이 용납하지 않았다. 이유는 아마 '이렇게 불러야 친구 같은 모녀 사이로 느껴지잖니.'였던 것 같다.

"아아, 역시 딸이었네! 전화를 안 받아서 내가 얼마나 걱정했는지 아니?"

반쯤 울먹이는 후코쨩이 양손을 뻗어 날 끌어안으려는 것을 아슬아슬하게 피했다.

"세미나 그룹 친구랑 만난댔잖아."

"그래도 너무 늦었잖니. 무슨 일이라도 생겼나 해서 계속 걱정했어. 이것만 다 먹고 찾으러 가려던 참이었는걸."

오른손에는 먹다 만 찐빵을 들고 있었다.

키타오리 후코, 48세. 앞머리를 직선으로 자른 보브컷 스타일은 옛날부터 변함이 없다. 몸집이 작은데도 마지막으로 들었던 몸무게는 세 자리에 근접했다. 마치 날마다 옆으로 자라고 있는 것 같다.

세면대에서 손을 씻고 부엌으로 향했을 때도….

"안 추웠니? 배는 안 고파? 뭐 따뜻한 마실 거라도 줄까?"

계속 물어보면서 껌딱지처럼 떨어지질 않는다.

"아빠, 좀 도와줘."

소파에서 TV를 보던 아빠에게 도움을 요청하지만 싱글거리며 이쪽을 바라볼 뿐이다. 오랜 부부생활을 통해 이럴 때의 후코쨩을 막을 수 없다는 걸 잘 아는 것 같다.

"바로 밥 먹자. 오늘 저녁은 창코나베(커다란 냄비에 고기, 해산물, 두부, 채소 등을 넣어 끓인 것으로 스모 선수가 먹는 전골 요리)야. 나랑 딱 어울리지?"

후코쨩은 와하하, 하고 웃더니 찐빵을 입에 문 채 식탁을 세팅하러 갔다.

창코나베는 후코쨩의 둥글둥글한 몸매와 매우 비슷한 이미지였다. 하지만 그렇다고 맞장구를 치면 절대 안 된다. 감정 기복이 제트코스터만큼 격심한 후코쨩에게 '딱 어울려.' 같은 소릴 했다간 최소 사흘 동안은 잔뜩 풀이 죽어 있을 게 불 보듯 뻔했으니까.

싱크대 모서리에 허리를 부딪친다거나 배추를 썻고 물기를 짜내려다가 물보라를 튀기는 식으로 후코쨩은 늘 과감한 행동을 한다. 나쁘게 말하면 조심성이 없었다.

모든 재료를 한 번에 넣고 끓이는 것도 일상이다. 그런데 후코쨩이 만드는 요리는 예외 없이 맛있게 완성되는 게 신기했다.

"그럼 빨리 먹자. 배고파 죽겠어."

어느새 찐빵은 감쪽같이 사라졌다.

식사가 시작되자 후코쨩은 한동안 먹는 데만 정신이 팔렸다. 어느 정도 배를 채우고 나서야 "얘, 얘." 하고 맞은편에 앉은 나를 애교스럽게 바라보았다.

"벌써 다음 주가 크리스마스라니, 시간 참 빠르지? 아, 세미나 그건 거절했지?"

"세미나?"

"세미나 그룹 사람들이랑 파티한다면서. 물론 가면 재미있겠지만, 역시 나나 네 아빠는 딸과 함께 크리스마스를 보내고 싶어."

'아직도 포기하지 않은 거구나.' 하고, 마음속으로 한숨을 쉬었다.

세미나 멤버들과 크리스마스 파티를 할 예정 같은 건 없다. 이브에는 렌야와 데이트 약속이 잡혀 있었다.

렌야와 사귄다는 건 부모님에게 비밀이었다. 특히 후코쨩에겐 절대 들키면 안 됐다. 1학년 때 한 계절이 지나기도 전에 헤어진 짧은 민남이 있었다. 그걸 무심코 이야기를 해 버리는 바람에 사귀는 내내 반대하는 소리를 들은 적이 있다.

그래서 올해의 12월 24일에는 세미나 멤버의 크리스마스 파티라는 거짓 일정을 만들어 냈다. 하지만 그것조차 안 먹히는 모양이다.

"이브 하루만 안 되고 25일은 괜찮아."

대안을 제시했지만 후코쨩은 뺨을 확 부풀렸다.

"크리스마스는 이브가 제일 중요한 거 모르니? 아, 그래! 좋은 생각이 났어! 세미나 사람들하고는 낮에 만나서 놀다 오면 되겠네. 그러면 저녁은 함께할 수 있잖니."

"낮에 여는 술자리가 어디 있어."

"그럼 우리 집에 부르렴? 내가 열심히 요리를 할 테니까."

"후코쨩. 저기…."

"안 돼! 부탁이니까 지금 당장 가족끼리 보낸다고 말해. 딸이 알겠다고 할 때까지 3초 전, 2초 전…."

후코쨩은 늘 이런 식으로 중요한 문제를 일방적으로 정하려고 한다. 나를 보며 잔뜩 기대하는 두 눈을 보다가 문득 좋은 아이디어가 머리를 스쳤다.

"크리스마스 전에 내 생일이 있잖아. 그날에 크리스마스 파티도 같이 하는 건 어때?"

"힉." 하는 이상한 목소리가 들렸다. 자세히 보니 후코쨩은 이미 울먹거리고 있다.

"20일에 하는 생일 파티는 생일 파티고, 크리스마스는 크리스마스지. 계속 그렇게 해 왔는데 왜 그런 소릴 하는 거니? 난 행사를 한꺼번에 처리하는 거 싫어. 딸이 태어난 날하고 예수님이 태어난 날이 같니? 한 번만 더 그런 소리 하면…."

"알았어. 미안. 내 생일하고 크리스마스는 별개 맞아."

24일은 이브지만 말이지, 하고 생각하면서 달랬지만, 후코쨩은 어지간히 충격을 받았는지 코를 훌쩍거렸다.

외동이니까 어쩔 수 없겠지만, 아무리 그래도 이건 너무 과잉보호다. 하지만 이런 상황에서 후코쨩이 절대 물러나지 않는다는 건 누구보다도 잘 알았다.

렌야와의 약속은 25일로 바꾸면 되겠지….

"알았어. 그럼 이브 저녁은 가족끼리 파티하자."

"기뻐라! 고마워, 딸."

테이블 맞은편에서 날 끌어안으려고 손을 뻗었지만 팔이 짧아서 닿지 않았다. 후코쨩은 대신 공기를 끌어안은 다음 냄비에 우동을 넣기 시작했다.

"이게 끝이 아니란다? 이다음엔 잡탕죽이 기다리고 있어."

콧노래를 부르며 불 세기를 조정하고 있다. 아빠와 눈이 마주치자 미안하다는 듯 어깨를 으쓱거렸다. 미안하면 좀 도와주면 좋았잖아….

"세미나 그룹에서 간다는 졸업 여행도 안 갈 거지?"

"나도 비행기는 너무 무서워. 멀미가 나도 피할 장소가 없잖아."

"관광지에도 사람이 엄청 많을 테고."

세미나 그룹의 대만 여행에 관해 이야기를 했더니 후코쨩이 스마트폰으로 현지 풍경을 찾아봐 주었다. 고궁 박물관이나 야시장, 지우펀九份 등의 관광지는 전부 수많은 관광객으로 발 디딜 틈 없이 붐빈다는 걸 알고 단념하기로 했다.

"나한테 해외여행은 난이도가 너무 높은가 봐."

"나도 힘들어. 하지만 국내에도 좋은 곳이 얼마든지 있잖니? 우리 집에서 해외여행은 금지!"

진지한 얼굴로 그런 선언을 했다.

냄비가 다시 부글부글 끓기 시작했다. 우동에 삶은 달걀을 넣어 졸이던 후코쨩이 "아, 그렇지. 또 편지를 썼단다." 하고 갑자기 치마 허리춤에 끼워 둔 노란색 편지봉투를 꺼냈다. 배에 주머니가 달린 건가 의심했던 건 이제 옛날 일이다. 소중한 물건은 늘 그곳에 끼워 두는 버릇이 있는 것 같다.

"고마워."

가끔씩 건네주는 편지에는 평소에 수다스러운 후코쨩의 진심이 적혀 있다. 기회가 있을 때마다 써 주는 이 편지를 나도 실은 많이 기대하곤 한다. 아마 지금까지 50통 넘게 받은 것 같다.

우동이 든 그릇을 받아 들자마자 또 겨울 냄새가 났다. 이번엔 아까보다 강하게 계절을 느꼈다.

후코쨩이 코를 킁킁거렸다.

"겨울 냄새가 나네."

"어, 후코쨩도 그렇게 생각했어?"

후코쨩은 놀라는 나를 보며 "응." 하고 고개를 끄덕이더니 체격에 안 어울리는 작은 손가락으로 냄비에 든 재료를 가리켰다.

"이소아게는 겨울에만 사 오잖니."

이소아게란 해산물에 튀김옷을 입혀 튀긴 음식으로 네리텐이나 아게텐으로도 불린다. 아타미의 특산물은 아니지만, 우리 집에선 냄비 요리에 꼭 빠지지 않는 재료였다.

모든 의문이 풀리며 내심 무릎을 탁 쳤다. 아까 이소아게 가게 앞을 지날 때 냄비 요리를 떠올리며 겨울을 느꼈던 건가 보다. 알고 보니 정말 단순한 진실이었다.

"상점가에서 사 온 거야?"

"딸이랑 똑같이 나도 사람 많은 곳은 힘들어하잖니? 어차피 이런 체형이라 사람들한테 폐가 돼서 못 가기도 하고. 옆집의 야마모토 씨가 상점가에 간다길래 사다 달라고 부탁한 거야."

"그랬구나. 나도 상점가를 거의 지나가지 않으니까 그렇게 느졌나 봐."

납득하는 나를 보며, 후코쨩이 볼살을 확 올리면서 웃었다.

"같은 냄새에 거울을 느끼다니, 우리가 모녀인 게 틀림없다는 증거야! 너무 기쁘다."

"그렇게까지 감동할 일이야?"

"그야 딸은 점점 예뻐지는데 난 점점 뚱뚱해지잖니. 그래도 방금 일로 확신이 들었어. 우리는 누가 뭐래도 똑같은 DNA를 공유하고 있는 거야!"

후코쨩은 우동을 후루룩 하고 심호흡하듯 흡입했다.

아빠는 그런 후코쨩을 따뜻한 눈빛으로 보고 있었다.

우동은 순식간에 사라졌고, 후코쨩은 잡탕죽을 끓이기 시작했다. 늘 그렇지만 쌀이 너무 많이 들어가서 잡탕죽이 아닌 쌀죽이 되고 말았다.

"오늘은 있지, 식사 뒤에 디저트가 준비되어 있단다."

후코쨩이 달걀을 풀며 말했다. '오늘은'이 아니라 '오늘도'라고 해야 정확할 것 같지만 굳이 지적하진 않기로 했다.

"자, 아타미 제2 제과에서 만든 '아타민 만주'! 그래, 네가 취직할 회사의 인기 상품이야!"

"그랬구나…."

내 어정쩡한 반응을 알아차리지 못했는지 후코쨩은 부엌에서 만주 상자를 들고 왔다.

'아타민 만주'라고 적힌 상자에는 진짜 귤과 똑같이 생긴 만주가 그려져 있었다. 아타미의 특산품인 '등자 열매' 잼이 들어간 만주는 아타미 제2 제과가 판매하는 과자 중에서도 가장 인기가 좋아서 신칸센역의 매점에서도 팔릴 정도다.

"그리고 이게 바로 '아타민'의 캐릭터야. 정말 귀엽지 않니?"

등자 열매에 눈과 입이 달린 캐릭터 인형을 건네받았다. 작은 인형에 귤색 스트랩이 달려 있었다.

"입사 첫날에 그걸 가방에 달고 가면 분명히 눈에 띌 거야. '아타민'은 앞으로도 더 많은 인기를 얻을 테고 사람들이 보면 회사 홍보도 될 거 아니니?"

"아, 응….”

작은 인형을 바라보니 조금 가슴이 아팠다.

두 사람에게 꼭 해야만 하는 이야기가 있었다. 몇 번이나 말하려 했지만, 그때마다 망설인 탓에 오늘까지 오고 말았다.

얼굴을 들자마자 후코쨩과 눈이 마주쳤다.

지금부터 후코쨩을 상처입히게 될지도 모른다고 생각하니 좀처럼 말이 나오지 않았다.

하지만 사소한 변화도 놓치지 않는 후코쨩은 곧 눈치를 챌 테고 대체 무슨 일 때문에 그러느냐고 끈질기게 물어볼 게 뻔했다.

그렇게 되기 전에 제대로 이야기해야 한다.

"저기….”

내가 말을 꺼내자 후코쨩은 예상대로 눈썹을 찡그렸다.

"잠깐만. 무슨 말을 하려는지 알 것 같아."

"아….."

당황하는 내게 후코쨩은 고개를 갸웃거리며 입을 열었다.

"혹시 아직도 배가 고픈 거니?"

"어? 아… 응."

너무나도 천진난만한 질문에 긴장이 풀리며 음식에서 피어오르는 김에 숨어 버리듯 고개를 숙였다. 가슴이 또 아파 왔다.

카호 언니와 전화하는 건, 언제나 2층 내 방 침대로 숨어든 다음이었다.

청각이 예민한 후코쨩에게 들키지 않기 위해서였다.

[그랬구나. 역시 말을 꺼내기 어려울 거야.]

카호 언니의 목소리를 들을 때마다 항상 마음이 정화되는 기분이 든다.

키타오리 카호, 즉 카호 언니는 큰아빠의 딸이었다. 쉽게 말해 나에겐 사촌 언니다. 나보다 세 살 위인 카호 언니는 친절하고 온화해서 마치 맑은 물 같은 이미지였다. 외동인 나에게는 어릴 때부터 친언니 같은 존재였다.

도쿄에 사는 카호 언니는 자신의 아빠가 경영하는 영상 제작 회사에서 주임으로 일하고 있다.

"말할 타이밍을 못 잡겠어."

[그래도 봄에는 도쿄에 오게 될 테고, 내정된 회사에도 미리 거절해 둬야 하잖아. 아니면 우리 사장님한테 작은아빠랑 말해 보라고 해 볼까? 남자끼리는 이야기가 더 잘 통할지도 모르잖아.]

"아빠가 허락해도 후코쨩이 안 된다고 하면 아무 소용이 없어."

이불로 만든 동굴 안에서 귀를 쫑긋 세웠다. 후코쨩이 TV를 보며 깔깔거리는 소리가 1층 쪽에서 들려왔다.

그건 아타미 제2 제과에 내정 통보를 받은 무렵에 일어났던 일이다. 카호 언니와의 별것 아닌 대화 중에 동영상 사이트의 '스테키 무테키 채널'에 대한 이야기가 나왔다.

두 남자 대학생이 소위 '직접 해 봤습니다' 장르의 동영상을 업로드하는 채널이었다.

채널의 팬이라는 사실을 고백한 내게 카호 언니가 말했다. '그 동영상 편집, 우리 회사에서 맡고 있는데.'라고. 예전부터 동영상 편집에 관심이 있던 내가 그 말을 듣고 참을 수 있을 리 없다.

그 뒤로 큰아빠의 회사에 취직할 계획이 비밀리에 진행되었다. 도쿄에도 몇 번 올라가서 큰아빠에게 면접도 봤다.

입이 가볍기로 유명한 큰아빠도 이번만큼은 잘 도와주서서 아직까지 비밀은 누설되지 않았다.

[그런데 정말 우리 회사에 와도 괜찮겠어? 가족끼리 운영하는 수준에서 살짝 발전한 수준의 작은 회사인데. 그리고 입사한 직후

엔 사무 쪽 업무만 맡게 될 거야.]

"괜찮아. 언젠가 동영상 편집을 맡을 수 있도록 열심히 공부할 생각이니까. 전문학교를 졸업한 게 아닌데도 채용해 주는 것만으로도 너무 고맙지."

동영상 편집 소프트웨어로 독학하고 있긴 하지만, 갑자기 자라난 꿈을 실력이 따라잡진 못하고 있었다. 도쿄에 살게 되면 일하면서 온라인 강좌나 학원에 다닐 생각이다.

[나도 너하고 같이 일할 수 있다는 게 너무 기뻐.]

그렇게 말해 주는 카호 언니의 목소리가 간드러졌다.

"나도 빨리 카호 언니랑 일하고 싶어. 그러니까 힘낼게."

몇 번이나 다짐했던 결심은 실행에 옮기지 못한 채, 올해도 마지막 달에 접어들었다.

도쿄에서 살 방도 구해야 하고 이사 준비도 해야 한다. 남은 시간이 많지 않은 가운데, 우선은 후코쨩에게 진실을 이야기해야만 한다.

반응은 뻔하다. 분명 울며불며 반대하겠지….

카호 언니와 통화를 끝낸 다음 아까 후코쨩에게 받았던 편지를 꺼냈다. 노란색 봉투 안에 옅은 하늘색 편지지가 들어 있었다.

후코쨩의 특기 중 하나는 편지를 쓸 때의 글씨인 것 같다. 나는 후코쨩의 예쁜 글씨로 쓰인 편지를 읽는 게 좋았다.

나는 슬며시 편지지를 펼쳤다.

히마리에게

올해도 겨울이 찾아왔구나.

아타미의 겨울은 눈도 많이 내리지 않고 온후한 편이야.

그래도 바닷바람은 별개야.

순식간에 체온을 빼앗길 정도의 찬바람은 몇 년을 살아도 익숙해

지지 않더라.

히마리도 이제 곧 스물두 살 생일을 맞이하게 됐네.

대학생활도 이제 몇 달밖에 안 남았고.

사회에 진출하기 전에 좋아하는 일을 해 둘 마지막 기회야.

하고 싶은 공부를 해도 되고 아르바이트에 열정을 쏟아도 되고 친

구들과 여행을 가는 것도 좋겠지.

감기 걸리지 않게 조심하면서 히마리가 하고 싶은 일에 꼭 도전해

보렴.

엄마가

생일에 대한 추억은 해마다 업데이트된다.

우리 집은 케이크와 요리, 생일 선물로만 구성된 심플한 파티지

만, 후코쨩이 가족을 무엇보다도 우선하기 때문에 생일 파티는 매

년 반드시 챙겼다.

그중에서도 특히 기억에 남는 건 내가 다섯 살이 되던 날의 일이다.

당시 아빠는 출장이라 집에 없었다. 아빠가 출장을 가야 한다고 말했을 때의 후코쨩은 엄청났다. 태풍이 휘몰아치는 것처럼 느껴질 정도의 분노와 슬픔, 연극배우도 혀를 내두를 만큼 격정적인 한탄조의 말은 지금도 생생히 기억난다.

그게 아빠에게도 트라우마로 남았는지, 그 이듬해부터 12월 20일에는 일찍 퇴근했다.

하지만 더욱 이상했던 것은 생일 당일에 후코쨩이 밤늦게까지 돌아오지 않았던 일이었다.

당시 후코쨩은 보험 설계사로 일했다. 중요한 고객의 항의가 있어서 그에 대처하느라 늦었다고 한다.

후코쨩의 사촌 동생인 후미 이모가 와 줘서 둘이서 후코쨩이 돌아오기를 기다렸지만, 견딜 수 없이 불안했던 게 기억난다.

밤늦게 돌아온 후코쨩은 펑펑 울면서 몇 번이나 사과해 주었다. 계속된 불안감에서 겨우 벗어난 나도 눈물이 멈추지 않았다. 눈물 젖은 케이크가 조금 짭조름하게 느껴졌던 건 지금도 혀가 기억하고 있다.

그 탓인지 나에게 생일 파티는 슬픔의 이미지가 희미하게 덧씌워져 있었다.

지금도 케이크의 촛불을 끄는 순간에 과거의 기억이 살짝 되살아난 기분이 들었다. 후코쨩이 슬프게 미소 짓는 듯이 보이는 것도 그 때문일 것이다.

식탁에는 튀김 외에도 마카로니 샐러드와 햄버그스테이크, 생일상의 주인공인 케이크 등이 빽빽하게 놓여 있었다. 어린아이가 좋아할 만한 이 메뉴는 매년 바뀌지 않는다. 어쩌면 후코쨩은 내가 어른이 되어 간다는 걸 슬퍼하는 걸지도 모른다.

그렇다면 내가 지금부터 해야만 하는 이야기를 받아들이기 힘들 것이다.

생일 당일에 이야기를 하기로 정한 건 내정된 회사에 입사 취소를 해야 하는 기한이 코앞이기 때문이었다. 취소하기 전에 두 사람에게는 내 뜻을 제대로 전달하기로 결심했다.

그 생각을 하면 속이 안 좋아져서 식욕도 생기지 않았다.

"정말로 선물은 필요 없니?"

후코쨩이 튀김을 먹은 뒤에 곤란하다는 듯 말했다.

"응."

"크리스마스하고 합쳐서 더 나은 선물을 주는 것도 좋지."

"그것도 괜찮네….'

맥주를 조금씩 홀짝거리는 아빠에게도 애매하게 대답하며 말끝을 흐렸다.

진저에일 한 모금으로 목을 축인 뒤에 맞은편에 앉은 두 사람을 바라보았다.

어떻게 할까? 모처럼 좋은 분위기를 망치기보단 생일 파티가 끝난 뒤에 말하는 게 나을지도 모른다.

아니, 늘 그런 식으로 미뤄 오다가 지금까지 온 거야.

니는 각오를 굳히며 지세를 꼿꼿이 하고 "저기." 하고 두 사람의 얼굴을 번갈아 바라보았다.

"들어가기로 되어 있던 회사를 거절하려고."

숨을 크게 들이쉬었다가 단숨에 말했다. 먼저 반응한 건 아빠 쪽이었다. 눈을 동그랗게 뜨더니 슬며시 테이블에 유리잔을 내려 놓았다.

"아타미 제2 제과 입사를 취소한다는 소리니?"

"…응."

"아아, 그랬구나. 더 좋은 회사에 들어가기로 한 거구나."

미소 짓는 아빠를 보며 죄책감이 커졌다. 후코쌍에게 시선을 옮겨 보니 포크를 쥔 채 그대로 굳어 있었다. 역시 후코쌍답게 그렇게 간단한 문제가 아니라는 걸 금세 알아챈 것 같다.

"영상 제작 쪽 일을 하고 싶어. 언젠가 동영상 촬영이나 편집도 해 보고 싶어. …그래서 큰아빠의 회사에 들어가게 됐어."

"큰아빠? 아, 그랬지. 코이치 형이 그런 회사를…."

이제야 내 말을 이해했나 보다. 아빠는 말을 꺼내다 말고 그 자리에서 딱딱하게 굳어 버리고 말았다.

"카호 언니가 주임이고, 실질적인 2인자래. 회사 근처에 집세가

싼 아파트도 찾아보면 있을 것 같고. 거기서 기초부터 배워 보고 싶어. 그러니까 부탁이야. 도쿄에 갈 수 있게 허락해 줘."

말을 빠르게 쏟아 내며 고개를 숙였다.

그러고 잠시 무거운 침묵의 시간이 흘렀다.

"풋."

웃음소리에 고개를 들자 후코쨩은 의외로 미소를 짓고 있었다.

"우리 딸은 농담을 참 잘한다니까. 생일이라고 몰래카메라 하는 거지?"

"누가 농담으로 이런 말을 해."

"그래, 그래. 아, 진짜인 줄 알고 깜짝 놀랐네. 이 이야기는 이제 그만해."

"후코쨩…."

후코쨩은 몸을 앞으로 내미는 내게서 도망치듯이 "화장실!" 하고 외치며 부엌을 빠져나갔다.

"히마리."

아빠가 조용한 목소리로 부르며 다시 나를 바라보았다.

"방금 그 이야기, 농담이 아니라는 거지?"

"응."

"코이치 형도 승낙한 거니?"

"그동안 말 안 해서 미안해요."

아빠는 잠시 테이블 위에 놓인 음식들을 바라보다가 이윽고 깊은 한숨을 내쉬었다.

"그런 생각을 하고 있었다니, 놀랍구나. 네가 가 버리면 쓸쓸해질 텐데."

아빠가 크게 반대할 것을 각오하고 있었는데 의외의 반응에 당황하고 말았다.

"도쿄에 가도… 되는 거야?"

"사람 많은 곳을 힘들어하는 네가 도쿄행을 결심할 정도면 어중간한 각오는 아닌 거겠지. 그리고 넌 어릴 때부터 한번 마음먹은 일은 절대 포기하지 않았잖니."

아빠는 컵에 담긴 맥주를 마신 다음 화장실 쪽을 돌아보았다.

"다만 후코쨩에게는 좀 더 시간을 주지 않을래? 지금도 필사적으로 냉정함을 잃지 않으려고 노력했을 거야."

화장실에서 콧노래가 들려왔다. 억지로 밝게 행동한다는 게 전해져 왔다.

"후코쨩, 괜찮으려나…."

"좀 진정되면 먼저 이야기를 꺼낼 거야. 그때까지 기다려 줘. 아타미 제2 제과 쪽에는 진심으로 사과하고."

"입사를 취소해도 돼?"

"후코쨩에게는 기회를 봐서 아빠가 말해 둘게."

아빠의 배려에 가슴이 뜨거워졌다. 예전에도 내가 정말로 곤란할 때는 도움의 손길을 내밀어 주곤 했다.

"알았어. 고마워."

죄책감이 홍수처럼 밀려드는 걸 피부로 느끼면서 한 번 더 고개를 숙였다.

"많이 기다렸지? 자, 생일 파티 계속하자."

기운차게 돌아온 후코쨩은 싱글싱글 웃고 있지만 나는 알아차렸다.

그 미소도, 목소리도, 손끝도 가늘게 떨리고 있다는 것을.

"헤어지자."

렌야가 그렇게 말했을 때, 나는 버스 터미널에 줄을 선 사람들을 멍하니 보고 있었다. 지난 며칠 사이에 겨울은 이 도시의 온기를 점점 빼앗아 갔다.

헤어지자? …방금 헤어지자고 한 거야?

옆을 돌아보자 렌야는 자기가 먼저 말을 꺼내 놓고 마치 자기가 차인 듯 괴로운 표정을 짓고 있었다.

"어… 잠깐만. 난 25일에 보기 힘들 것 같다고 한 것뿐인데…."

원래 24일에 만나기로 한 약속을 가족과 크리스마스 파티를 해야 해서 다음 날로 미뤄 놓았다. 그런데 큰아빠가 소개해 준 부동산 업자가 26일부터 휴가라는 소식을 듣고 부랴부랴 25일에 도쿄에 가기로 한 것이다.

방을 보러 가는 걸 뒤로 미뤄도 됐지만, 직장에서 가까우면서도 집세가 싼 곳이 또 언제 나올지는 모르는 일이다. 게다가 큰아빠에게도 해가 넘어가기 전에 제대로 인사해 두고 싶어서 그렇게 정한 것이다.

렌야와 역에서 만난 시간이 18시였고 지금은 18시 10분이다. 만난 지 이제 겨우 10분밖에 지나지 않았는데 설마 차일 줄은 상상도 못 했다.

하얀 목도리를 턱까지 올린 렌야가 "뭐…." 하고 말끝을 흐렸다.

"예전부터 쭉 생각했어. 너는 날 좋아하지 않는 거지?"

"어?"

"예정을 바꾸는 건 전혀 상관없어. 하지만 그 이유가 도쿄에서 취직하기 위해서잖아? 지금까지 그런 이야기를 한 번이라도 꺼낸 적 있었어?"

"미안…."

"너는 뭐든 전부 자기 혼자 결정해 버려. 난 늘 결정된 사항을 전달받을 뿐이고. 도쿄에서 취직한다니, 그런 중요한 일까지 혼자서 결정할 거면 내가 왜 필요하겠어?"

"…정말 미안해."

찬바람이 칼날처럼 뺨을 스치며 밤공기 속으로 사라져 갔다.

렌야는 바람의 자취를 찾듯이 주위를 둘러보더니 코트 주머니에 손을 찔러 넣었다.

"지금까지도 네가 날 좋아한다는 확신이 없었어. 그걸 그냥 모른 척하며 살았지만, 장거리 연애가 되면 지금 같은 일이 더 많아질 거야. 그러니까 이제 헤어지자."

"…."

신기하게도 마음은 차분하기만 했다. 렌야의 말이 맞는다고 생각하기 때문이다.

입사가 내정된 회사에 대한 것조차 렌야가 먼저 물어보기 전까진 말하지 않았다. 렌야를 좋아하는 감정이 없었던 건 아니지만, 그게 이성에 대한 호감이 맞는 건지, 그리고 그 마음이 얼마나 강한 건지 누가 물어본다면 대답할 자신이 없었다.

사과를 할 상황은 아닌 것 같고, 그렇다고 다른 적당한 말도 떠오르지 않았다.

헤어지는 건 슬프지만… 그렇게 생각한 순간, 별로 슬프게 느껴지지 않는다는 사실을 깨달으며 놀라고 말았다. 나 자신이 지독하게 차가운 인간처럼 느껴졌다.

내 마음은 이제부터 시작될 도쿄에서의 생활과 후코쨩을 어떻게 설득할지에만 집중되어 있다.

"그럼 잘 지내."

아무 말도 하지 못하는 나를 내버려둔 채 상점가로 향하는 그의 모습은 금세 인파에 파묻혀 보이지 않게 되었다.

우리 집의 크리스마스 파티는 특이하다.

24일에 크리스마스트리를 다 함께 꾸미고, 다음 날 아침에는 치워 버린다.

후코쨩은 '오래 꺼내 두면 재수가 없다잖니.'라고 해마다 역설하지만, 히나마츠리(3월 3일에 여자아이가 건강하게 자라길 기원하며 인형을 장식해 두는 풍습이다. 다음 날이 오자마자 치우지 않으면 아이가 게으르게 자란다는 속설이 있다)와 헷갈린 게 분명하다.

옛날부터 늘 그랬기에 익숙해져 버렸지만, 올해는 조금 달랐다. 트리와 요리는 예년과 똑같지만 후코쨩의 상태가 조금 이상했던 것이다.

"이게 딸이 열 살 때 나한테 준 카드란다. 이건 열한 살 때 준 거고. 이 그림 좀 봐. 산타 할아버지의 수염을 파랗게 칠했어. 이 시절엔 옷도 파란색이 아니면 안 입겠다고 떼를 쓰곤 했거든."

신나게 들떠서 내게 크리스마스카드를 보여 주었다.

"그런 시절도 있었지."

"이 사진 오랜만이네! 넌 바다에 들어가는 걸 무서워해서 모래밭에만 있었어. 튜브가 있으니까 괜찮다고 하는데도 끝까지 고집을 부리더라니까."

추억에 잠긴 듯이 앨범을 펼쳐 보는 후코쨩. 테이블 위의 요리는 구석으로 밀려나고 아까부터 계속 우리 가족의 역사를 되짚어 보는 시간을 갖고 있었다.

아빠가 눈짓을 했기에 후코쨩에게 들키지 않도록 고개를 끄덕여 보였다.

내가 어릴 때부터 후코쨩은 무슨 일이 생길 때마다 과거의 추억을 공유하고 싶어 했다. 외할아버지가 입원하셨을 때도, 내가 친구와 싸웠을 때도, 그리고 아빠가 식중독에 걸렸을 때도 그랬다.

내가 도쿄에서 취직하겠다고 말한 날부터 후코쨩은 계속 옛날 이야기만 하고 있었다. 가족의 결속을 호소하고 싶은 거겠지만 내 결심은 바뀌지 않았다.

일찌감치 내 방으로 돌아와서 내일 일정을 준비하기로 했다.

1박 2일 동안 도쿄에서 살 아파트 방문과 계약, 그리고 회사에서 고용계약서까지 작성할 예정이었다. 보증인은 큰아빠가 되어 주시기로 했다.

내일은 큰아빠 댁에서 묵기로 한 덕에 숙소 걱정은 할 필요가 없었다. 카호 언니가 있으니까 드라이어처럼 부피가 큰 물건을 챙겨 갈 필요가 없다는 것도 좋았다.

내일 도쿄에 간다는 이야기는 아빠를 통해 후코쨩에게도 전해졌을 것이다. 하지만 아직 그 이야기를 먼저 꺼낼 기미는 보이지 않았다.

렌야에 대한 생각이 눈발처럼 머리를 스쳤다. 오히려 사귀던 기간에는 그를 별로 떠올리지 않았다는 걸 실감했다.

어릴 때부터 그랬다. 자기 의사가 분명한 후코쨩에게 세뇌당한 탓에 나도 모르는 사이에 내 사고회로는 곳곳이 망가져 있다.

렌야를 좋아하긴 했지만, 진심이었냐고 묻는다면 자신은 없다. 지금 남아 있는 건 그를 상처입혔다는 죄책감뿐이고 그것마저 곧 사라져 버릴 게 뻔했다.

그렇게나 감정이 풍부한 후코쨩의 손에 컸으니까 열정적인 인생을 살 수 있어야 할 텐데 내 마음 밑바닥에는 차가운 물이 흐르는 듯한 느낌을 줄곧 받는다.

도쿄에 가면 조금은 바뀔 수 있으려나….

그때 계단을 올라오는 육중한 소리가 났다.

"딸…."

노크 소리가 너무 커서 문이 부서지지 않을까 하는 걱정을 매번 하게 된다. 그래도 내가 대답하기 전엔 멋대로 문을 열지 않는다는 게 고맙긴 하지만.

"들어와."

문틈으로 고개만 살짝 내민 후코쨩의 얼굴이 더욱 동그랗게 보이는 것 같았다.

"들어가도 되니?"

"응. 내일 준비를 하던 참이야."

"흐음."

콧노래를 부르며 들어온 후코쨩이 잠시 방 안을 맴돌다가 침대에 걸터앉았다. 침대가 비명을 지르는 것도 상관하지 않고 "아… 아." 하고 입술을 비죽 내밀었다.

"이제 올해도 곧 끝나네. 해가 갈수록 1년이 점점 짧아지는 것 같다니까."

"어린 시절엔 새로운 일만 체험하니까 뇌리에 깊이 새겨진대. 그래서 시간의 흐름이 천천히 느껴진다나 봐. 어른이 될수록 자극 이 될 만한 일도 많이 없잖아."

1박 2일인데도 캐리어는 이미 꽉 차 있었다. 갈아입을 옷과 문 고본 책, 과자의 일부를 줄이는 대신 화장 도구를 먼저 챙겼다.

후코쨩은 입술을 비죽 내민 채로 방 안을 둘러보았다.

"이 방도 완전히 어른스러워졌구나. 네가 어릴 때는 자기 방이 무섭다면서 자기 직전까지 우리랑 있고 싶어 했는데."

아, 이런. 가만 놔두면 또 추억 이야기가 시작되겠어….

"그랬었나? 난 다 까먹었는데."

바쁜 척을 하며 옷장을 열어 입고 갈 코트를 골랐다. 난 화려한 색을 좋아하지 않는다. 바둑돌 같은 색만 죽 늘어선 가운데서 회 색 반코트를 옷걸이째로 꺼냈다.

"웬만하면 혼자 두지 않으려고 보험 일도 단시간 근무로 전환했 을 정도였으니까."

"아아, 맞아. 내가 다섯 살 때였잖아. 결국 그 뒤에 그만두지 않 았던가?"

또 그 생일 파티가 머릿속에 떠올랐다. 혼자 후코쨩이 돌아오길 기다리며 느낀 두려움은 지금도 선명히 기억한다.

"다섯 살? 그런 일이 있었나?"

고개를 갸웃거리는 후코쨩. 그때의 기억이 누락됐는지 지금까지 몇 번을 물어봐도 대답은 똑같았다.

그런 건 아무래도 좋았다. 이대로 방에 눌러앉으면 매우 곤란해진다. 하지만 내가 그런 걱정을 하든 말든 후코쨩은 이제 성인식 날 이야기까지 꺼내기 시작했다.

어쩔 수 없지…. 나는 캐리어를 닫고 나서 후코쨩 앞에 깔린 카펫에 앉았다.

"저기… 내일 일찍 일어나야 하거든."

"우와, 그러니? 일찍 일어나려면 힘들겠네."

"여기서 출발하는 신칸센을 타고 가기로 했으니까 오늘은…."

"신칸센이라고 하니까 생각났는데, 네가 신칸센에 처음 탔을 때 생각나니?"

…안 되겠다.

어차피 뭐가 핵심인지 서로 다 알면서 이러는 건 의미가 없다.

아빠는 내 쪽에서 먼저 취직 이야기를 꺼내지 말라고 했지만 어쩔 수가 없었다.

"후코쨩… 도쿄에 가는 걸 멋대로 결정해서 미안해."

"신칸센이 상상했던 것보다 훨씬 커서 네가 엉엉 울었어. 올라타려고도 하지 않아서 모처럼 지정석을 잡아 놨는데 다음 신칸센까지 기다렸다가 자유석으로 바꿨잖니."

아하하, 하고 웃는 후코쨩의 눈동자가 쉴 새 없이 흔들렸다.

"내 말 좀 들어 줘."

몸을 앞으로 내밀었다.

"내가 미리 말해야 했어. 하지만 분명히 반대할 거라고 생각해서 못 했던 거야."

어릴 때는 무슨 말이든 편하게 할 수 있었는데, 어느새 동영상 편집에 흥미가 생긴 것이나 도쿄에서 취직하기로 한 것을 숨기고 있었다. 지난 몇 년 동안 점점 혼자 결정하고 행동해 왔던 것을 새삼 깨달았다.

…렌야의 말이 맞았다. 사후 보고만 받는다면 누구나 화를 낼 수밖에 없겠지.

"안 돼."

아니나 다를까, 후코쨩은 목소리 톤을 낮추며 고개를 숙였다.

아… 이건 울음을 터뜨릴 전조. 감정이 풍부한 후코쨩은 잘 웃는 것만큼이나 잘 운다. 그 신호가 바로 이런 목소리였다.

"모처럼 취직도 결정됐는데 그러면 안 돼."

"여기서 출근할 수 있는 영상 제작 회사가 있는지도 찾아봤어. 하지만 이 근처에 내가 들어갈 수 있는 회사는 없었단 말야."

아타미에도 영상 제작 업체는 있었다. 하지만 신입 채용 예정이 없거나 전문지식이 있어야만 지원이 가능한 곳들뿐이라 포기해야 했다.

신기한 것은, 아타미 제2 제과에 입사가 내정된 순간 '이건 아냐.' 하고 느꼈다는 점이다. 내가 하고 싶은 일을 외면한 채 취직하는 것에 위화감을 느꼈던 것 같다.

카호 언니와 이야기해 보고 큰이삐가 사장으로 있는 회사를 견학하기로 했다.

작은 회사였지만 영상 제작을 전문으로 담당한다는 사실을 알게 되자 그곳에서 일하고 싶은 마음이 점점 커졌다. 그리고 언젠가 동영상 편집을 하고 싶다는 꿈도 생겼다….

"도쿄에는 사람이 얼마나 많은데. 너한테는 무리야."

"큰아빠 회사는 에도가와구에 있어. 몇 번 가 봤지만, 사람이 그렇게 많지는…."

"그래도 안 돼!"

얼굴이 새빨개진 후코쨩의 작은 눈에서 굵은 눈물방울이 흘러내렸다.

"딸은 계속 여기에 있을 거야. 지금까지 그래 왔고, 앞으로도 바뀌지 않아. 같이 있지 않으면 안 된단 말야!"

으아앙… 하고 천장을 올려다보며 울음을 터뜨리는 후코쨩.

"도쿄까지 별로 안 멀어. 일반 철도로도 갈 만한 거리니까 자주집에 올게. 응?"

어깨를 토닥이며 달래 봐도 후코쨩은 투정을 부리듯 고개를 마구 저었다.

"뭐가 가까워! 오도리코(도쿄와 이즈 지역을 연결하는 특급 열차)를 타도 80분, 도카이도(고베에서 도쿄까지 운행되는 철도)선이면 2시간 가까이 걸리잖아!"

"신칸센이면 금방이라니까. 30분이면 가."

"최소 37분. 그것도 급행인 '히카리'를 타야 그 정도인걸. '코다마'면 50분이나 걸린다구. 으아앙!"

늑대가 울부짖는 듯한 소리로 바뀌고 말았다.

확실히 아타미역에서 신칸센에 탄다면 주로 '코다마'를 이용하게 된다. 은근히 자세히 알고 있는 걸 보면 인터넷에서 이미 조사를 해 본 것이리라.

그때 갑자기 울음을 딱 멈춘 후코쨩이 "아." 하고 눈을 반짝이며 말했다.

"그래. 신칸센으로 통근하면 되겠네. 여기서는 역도 가깝고, 출근하는 데 50분이면 그렇게 긴 편도 아냐. 집에서 자고 갈 수 있으니까 얼마나 좋니? 응? 그렇게 하자."

자기 아이디어에 감탄하고 있지만….

"큰아빠 집에 가 본 적 있지?"

"있지, 있지. 집이 정말 크더라. 그런데 네 큰아빠는 네 아빠랑 형제라는 게 믿기지 않을 만큼 성격이 전혀 다르지 않니? 그렇게 무뚝뚝한 데다가 입을 열었다 하면 싫은 소리만 하고. 난 네 아빠가 훨씬 자상하고 애교가 있어서…."

"도쿄역에서 에도가와역까지 어떻게 가야 하는지 알아?"

말이 길어질 것 같아서 끼어들기로 했다. 후코쨩은 "응?" 하고 되묻는 게 전혀 모르는 눈치였다.

"신칸센을 이용하면 도쿄역에서 갈아타고, 또 니츠보리역에서 게이세이 본선으로 갈아타야 해. 그것만 40분이 걸린대. 결국 갈아타는 시간까지 합쳐서 2시간은 잡아야 해."

여기서 통근할 생각을 안 했던 건 아니다. 하지만 직접 가 보고 나서야 도저히 불가능하다는 걸 절감했다.

"그럴 수가…. 그럼 나보고 어떡하라는 거니? 싫어. 그런 건 절대 싫어!"

후코쨩은 또 얼굴을 잔뜩 찡그리며 울어 버리고 말았다.

그렇겠지….

강하게 마음먹었던 도쿄행이 흔들리는 건 후코쨩 탓이 아니었다. 렌야에게 들었던 말이 아직도 귓가에 맴돌았다. 아무 말 없이 멋대로 결정할 때마다 나도 모르는 사이 주위 사람들에게 상처를 준 건지도 몰랐다.

그렇다면 전부 없었던 일로 하고 내정된 회사에 들어가는 게 최선일지도…. 부모를 울렸다는 죄책감에 나까지 울고 싶어졌다.

역시 무모했던 건지도 모르겠다.

"저기, 후코쨩…."

전부 그만둘게. 그렇게 말하고 싶었지만 입이 얼어 버린 것처럼 움직이지 않았다.

난… 역시 도쿄에 가고 싶어. 무슨 일이 있어도 그 회사에 들어가고 싶어.

다문 입에서 진심이 흘러나와 버릴까 봐 고개를 푹 숙인 채 참을 수밖에 없었다.

"잠깐 들어가도 되겠니?"

그때 아빠가 문을 열고 얼굴을 내밀었다.

"여보오, 으흑, 딸이 무슨 일이 있어도… 으흑, 도쿄에 가겠대…."

애원하듯 발밑으로 기어가는 후코쨩 앞에서 아빠는 책상다리로 앉았다.

"그래. 우리 딸은 봄이 오면 도쿄에서 취직할 거야."

"싫어. 난 절대 싫단 말야아."

커다란 몸을 흔들며 투정을 부리는 후코쨩.

"후코쨩."

아빠가 자세를 낮추며 후코쨩의 얼굴을 올려다보았다.

"지금까지 히마리는 정말로 착한 딸이었잖아. 반항기라고 할 만한 시기도 없었고 말 잘 듣는 착한 아이로 자라 줬어."

"싫어… 당신까지 날 설득하려고…."

"설득이 아냐. 이해해 달라는 거야."

눈이 마주치자 아빠는 따뜻하게 웃어 주었다.

"후코쨩은 부모로서 히마리를 소중하게 키워 왔잖아. 엄청난 노력이었을 거야. 편지도 잔뜩 써 줬고."

"그래도… 그래도!"

"우리 딸에게도 드디어 꿈이 생긴 거야. 엄마인 후코쨩이 그 싹을 짓밟아 버리면 되겠어?"

"당신… 미워."

소리 내어 엉엉 우는 후코쨩의 머리 위에 아빠가 슬며시 손을 올렸다.

"소중한 딸의 꿈을 이뤄 주는 게 부모의 진정한 역할일 거야. 안 그래?"

아이를 타이르듯 말하는 아빠에게 후코쨩이 떨리는 목소리로 대답해 주었다.

"…응."

"잘했어. 그래야 후코쨩이지."

아빠는 내 쪽으로 몸을 돌리며 양손의 검지를 펴 보였다.

"너도 두 가지는 약속해 줘. 첫 번째는 앞으로 중요한 일을 결정할 때는 되도록 미리 말해 줄 것. 두 번째는 만약 코이치 형의 회사를 그만두게 되면 반드시 일단 여기로 돌아와 줄 것."

배려 넘치는 말일수록 가슴에 깊이 박힌다.

"알았어. 후코쨩, 미안해."

"미워."

고개를 홱 돌렸지만 후코쨩은 이제 울고 있지 않았다.

안심이 되는 와중에 죄책감이 또 썰물처럼 밀려왔다.

부동산에서 계약을 마칠 무렵엔 땅거미가 짙게 깔려 있었다.

처음 소개받은 아파트는 근무지의 코앞에 있었고 집세가 확실히 쌌지만 당장이라도 무너져 내릴 듯 낡은 곳이었다.

혼자 부동산을 운영한다는 남자 사장님은 아저씨와 할아버지의 중간 정도인 나이였다. 서민적인 동네 분위기에 걸맞은 친절함을 발휘해서, 같은 집세인데 훨씬 새 건물인 아파트를 소개해 주었다. 이게 이번에 내가 도쿄로 와서 얻은 최고의 수확이었다. 직장에서 조금 멀어지긴 했지만 아슬아슬하게 도보 출근이 가능할 것 같아서 나는 그 자리에서 결정을 내렸다.

계약이 끝난 뒤에도 사람 좋아 보이는 부동산 사장님은 아파트 주변의 사정이나 동네의 치안이 좋다는 이야기 등을 해 주었다. 내가 살게 될 에도가와역 주변은 사람도 그리 많지 않았고, 집과 회사가 가까운 곳에 위치해서 전철 통근을 하지 않아도 된다는 게 정말 좋았다.

이제는 회사에서 퇴근한 카호 언니와 합류해야 했다. 에도가와역의 고가철도 밑을 지나 회사가 있는 방향으로 걸어갔다.

지도를 보니 바로 옆으로 에도강이 흐른다고 하는데 주택가에 가려서인지 강변 풍경은 보이지 않았다. 도쿄 23개 구庫에 속한다지만 높은 빌딩 숲이 없어서인지 자연이 가까운 동네라는 인상을 받았다.

북풍이 손발을 차갑게 식혔다. 고향 날씨와 비교해도 기온은 비슷한 것 같았다. 당연한 말이지만 겨울 냄새도 나지 않았다.

그건 그렇고, 계속 좁은 길만 나왔다. 역 앞인데도 일방통행투성이고….

전에도 몇 번이나 회사에 왔지만, 올 때마다 다른 길을 지나게 된다.

노을 진 하늘은 내 머리 위에서부터 밤의 어둠에 침식되어 갔다. 구름이 그렇게 많지 않은데도 눈이 내리기 시작했다.

"첫눈… 화이트 크리스마스네."

도쿄는 눈이 별로 내리지 않는다는 이미지였다.

크리스마스 밤에 혼자 도쿄에 있다는 게 신기했다. 아직은 낯설게만 느껴지는 이 동네도 봄쯤 되면 많은 추억들이 생겨나겠지.

서서히 눈발이 굵어지고 있었다. 캐리어에서 접이식 우산을 꺼냈다. 기온이 높아서인지 우산에 떨어진 눈은 물방울이 되어 흘러내렸다.

스마트폰을 켜자 후코쨩의 부재중 통화가 3건이나 있었다. 문자나 LINE을 잘 사용할 줄 모르는 후코쨩은 무슨 일이 있을 때마다 전화를 걸곤 했다.

그리고 다음으로 많은 통신 수단이 편지였다. 한 번씩 건네받은 편지가 점점 많아지면서 이제는 수납함에 전부 들어가지 않을 정도였다.

"바로 아까 이야기했으면서…."

우산과 캐리어를 든 채로 통화하는 건 힘들 듯했다. 카호 언니와 만난 다음에 내가 다시 걸기로 했다.

걱정해 주는 마음은 고맙지만 후코쨩도 슬슬 스마트폰으로 메시지 보내는 방법을 배우면 좋을 텐데. 직장인이 되면 업무 중에 전화를 받기 힘들 테고 점심시간마다 엄마와 통화를 하는 것도 이상해 보일 테니까.

캐리어 안에는 오늘 아침 후코쨩에게서 받은 편지가 들어 있었다. 집을 나올 때 건네받은 거라 아직 읽지 않았다.

맞은편에서 자동차가 달려오는 바람에 길가로 피했다. 아직 어둡진 않지만 전조등 정도는 켜고 다니면 좋을 텐데.

한동안 걷다 보니 넓은 도로가 멀리 보였다. 안심이 되며 걷는 속도를 늦췄다.

육교를 건너 길을 따라 조금 걸어가면 회사 건물이 보일 것이다. 그리고 오른쪽으로 꺾으면 내가 살 아파트 방향이었다.

끼기기기긱!

횡단보도가 없는 도로를 무의식중에 건너고 있었다는 걸 깨닫는 것과 자동차 브레이크 소리가 들려온 것은 거의 동시였다. 까만 자동차가 엄청난 기세로 나를 향해 돌진하고 있다.

운전자의 놀란 얼굴이 보인 순간, 발이 굳어 버리며 움직일 수 없었다. 차가 코앞까지 다가왔다.

치이는 건가…?

눈을 질끈 감은 순간, 엄청난 힘으로 팔이 잡아당겨졌다. 벽에 있는 힘껏 부딪치며 그대로 땅에 주저앉았다.

고함 대신 클랙슨을 울린 자동차가 도망치듯 멀어져 갔다.

위험할 뻔했어…. 잔뜩 찌그러진 캐리어가 길가에 널브러진 게 보였다.

상반신을 일으키자 우스꽝스러울 만큼 손이 떨리는 게 느껴졌다. 왼손이 까졌는지 숨을 쉴 때마다 아파 왔다.

시야 끝에 까만 신발이 보였다. 그제야 나는 누군가가 내 손을 잡아당겨 주었던 것을 떠올렸다.

얼굴을 들자 왼쪽에 남자가 서 있었다. 후드가 달린 녹색 코트에 검은색 청바지를 입은 남자는 나와 비슷한 또래로 보였다. 분명 나를 구해 준 사람일 것이다.

"가, 감사합니다."

일어서려던 몸이 멈춰 버린 건 남자의 표정에서 위화감이 느껴졌기 때문이다. 조금 긴 앞머리 사이로 드러난 눈동자가 마치 화를 내는 것처럼 보였다.

그래, 다 큰 어른이 갑자기 도로로 뛰어들었으니 제정신으로는 안 보이겠지. 고맙다는 말보다도 사과가 우선이었다.

하지만 내가 입을 열기도 전에 남자가 팔짱을 끼었다.

"하아…."

어이가 없다기보다 진심으로 유감스러워하는 목소리가 귀에 닿았다.

생각지도 못한 반응에 당황하는 나를 내버려둔 채 남자는 등을 돌리며 걸어가 버렸다.

"아, 잠시만요."

제대로 사과는 해야 하는데.

뒤쫓으려 했지만, 조금 전 충격으로 바퀴가 고장 났는지 캐리어가 통제 불능 상태였다. 그러는 사이에도 남자는 큰길로 성큼성큼 걸어가서 육교를 올라가고 있었다.

우산을 대충 접고 어쩔 수 없이 캐리어를 품에 끌어안은 채 계단을 뛰어 올라갔다.

"실례합니다. 잠시만 기다려 주세요."

숨을 헐떡이며 말을 걸자 남자는 육교 한가운데에서야 겨우 걸음을 멈춰 주었다. 천천히 뒤를 돌아보는 남자의 표정을 눈과 밤이 감추고 있다.

육교를 할퀴듯 강한 바람이 불며 그의 앞머리를 휘날렸다.

"저기, 구해 주셔서 감사했습니다."

3초 동안 고개를 숙였다가 얼굴을 들었다. 방금 생겨난 하얀 입김이 허공에 금세 녹으며 보이지 않게 되었다.

얼마나 그러고 있었을까? 나를 향해 천천히 다가온 남자가 하얀 입김이 맞닿을 만큼 가까운 곳에서 발을 멈췄다.

가르마를 타지 않은, 가늘어 보이는 흑발 위로 하얀 눈송이가 반딧불이처럼 내려앉았다. 날카로워 보이는 눈썹에 비해 붙임성 좋아 보이는 큰 눈. 높진 않아도 생김새가 좋은 코와 시원스러운 입가.

잘생긴 미남이라기보다는 귀여운 인상이었다.

"구하고 싶지 않았어."

그가 중얼거리듯 말했다.

"네…?"

그게 무슨 소리지?

남자는 당황하는 내게서 시선을 떨구며 크게 한숨을 쉬었다. 눈과 함께 무거운 공기가 내려앉는 것만 같았다.

"다른 사람의 몸에 닿으면 좋은 일이 생겼던 적이 없어. 그러니까 구하지 말아야 했는데."

말뜻을 알 수 없었다.

이상한 사람한테 도움을 받은 걸까… 괜히 뒤따라온 건지도 모르겠다.

하지만 그의 말에는 너무나 큰 고뇌가 담겨 있었다.

"저기…."

말을 건 순간, 그는 놀란 듯 뒷걸음쳤다.

"날 건드리지 마."

눈동자가 겁먹은 듯 좌우로 흔들렸다.

"어… 혹시 다치신 건가요?"

어쩌면 나를 구할 때 부상을 입어서 살짝만 건드려도 아픈 건지도 몰랐다.

"이 근처에 병원은 있나요? 전 이 동네는 잘 몰라서…. 앗."

검색하려고 스마트폰을 꺼냈더니 마침 후코쨩의 몇 번째인지 모를 전화가 오고 있었다. 지금은 전화 받을 때가 아니라는 생각으로 다시 스마트폰을 집어넣었다.

"죄송해요, 아무것도 아니었어요. 아, 아무것도 아닌 건 전화 이야기였어요…."

당황하는 나를 보며 그는 냉정함을 되찾았는지 고개를 가로저었다.

"아니야. 다친 데는 없고 네가 더 심각한 상황처럼 보여."

그는 육교 위에 놓인 캐리어를 바라보았다.

"정말로 죄송했습니다."

"됐어. 일단 올해는 살아남은 거니까."

그는 육교 난간에 몸을 기대며 하늘을 올려다보았다. 하늘에서 내리는 눈발은 아까보다 약해져 있었다.

나는 어떻게 해야 좋을지 몰라 육교 아래쪽을 내려다보았다. 지상 위로 자동차 불빛이 유성처럼 흘러갔다.

이제 그만 가야 한다는 걸 알았지만, 아까 남자가 했던 말이 내 뇌리에서 떠나지 않았다.

'일단'이라는 게 무슨 뜻일까? 그리고 '올해는'이라고 했던 것도 이상했다.

"이제부터 내가 하는 말은 분명 믿기 힘들 거야. 하지만 이미 봐 버렸으니까 말해 줄게."

설마 오늘 처음 만난 사람한테 고백받는 걸까…?

생각지도 못한 전개에 숨을 멈췄다. 하지만 그런 상상은 남자의 표정을 보자 이내 사라져 버리고 말았다. 나를 바라보는 그 눈동자에 깊은 슬픔이 깃들어 있는 것처럼 느껴졌기 때문이다.

"어릴 때부터 다른 사람의 몸에 닿으면 그 사람의 운명이 보였어. 그래서 사람들과 엮이려고 하지 않았어."

"운명…."

완전히 엉뚱한 얘기였지만 그에게서 눈을 뗄 수 없었다.

그리고 그는 조용히 말했다.

"4년 뒤 겨울, 넌 죽게 될 거야."

⸺ · ⸺ · ⸺ · ⸺ · ⸺ · ⸺ · ⸺ · ⸺ · ⸺ · ⸺ · ⸺ · ⸺ · ⸺

히마리에게

엄마에게는 어린 시절부터 꿈이 한 가지 있었단다.

그건 엄마가 되는 거였어.

아빠와의 만남은 마치 운명 같았지.

처음 만난 순간에 이 사람과 결혼할 거라는 걸 알았거든.

부모님이 반대하고, 돈이 없어서 힘들어하고, 그 밖에도 수많은 시련이 있었어.

하지만 네가 태어난 순간에 깨달았단다.

지금까지 내가 올바른 길로 걸어왔다는 걸.

그런 생각이 들만큼 행복에 휩싸였어.

그런 히마리가 홀로 설 준비를 시작했다는 걸 진심으로 기쁘게 생각해.

부모 곁을 떠나서 생활한다는 게 불안하겠지만, 히마리라면 분명 잘해낼 거야.

네가 나아갈 길을 계속 응원할게.

엄마가

막간

겨울은 흰색의 이미지였다.

하늘에서 내리는 눈을 손바닥으로 받아 냈을 때, 누구나 자연스레 미소를 짓는다.

이윽고 거리는 하얗게 물들고 사람들은 같은 색의 한숨을 토해 내며 서둘러 집으로 향한다.

하지만 나에게 겨울은 칠흑의 어둠으로 뒤덮인 세계.

내 그림자조차 지워지고 지금 눈을 뜨고 있는지조차 알 수 없다.

그래서 더는 보려고 하지 않았고, 손으로 더듬어 가며 걸어가는 것도 포기해 버렸다.

이제야 고독에도 익숙해졌는데 이 겨울에 넌 갑자기 나타났다.

한 번 더 누군가를 구해 내다니, 난 할 수 없어.

그래서 난 눈을 감는다.

아무것도 보이지 않도록, 두 번 다시 상처받지 않도록.

1년째

너와 만나는 건, 언제나

도쿄 영상 연구소에 입사하고 첫 겨울을 맞았다.

대학 동아리 이름 같은 회사지만, 총 직원 수는 100명이 넘는다고 한다. 나도 들은 이야기일 수밖에 없는 게, 내가 소속된 영상 제작부 이외의 직원들은 몇 번 정도밖에 보지 못했기 때문이다.

큰아빠가 친구들과 함께 세운 이 합동 회사는 몇 개의 부서가 도쿄 곳곳에 흩어져 있다. 기획연출부는 도쿄역 옆에 사무실이 있고, 제작부는 대형 광고 대리점 안에서 공간을 빌려 쓰고 있다. 촬영팀은 신주쿠에 있었고 드론 수요가 늘어난 덕분에 일손이 부족하다는 내용이 온라인 회의록에 적혀 있었다.

내가 속한 제작부는 사장님, 그러니까 큰아빠의 자택이 있는 에도가와구에 있었고 파트 근무를 포함해도 직원은 12명이었다. 사장님은 다른 회사도 경영하고 있지만 집이 가까운 덕에 일주일에 2번 정도는 에도가와의 사무실에 얼굴을 내밀었다.

상주하는 직원은 주임이자 사장님의 딸인 카호 언니와 부주임인 사에키 와타루 씨, 베테랑 사원인 노다 쿄카 씨뿐이다. 사무직으로 채용된 나를 챙겨 주는 사람은 이 사무소의 2인자인 카호 언니였다.

나머지 직원들은 재택근무였고 코로나 사태 이전부터 그렇게 해 왔다고 한다. 그리고 파트 근무 직원들도 있었다.

기본적으로는 각 부서에서 전달받은 영상 및 자료를 정리해 외주로 보내거나 전속 크리에이터에게 제작을 의뢰하는 업무였다. 하지만 일부 동영상은 재택근무 직원들을 중심으로 자체적으로 편집하고 있다.

사무실은 그리 넓지 않았다. 폐업한 편의점을 개보수해서 사용 중이며 주차장은 넓지만 책상 사이의 간격은 상당히 좁았다. 접수처나 응접실도 임시로 마련한 수준이었다.

직장인이 된 지 벌써 8개월이나 지났다는 게 믿기지 않았다. 매일 새롭게 배우는 일들뿐이라 수도 없이 좌절하게 되지만, 입사할 때와 비교해 조금은 성장한 느낌도 들었다.

그런 12월이었다.

"수고가 많네."

계약을 하고 돌아온 카호 언니가 목도리를 풀며 말을 걸어왔다.

"고생 많았어. 전화 왔던 곳이 두 군데 있었어."

입사 당시에는 상대측 전화번호를 물어보는 걸 깜빡하거나 회신이 필요한지를 확인하지 않는 등의 실수가 많았다. 지금은 전화용 메모를 작성해서 누락되지 않도록 조심하고 있다.

"고마워. 이거, 신규 계약서 처리 좀 부탁할 수 있을까? 초콜릿을 받았는데 반씩 나눠 먹자."

카호 언니의 갈색 머리카락은 뒤로 깔끔하게 묶었는데도 윤기가 났다. 자연스러운 화장이 투명한 느낌을 연출했고 옷 입는 센스는 부러울 정도다. 게다가 성격까지 좋으니 나에겐 동경의 대상이었다.

어깨 아래 정도까지 기른 내 머리카락은 거울로 보면 나쁘지 않지만 사진으로 찍으면 푸석푸석해 보였다.

"히마리, 일하면서 뭐 힘든 점은 없어?"

역시나. 이런 식의 자상함도 너무 멋졌다.

"반말하다가 들키면 또 사장님한테 혼나잖아."

조용히 귓속말을 하자 카호 언니가 큭큭 웃었다.

"아빠가 워낙 고지식하시니까. 그래도 히마리 씨라고 부르는 건 너무 어색한 거 같지 않아? 평소처럼 반말로 이야기할 수 있으면 좋을 텐데."

슬며시 안쪽에 있는 사장님의 책상을 돌아보자 오늘은 출근해서 심각한 얼굴로 통화를 하고 있었다. 사장님은 55세로 하얀 머리카락을 뒤로 넘겼는데 미간에는 깊은 주름이 잡혀 있었다.

큰아빠는 어릴 때부터 딱딱하고 무서운 인상이었는데, 입사한 뒤로는 그걸 더욱 실감하고 있다. 가끔 크게 화를 낼 때도 있지만 이 직끼지 내가 그 대상이 된 적은 없다.

가족이 경영하는 회사에 키타오리라는 성씨를 가진 사람이 세 명이나 있기 때문에 회사 내에서 큰아빠는 '사장님', 우리는 이름으로 부르도록 했다.

자리에 앉은 카호 언니가 전화를 걸기 시작했기에 나도 다시 내 업무에 집중했다. 사무직 직원이긴 해도 워낙 작은 사무실이라 온갖 잡일을 떠맡아야 했다.

지금은 외주처에서 올라온 동영상을 확인하는 중이다.

그 '스테키 무테키 채널'의 최신 동영상이었다. 처음엔 감동으로 설렜지만 이제는 완성도 체크를 하나의 업무로만 받아들이게 됐다. 납기일까지 완성도 높은 동영상을 납품해야만 하니까.

헤드폰을 쓰고 확인을 하는데 시작 5분 만에 자막이 누락된 게 보였다. 이런 식으로 수정할 부분을 찾아내서 다시 보내면, 이번에도 동영상 완성은 납기일까지 아슬아슬하게 겨우 맞출 수 있을 것이다.

우리 부서에서는 유튜브용 동영상 편집뿐만 아니라 홍보 동영상, 결혼식용 영상 등의 의뢰도 받는다. 내 업무는 전송받은 동영상을 점검하는 일이다. 실시간으로 완성 직후의 영상을 볼 수 있어 즐거운 반면, 마감 직전에야 실수를 발견했을 때는 쥐구멍에라도 숨고 싶은 기분이 든다.

빨리 나도 영상 편집을 할 수 있게 되고 싶은데⋯. 그러면 직접 수정할 수 있는 부분도 조금은 생길 테고.

입사 직후에는 여유가 없었지만, 지난달부터 온라인 강좌로 동영상 편집을 배우기 시작했다. 제출해야 할 숙제가 많은 수업이지만 들을 때마다 많은 지식을 얻을 수 있었다.

"히마리 씨, 이 동영상 확인 좀 부탁해도 될까?"

맞은편 책상 모니터에서 얼굴을 살짝 내민 사에키 와타루 씨가 말했다.

"네, 뭔데요?"

사에키 씨의 옆 책상은 전에 그만둔 직원의 자리라서 지금은 비어 있었다. 그래서 사에키 씨의 업무를 도울 때마다 그 책상의 PC를 사용하고 있었다. 헤드폰을 들고 자리에 앉아 사내 공유 폴더를 열었다.

"촬영팀이 결혼식용 영상의 소스를 올렸는데 확인해 주겠어? 스토리 보드하고 조금 다르게 나온 것 같아서 실경 화면은 추가 촬영할 예정이래."

소스란 원본 영상을 말한다. 스토리 보드는 그림 콘티의 자세한 버전이라 할 수 있고 실경은 실제 풍경의 줄임말로 사람이 등장하지 않는 영상을 말한다.

일을 시작하고 8개월쯤 지나니 전문용어도 조금씩 이해할 수 있게 되었다.

"알겠습니다."

이 소스는 원래 지난주에 받았어야 하는데 악천후 탓에 촬영일이 변경되었다고 들었다.

"갑자기 부탁해서 미안해."

자기 탓이 아닌데도 사에키 씨는 늘 먼저 사과해 준다.

사에키 씨는 스물여덟 살이고 IT계열에서 일하다가 이직했다고 한다. 키가 커서 정장이 잘 어울렸다. 늘 싱글싱글 웃고 있어서 파트 근무 직원들 사이에서 인기도 좋았다. 부드러워 보이는 흑발에 착해 보이는 눈동자. 시원하게 뻗은 콧날과 입 끝이 늘 올라가 있는 입가. 솔직히 꽤 멋있었다.

너무 빤히 쳐다보면 이상하게 보겠지…. 나는 헤드폰을 쓰고 영상을 확인하기 시작했다.

영상에는 크리스마스에 결혼식을 올리는 커플이 찍혀 있었다. 둘이서 공원을 거닐거나 해변에서 서로를 마주 보는 장면 등이었다. 화면을 통해 봐도 눈부실 정도의 행복한 아우라를 풍겼다.

아직 내 결혼에 대해 진지하게 생각해 본 적은 없지만, 로망은 있다. 나도 이런 영상을 찍어서 화려한 식을 올리고 싶은데. 그때 내 옆에 서 있는 사람은 누가 될까….

그때 문득 방금 전까지 복사기로 뭔가를 작업하던 노다 쿄카 씨가 내 대각선 뒤쪽에 서 있는 걸 발견했다. 서른여덟 살이라는 노다 씨와는 지금까지 별로 대화해 본 적이 없었다.

노다 씨는 좋게 말하면 조용한 사람이고 나쁘게 말하면 붙임성이 없는 사람이었다. 머리카락을 대충 뒤로 묶고 화장기 없는 얼굴이 평소 모습이었다. 우리 부서는 정해진 유니폼이 없는데도 굳이 다른 부서에서 사용하는 남색 정장을 빌려서 착용하고 있다.

우리 부서의 유일한 창업 멤버지만 임원이 되는 것을 거절하고 매일 정시가 되면 누구보다 빨리 퇴근한다.

"멋진 영상이죠?"

헤드폰을 벗으며 돌아보니 노다 씨는 따분해하는 얼굴로 화면을 보고 있었다.

"그렇게 생각해?"

무뚝뚝한 대답에도 이젠 완전히 익숙해졌다.

"부럽지 않아요? 결혼식에서 이런 영상이 흘러나오면 전 울 것 같은데…."

"내 생각은 달라."

노다 씨는 단호하게 말하더니 책상에 놓인 스케줄표를 집어 들었다.

"결혼식은 단순한 자기만족이야. 바꿔 말하면 신랑 신부의 인정 욕구가 구체화된 거지. 하필이면 크리스마스에 식을 올리다니, 너무 비상식적이잖아."

이것만으로도 노다 씨와 나누었던 대화 중에선 최장 기록을 경신하고 있었다.

"어쩌면 친인척들끼리만 모이는 걸지도 모르고요…."

"그랬다면 이런 내레이션은 필요 없었을 거야."

스케줄표를 내 앞에 내려놓더니 손톱에 아무 장식도 되어 있지 않은 손가락으로 내레이션 부분을 가리켰다.

"으음… '오늘 모여 주신 120명의 하객분과 함께….' 정말 그러네요."

"크리스마스에 시간을 뺏기고 축의금까지 내면서 자기들 행복을 과시하는 모습을 구경해야 한다니. 이 정도면 오히려 돈을 받아야 하는 수준이지."

결혼식에 트라우마라도 있는 걸까….

뭐라 대답할지 몰라 난감해하고 있자 사에키 씨가 끼어들어 주었다.

"자, 자. 사람마다 사고방식은 다 다르니까요. 우리는 그저 영상을 본 사람들의 마음에 무언가 한 가지라도 남길 수만 있으면 성공한 것 아닐까요?"

"그래, 업무니까."

노다 씨는 냉정하게 말한 다음 자기 자리로 돌아갔다.

안도의 한숨을 내쉬는 동시에 사에키 씨의 배려심을 엿본 것 같아 가슴이 두근거렸다.

"감사합니다."

부끄러워서 바로 헤드폰을 썼다.

한 번 다 감상하고 난 다음, 화면 오른쪽에 스토리보드를 표시하며 확인 작업에 들어갔다. 확실히 소스가 약간 부족했다. 의뢰를 보내기 전에 최소한의 추가 촬영으로 끝날 수 있도록 스토리보드를 수정해야 했다.

문득 시선을 돌리자 사에키 씨가 입을 뭐라고 움직이며 나에게 뭐라고 말하는 게 보였다.

"죄송해요. 집중하느라…."

"방해해서 미안. 자판기에서 뭐 뽑아 올 건데, 마시고 싶은 거 있어?"

"아, 제가 갈게요. 블랙이면 되나요?"

사에키 씨를 제지하고 카호 언니에게도 뭘 마실 건지 물어보려 했지만 언제 나갔는지 모습이 보이지 않았다. 사장님은 여전히 통화 중이고 노다 씨는 물통을 갖고 다니니 필요없어 보였다.

지갑을 들고 자동문으로 빠져나가서 사무실 동쪽에 설치된 자동판매기로 향했다. 12월이 되면서 갑자기 추워졌는데도 내 뺨은 후끈후끈했다.

신경 쓰지 않으려 해도 작은 회사라 사에키 씨와는 자주 얼굴이 마주칠 수밖에 없다.

사에키 씨는 신입인 나에게 친절하게 대해 주는 것뿐이다. 부모님 곁을 떠나 혼자 사는 외로움 때문에 괜히 그런 감정이 드는 걸 테고.

스스로 그렇게 타이르지만 계속 관심이 가는 걸 멈추기는 힘들었다.

렌야와 사귈 때는 고백을 받아서 분위기에 휩쓸리듯이 만나기 시작했다. 이런 식으로 가슴이 뛰지도 않았다. 친구들 눈을 의식해서 수업 중은 물론이고 세미나 때조차 옆자리에 앉지 않았다.

스마트폰 벨소리가 울렸다. 아아, 후코쨩이네. 업무 중에는 못 받는다고 그렇게나 말했는데도 매일 같이 전화를 걸어온다.

"여보세요."

자판기에 돈을 넣으면서 전화를 받자 "어머!" 하고 큰 소리로 놀라는 목소리가 들렸다.

[딸? 무슨 일 있니!]

"전화는 후코쨩이 걸었잖아."

[평소엔 안 받잖아. 무슨 일 있어? 혹시 병이 나서 출근을 안 한 거야?]

조금도 변함없는 모습에 쓴웃음이 나왔다. 하지만 여기서 양보하면 끝이다.

"저기, 전에도 말했지만 업무 시간에 전화하면 곤란해. 고객들 전화가 올 수도 있고, 후코쨩 이름이 뜰 때마다 심장이 덜컥한다니까."

[얘, 전에도 말했지만 큰아빠한테 업무용 스마트폰을 지급해 달라고 해.]

지난번과 정확히 똑같은 조언을 해 주는 후코쨩.

"아직 명목상으로는 사무직이라고 했잖아. 영상 편집을 맡을 수 있게 되면 지급받을 거야. 그리고 지금도 근무 시간이니까 이런 이야기를 하고 있을 때가 아니야. 좀 내가 퇴근한 다음에 전화해 주면 안 돼?"

[하아… 딸도 이제 어엿한 직장인이 된 거구나.]

"그게 아니라…."

[난 매일 감동스러워. 너네 회사에서 만든 동영상이 꽤 많지? '무겐 채널'도 올라올 때마다 보고 있단다.]

아… 여전히 내가 하는 말은 듣지 않는다. 채널 이름도 완전히 틀렸고.

따뜻한 블랙커피 버튼을 평소보다 강하게 눌렀다.

다음은 내가 마실 걸 고를 차례였다. 잔돈이 없어서 1,000엔짜리 지폐를 넣었다.

[요새 직장에서 고민은 없니?]

후코쨩이 걱정스러운 목소리로 물었다.

질문에 대답하기 전에는 전화를 끊지 않는다는 걸 누구보다 잘 안다. 고민이 없는 건 아니지만, 그 원인이 내 지식 부족 탓이라는 걸 충분히 자각하고 있었다.

어떻게 대답할지 고민하다가 음료를 선택하지 못한 채 시간이 지나 버리자 자판기는 1,000엔 지폐를 다시 토해 내고 말았다.

"직장 문제는 아니고, 직장인은 참 힘들구나 싶어서. 영상 편집 공부를 하고 싶은데 퇴근한 다음엔 피곤해서 금세 잠이 들고. 쉬는 날도 게으르게 보내다가 그냥 끝나 버리거든. 면허를 따긴 했는데 차가 없으니까 운전 연습도 못 하고."

내 선택이 옳았는지, 후코쨩은 고민을 듣고 안심한 눈치였다.

[또 편지 보낼게.]

그런 말과 함께 전화를 끊어 주었다.

분명 이제부터 편지를 쓰기 시작할 것이다. 가만히 스마트폰을 바라보는데, 자동문이 열리는 소리가 들렸다.

"어, 아직 있었네."

사에키 씨가 추운지 주머니에 손을 찔러 넣은 채 달려왔다.

"너무 늦길래 걱정이 돼서. 혹시 잔돈이 없어서 곤란해하나 싶었거든."

"아니에요. 후코쨩… 어머니가 또 전화를 하셔서…."

나는 얼굴이 빨개진 걸 들키지 않으려고 음료 나오는 곳에 손을 뻗었다.

"그랬구나. 고마워."

캔커피를 소중한 듯 끌어안는 사에키 씨가 귀여웠다.

한 번 더 1,000엔 지폐를 넣으려는데, 사에키 씨가 먼저 500엔

동전을 넣었다.

"이건 내가 사는 걸로 해."

"아, 감사합니…."

고맙다는 말조차 제대로 못 하는 내게 사에키 씨가 하얀 이를 드러내며 웃었다.

"그건 그렇고 히마리 씨 가족은 특이하네. 어머니를 이름으로 부르다니."

고개를 꾸벅 숙이고 핫 비타민드링크 버튼을 눌렀다. 거스름돈을 돌려주면서 후코쨩의 얼굴을 떠올렸다.

"어릴 때부터 자연스럽게 이름으로 불렀던 것 같아요. 친구들 앞에서는 역시 부끄러워서 '엄마'라고 부르기도 했는데, 그럴 때는 아예 못 들은 척을 하시거든요."

"재미있네. 친구 같은 가족이라 좋겠어."

"스토커라고 하는 게 더 정확할지도 몰라요."

"푸웁!"

사에키 씨가 커피를 뿜을 뻔했다. 배를 잡고 웃는 모습을 또 멍하니 바라보게 된다.

지금의 거리감을 유지해야 해…. 계속 그렇게 자신을 타이르고 있다. 좋아하는 마음이 있더라도 이런 작은 회사에서 행동을 일으키면 안 된다.

잘되든 안 되든 사내 연애는 같이 일하는 사람들에겐 폐만 끼치게 될 테니까.

자동문 앞에서 사에키 씨가 나를 돌아보았다.

"이번 송년회에는 참석할 거야?"

"네. 물론이죠."

세 번째 주 금요일에 우리 부서만의 송년회가 열린다. 그날은 내 스물세 번째 생일이지만, 송년회도 업무의 연장이었다.

후코쨩은 이번에도 생일은 본가에서 지내라고 하겠지만 그다음 날에 가도 될 것이다.

"히마리 씨가 참석한다면 나도 가야겠네."

그런 말을 듣자 또 뺨이 달아올랐다.

사무실로 돌아가는 사에키 씨의 뒷모습을 눈으로 배웅하고 나서 슬며시 가슴에 손을 얹었다. 특별히 깊은 의미가 담긴 말은 아니라는 걸 알지만 마음이 술렁거렸다.

기대해도 되는 걸까?

작년에 했던 사랑과는 전혀 다르다. 하지만 누구에게도 들키면 안 된다. 지금은 사랑보다는 일에 더 집중해야 하는 시기니까.

다시 영상 체크를 시작하자 화면 속 두 커플의 모습이 아까보다도 눈부시게 보였다.

에도가와역을 나쁘게 말하려는 건 아니지만, 패션에 관해서는 취약한 동네인 것 같다. 주변에 그 흔한 쇼핑몰도 없었으니까.

그런데 카호 언니가 입는 옷은 깔끔하면서도 고급스러운 것들 뿐이었다. 특히 최근에 입고 다니는 모스 그린 색상의 코트가 부러웠다.

큰맘 먹고 무슨 브랜드인지 물었더니 일요일인 오늘, 같이 쇼핑하러 가 주기로 했다.

의외로 나를 데려간 곳은 게이세이 본선에서 에도가와역과 인접한 코노다이역에 있는 개인 경영 옷가게였다. 주택가 안에 덩그러니 자리 잡은 가게였고, 2층은 일반 가정집이었다.

"여기는 개인이 수입해 온 옷을 취급하는 셀렉트 숍이야. …이건 히마리한테 잘 어울릴 것 같은데?"

카호 언니가 입은 것과는 살짝 다른 디자인의 코트를 내 몸에 대 주었다. 사장님은 고등학교 시절의 친구라고 하는데 조금 떨어진 곳에서 우릴 보며 웃고 있었다.

점원이 옆에 달라붙어서 안내해 주는 건 거북한데 다행이었다.

가격을 살짝 보니 생각보다 저렴해서 가슴을 쓸어내렸다.

"이건 비밀인데, 20%는 할인받을 수 있어."

"어, 정말요?"

"지인 할인이야. 하지만 난 여기 똑같은 코트도 괜찮을 것 같아. 쌍둥이처럼 보이지 않을까?"

고마운 제안이지만 아무래도 카호 언니와 똑같은 코트를 사는 건 미안해서 처음에 본 것을 고르기로 했다. 카호 언니는 목도리를 샀다.

가게 안쪽은 카페로 되어 있었기에 계산을 마친 다음 둘이 커피를 마셨다.

"이제 올해도 곧 끝나네. 언말연시 때는 후코 숙모한데 돌아갈 거지?"

컵을 후후 부는 카호 언니에게 대답했다.

"그보다는 본가로 돌아가는 거지."

"어, 내가 뭐라고 했더라?"

"후코 숙모한테, 라고 했어."

사석에선 존댓말을 할 필요 없이 편하게 대화할 수 있었다.

카호 언니는 큰 실수를 했다는 듯 오른손으로 입을 틀어막았다. 그런 몸동작조차 귀여웠다.

"후코 숙모 댁, 오랜만에 가 보고 싶다."

이번엔 '후코 숙모 댁'이라고 했다. 카호 언니가 은근 허당인 건 어릴 때와 변함없었다.

"아직도 전화가 많이 와?"

"업무 시간도 신경 안 써. 밤에는 매일처럼 걸어오고."

"후코 숙모는 옛날부터 너를 끔찍이 아꼈잖아. 난 부러운데? 사장님은 집에서든 직장이든 계속 무뚝뚝하기만 하니까."

카호 언니가 자조적으로 웃었다. 사장님은 평소에 과묵하지만 갑자기 화를 낼 때도 있다. 하지만 내가 취직 문제로 고민할 때 먼저 손을 내밀어 줄 만큼 행동력 있는 사람이기도 했다.

"집에서도 '사장님'이라고 부르는 거야?"

"입사한 뒤부터. 안 좋은 습관인 건 아는데, 장소마다 바뀌서 부르기가 귀찮아서."

싱긋 웃는 카호 언니는 휴일이라 화장에 신경 쓴 덕분인지 더 예뻐 보였다. 윤기 넘치는 머리카락이 부러워서 트리트먼트 방법도 배우고 헤어 오일도 추천받았지만 도저히 카호 언니처럼 완벽하게 되진 않았다.

"히마리, 이제 곧 생일이지? 이거, 선물."

카호 언니가 아까 샀던 목도리를 건네는 통에 놀라고 말았다.

"어? 나한테?"

"원래는 당일에 주고 싶었는데 송년회하고 겹치잖아? 참석하지 않아도 된다고 말해 주고 싶은데 사장님이 워낙 꽉 막힌 사람이라 나오는 게 좋을 거야. 정말 미안해."

"아니야. 그런데 받아도 되는 거야? 너무 기쁘다."

옅은 핑크색 목도리를 종이봉투에서 꺼내 바로 목에 둘러 보았다. 그래서 아까 좋아하는 색을 물어봤던 거구나. 설마 그게 내 생일을 위한 건지는 전혀 생각하지 못했다.

"너는 평소에 너무 차분한 느낌의 옷만 입잖아. 이런 밝은색도 분명 잘 어울릴 거야. 이거보다 더 화려한 색도 괜찮을걸?"

다시 한번 내 복장을 보니 목도리 외에는 여전히 단색조라 부끄러워졌다. 만약 내가 카호 언니처럼 예뻤다면 좀 더 열심히 꾸몄을 텐데.

"앞으로도 많이 알려 줘. 카호 언니는 내 패션 롤모델이니까."

"패션 롤모델? 후훗, 영광인데."

카호 언니는 그렇게 말하며 커피잔을 조용히 내려놓았다.

"그러고 보니 사에키 씨가 네 생일을 물어보던데. 개인정보라 말해 주지 않았어."

그 이름을 듣자 심장이 쿵쾅거리는 소리를 냈다.

"아, 응."

"그 사람, 너를 노리는 건지도 몰라."

"에이, 설마 그럴 리가 없잖아요."

이번엔 바로 받아넘겼지만, 나도 모르게 존댓말이 나와 버렸다.

"내 직감은 잘 들어맞을 때가 많은데 말이지."

"그냥 친절하게 대해 주는 것뿐이야."

심각한 표정을 지으면서도 미심쩍다는 듯이 내 얼굴을 들여다 보고 있었다.

"정말로 사에키 씨와는 아무 사이도 아닌 거지?"

"지금은 일 배우는 것만도 벅차. 그리고 입사할 때 사장님이 귀에 못이 박이도록 말했잖아. 사내연애는 금지라고."

"사장님은 사내 연애 혐오자거든. 나도 그런 말을 몇 번이나 들었는지 몰라."

내 대답을 듣고 납득했는지….

"아, 그렇지. 사장님 이야기가 나와서 말인데…."

이제 이야기 화제는 사장님이 '얼마나 구두쇠인지'로 옮겨 가고 있었다.

그런데 카호 언니가 조금 안심하는 것처럼 보였던 건 내 기분 탓이었을까?

친구들과 점심 약속이 있다는 카호 언니와 가게 앞에서 헤어졌다. 전철을 타고 에도가와역으로 돌아올 무렵에 눈이 내리기 시작했다.

첫눈은 진눈깨비가 섞여 있어서 모처럼 산 목도리가 젖지 않도록 우산을 펼치고 걸어갔다.

'…4년 뒤 겨울, 너는 죽게 돼.'

문득 귓가에 그 목소리가 들려온 것 같은 느낌이 들어서 걸음을 멈췄다.

이제 곧, 그 남자의 예언을 들은 지 1년이었다.

"내가 죽게 된다라…."

지금도 가끔 그게 꿈이 아니었나 싶은 생각이 든다. 그는 내 몸에 손이 닿으면서 운명을 보게 되었다고 말했다.

할 말을 잃은 나를 남겨 두고 가 버리던 뒷모습이 지금도 생생히 떠오른다. 그 이후로 그와 만나지는 못했지만, 지금 생각하면 상당히 무례한 사람이었다.

보통 처음 만나는 사람에게 그런 말을 꺼내진 않을 테고 예언의 내용도 어처구니없다. 종교 권유나 다단계 판매원일 수도 있었다. '죽음을 피하고 싶다면 이걸 구입하세요.' 같은 소리를 하면서 항아리 따위를 파는 패턴일 수도⋯.

지난 1년 동안 한 번씩 그 말이 떠올랐다. 풀 수 없는 마법에 걸린 듯한 기분이었다.

"그래도⋯."

육교 계단을 올라가면서 생각했다. 위험할 때 도움을 받은 건 사실이니까⋯.

예언대로 죽는다면 남은 시간은 이제 3년뿐이다.

육교 위에 서서 차도를 내려다보았다. 올해는 예년보다 추웠고 선물 받은 목도리는 따뜻했다.

⋯카호 언니는 사에키 씨를 좋아하는 걸까?

아까 카호 언니는 평소와 달랐던 느낌이 든다. 나에게 보인 어색한 미소가 아무래도 신경 쓰였다.

정말로 물어보고 싶은 일은 정작 물어보지 못한다. 만약 그렇다면 빨리 포기해야 한다. 그런 생각이 든다는 것 자체가 사랑을 하고 있다는 증거일 테지만.

사에키 씨를 지금보다 더 좋아하게 되고 싶지 않았다. 지금의 내 목표는 우선 영상 편집을 할 수 있게 되는 것이다. 카호 언니와의 관계가 어색해지는 건 피하고 싶었다.

이 목도리처럼, 마음이라는 것도 쉽게 둘렀다 풀었다 할 수 있다면 좋을 텐데.

어두운 기분을 떨쳐 냈다. 오늘은 바로 집에 돌아가야겠다. 온라인 강좌로 수강 중인 영상 편집 수업의 숙제도 해야 하니까.

그때 맞은편에서 녹색 우산을 쓴 남자가 걸어오는 게 보였다. 하이넥 스웨터 위로 카키색의 체스터 코트를 걸치고 있다.

남자가 우산을 기울여 나를 보더니 걸음을 멈췄다. 이곳에서 작년에 마주쳤던 바로 그 남자였다.

놀라는 나와 달리 그는 불쾌하다는 듯 얼굴을 찡그렸다. 아마 작년 처음 만났을 때도 똑같은 한숨을 쉬었던 것 같다.

"구하고 싶지 않았어."

그런 말도 했었던 것 같고.

"저기, 작년에 저를 구해 주신 분이죠?"

조심스럽게 질문을 꺼내자 역시나 한숨을 푹 쉬었다.

"은혜 갚은 두루미 같은 말을 하네."

"그런 뜻이 아니라…."

"역시 한번 닿으면 그 운명에 휩쓸릴 수밖에 없는 건가…."

"네?"

의미를 알 수 없는 말을 중얼거리다가 혼자 고개를 가로젓는다.

"아냐. 혼잣말이니까 신경 쓰지 마."

75

그렇게 말하며 다시 걸어가 버렸다.

그날처럼 뒷모습이 눈 속으로 사라져 갔다. 이대로 헤어져서 영영 만나지 못한다면 내년에도 계속 떠올리게 될 것 같았다.

"잠시만요."

불러 세우자 그는 천천히 돌아보았다.

"저는 키타오리 히마리라고 해요. 작년에는 구해 주셔서 감사했습니다."

"뭐… 됐어."

"그때 들었던 말이 계속 신경 쓰였어요. 제가… 제가 죽을 운명이 보였다는 게 사실인가요?"

남자에게 다가가자 그는 같은 거리만큼 뒷걸음질을 쳤다. 몸이 닿는 걸 두려워해서인지 일정 거리를 유지하고 있었다.

잠시 그 상태를 유지하던 남자는 단념한 듯 우산을 접었다. 눈은 어느새 그쳤고 길 위에는 젖은 자국만 남아 있을 뿐이다.

남자는 한동안 망설이듯 시선을 이리저리 옮기다가 어렵게 입을 열었다.

"나는… 평범하지 않아."

"평범하지 않다고요…?"

"사람을 만지면 그 사람의 운명이 희미하게 보이게 돼. 그래서 평소에는 사람들과 엮이지 않도록 생활하고 있어."

난간에 기댄 남자가 손바닥을 펴 보이며 팔을 내밀었다.

다가오지 말라는 의미일 것이다.

"나에게 겨울은 그저 암흑이야. 봄이 오기를 바라지만 영원히 이 계절을 반복하지⋯ 아, 미안. 알아듣기 힘든 얘기를 했네."

남자는 자조적으로 웃고는 말을 이었다.

"하지만⋯ 이 능력 덕분에 소중한 사람을 지켜 낸 적도 있으니까 무의미하다고 생각하진 않아."

어떻게 대답해야 좋을지 모르는 채로 찬바람에 견디고자 몸을 작게 움츠렸다.

"너에게는⋯ 아니 히마리 씨에게는 딱 한 번 닿았을 뿐이야. 하지만 확실히 4년 뒤에 죽을 운명이 보였어. 지금부터 따지면 3년 뒤가 되겠지."

"⋯원래는 작년 사고 때 죽었어야 했다는 뜻인가요?"

"그건 아냐. 그때 내가 구하지 않았다면 무사하지 못했을 수는 있어. 하지만 운명이 가리키는 건 4년 뒤였어. 뭐, 크게 다친 것 때문에 괴로워하다가 4년 뒤에 죽었을지도 모르지만, 전혀 다른 이유에서 마음의 병이 생겨날 수도 있는 거야."

너무나 갑작스러운 이야기인데도 그냥 웃어넘길 수가 없었다. 남자의 말투에는 너무나 큰 슬픔이 가득 담겨 있어서 거짓말을 하는 것처럼 느껴지지는 않았다.

"죽음에는 두 종류가 있어. 육체적인 죽음과 정신적인 죽음. 그 중 어느 쪽이 될지는 모르겠지만, 이대로 간다면 넌 3년 뒤에 확실하게 죽을 거야."

심장이 천천히 불길한 소리를 내며 뛰었다.

물어보고 싶은 게 잔뜩 있었다. 하지만 자세한 이야기를 듣게 된다면 그때는 정말 그 예언에서 헤어 나오지 못하게 될 것이다.

발밑에서 서서히 올라오는 냉기에 공포가 섞여 있었다.

남자가 천천히 고개를 가로저었다.

"이런 식이면 더 불안하게 만들 뿐이겠네."

"아니…."

"내 이름은 아미세 아츠키. 운명이란 건 성가시거든. 아마 이제부터 겨울이 될 때마다 너와 난 만나게 될 거야. 내가 할 수 있는 일이 있다면…."

아츠키 씨가 말을 중간에 끊으며 "훗." 하고 피식 웃었다.

"아무것도 아냐. 이런 말을 꺼내서, 정말 미안해."

그렇게 말하고는 내 대답도 듣지 않고 가 버리는 아츠키 씨를, 나는 가만히 바라볼 수밖에 없었다.

— · — · — · — · — · — · — · — · — · — · — · — · —

히마리에게

직장인이 된 지 이제 곧 1년이 되네.

일은 잘하고 있니?

엄마가 처음 취직했던 날이 떠오른다.

정말 아는 게 전혀 없어서, 하루하루가 정신없었는데.

알프레드 아들러의 심리학에서 이런 말이 나온단다.

'인간의 고민은 전부 대인 관계의 고민이다.'

사람은 누구나 사회와의 연결 고리 속에서 살아가고 있어.

애초에 인간人間이라는 글자 자체가 사람人 사이間라는 뜻이잖니.

새로운 사람과 엮이는 걸 두려워하면 안 돼.

엄마의 경험을 토대로 말하자면 사회생활에서 가장 중요한 건 '인

사'란다.

회사 동료뿐 아니라 업무로 만나는 모든 사람에게 밝게 인사하렴.

만약 상대하기 거북한 사람이 있다면, 그 사람에게는 일부러 더 자

주 대화해 보렴.

상대에 대해 알게 되면서 새롭게 보이는 것들이 있을 거야.

물론 히마리라면 이런 조언 없이도 잘해 나가고 있겠지만.

히마리의 몸과 마음이 늘 건강하기를 바랄게.

엄마가

송년회의 개최 장소는 이자카야일 거라 예상했는데 퇴근한 뒤
에 모두가 함께 이동한 곳은 생각지도 못한 사장님 댁이었다.

"송년회는 꼭 우리 집에서 열려. 가게에서 하는 게 당연히 편하
지만 '사장님의 의향'이 그러시니까 말이지."

카호 언니가 냉장고에서 시원한 맥주 한 병을 꺼내며 설명해 주었다.

"미안해서 어쩌니."

큰엄마께서 말을 이어받았다.

"너에게까지 돕게 하면 안 되는 건데."

튀김을 대량으로 만드는 중인 큰엄마는 겨울이라는 게 믿기지 않을 만큼 땀을 뻘뻘 흘리고 있었다.

머리에 하얀 머릿수건을 쓴 모습이 마치 가정부 같다. 이 집에서 어릴 때부터 봐 왔던 모습이라 난 익숙하지만, 가만 생각해 보면 큰엄마는 회사 사모님인데….

"아니에요. 저야말로 도와 드릴 수 있어서 기쁘죠."

그렇게 말하자 큰엄마는 "어머." 하고 소녀처럼 웃었다.

"얼마 전까지 기저귀를 차고 기어 다니던 네가 이렇게 어엿한 어른이 되다니."

본가의 부엌보다 세 배는 넓어 보였다. 나는 아까부터 이쪽 일을 도우면서 요리를 내갈 때마다 거실로 나갔다 오고 있었다.

그때 부엌문이 열리더니 미간을 찡그린 사장님이 카호 언니를 "어이." 하고 불렀다.

"맥주."

그러고 바로 거실로 돌아가는 것이었다. 회사에서도 사장님은 짧은 말로만 지시할 때가 많았지만, 여기는 집인데….

"…직접 가져가면 될 텐데 말이지."

카호 언니는 작게 귓속말하고는 종종걸음으로 거실로 향했다.

"너도 이제 그만 먹으러 나가도 돼. 배 안 고프니?"

"괜찮아요. 큰엄마야말로 좀 쉬세요."

큰엄마는 최근 들어 어깨 결림이 심해졌다는데. 요리 중에도 계속 목 쪽을 주무르는 게 보였다.

사장님은 배달이나 사 온 음식을 허용하지 않아서 큰엄마는 아침부터 계속 송년회 준비를 했다고 한다.

본가에서도 요리는 대부분 직접 만들어서 먹었지만 아빠는 당연히 후코쨩을 도와주었다. 같은 형제인데도 사고방식은 전혀 다른 것 같았다.

"난 익숙하니까 괜찮아. 그리고 여기 있는 게 신경 안 쓰여서 더 좋고. 아, 신경 안 쓰여서 좋다는 건 직원분들이 아니라 네 큰아빠를 말하는 거야. 자, 다녀오렴."

큰엄마는 수건으로 얼굴에 흐르는 땀을 닦으면서 웃었다. 어떤 마음인지 조금은 이해가 갔다. 나도 이렇게 요리를 도울 때가 마음은 편했으니까.

문득 얼마 전 후코쨩에게 받았던 편지를 떠올렸다.

책과 별로 친하지 않은 후코쨩이 알프레드 애들러를 알고 있을 리 없다. 분명 TV에서 주워들은 이야기일 거라고 생각하자 살짝 웃음이 나왔다.

편지에는 인사와 대화가 중요하다고 적혀 있었다.

그 이후로 인사는 일부러 적극적으로 하고 있지만, 노다 씨에게 내가 먼저 말을 걸어 본 적은 없다. 상대하기 거북한 건 아니지만, 어떤 식으로 대해야 할지 잘 몰랐다.

튀김을 거실로 가져가자 카호 언니가 직원들에게 맥주를 따라 주며 돌아다니는 게 보였다. 거실에는 홈시어터를 방불케 하는 커다란 TV와 가죽 소파, 대리석 테이블이 놓여 있다.

직원들은 소파에 당당하게 앉은 사장님 주변으로 모여 있었다. 그중에는 평소에 원격으로 근무하는 직원들도 있고 다른 부서의 간부로 보이는 사람도 몇 명 있었다.

사장님은 언제나처럼 심각한 표정을 짓고 있어서 웃는 방법을 모르는 로봇 같았다.

노다 씨는 대리석 테이블 구석에서 위스키를 마시고 있었다. '자체 유니폼' 위로 카디건을 걸친 모습이었다.

그 대각선에 해당하는 자리에서는 파트 근무 직원 둘이 육아 이야기를 나누고 있다.

어디에 앉을지 고민하다가 편지 내용을 떠올리며 "저기….." 하고 노다 씨에게 말을 건넸다.

"옆에 앉아도 될까요?"

"마음대로."

차가운 대답에 시작부터 도망가고 싶어졌다.

"똑같은 걸로 마실래?"

술잔을 살짝 기울여 보이는 노다 씨에게 고개를 가로저었다.

"술은 못 마셔요."

"그래?"

그 말만을 남기고 노다 씨는 이제 나에겐 관심이 없다는 듯 앞쪽을 쳐다보았다. 조심스럽게 컵을 들고 페트병에 담긴 우롱차를 따랐다.

자, 무슨 이야기를 꺼내면 좋을까. 노다 씨와 회사 밖에서 대화할 만한 적당한 주제가 없었다. 개인적인 대화를 나눈 건 지난번에 결혼식에 관한 의견을 들었을 때뿐이었으니까.

후코쨩 같은 인싸 체질이면 대화 주제를 얼마든 생각해 낼 수 있을 테지만, 난 그 정반대의 성격이었다.

"저기….."

일단 입을 열긴 했지만 다음에 꺼낼 말이 떠오르지 않았다.

"얼음 좀 집어 줄래?"

"여기요."

"튀김도."

"네."

일단 이것도 대화로 칠 수 있을까? 영상 편집뿐만 아니라 사교성을 키우는 공부도 필요할지 모르겠다.

가만히 내 앞에 놓인 튀김을 먹고 있을 때였다.

"재미없지?"

노다 씨가 시선은 벽에 고정한 채 말했다.

"어… 아뇨, 회사 송년회는 처음이라 즐거운데요."

"그게 아니라, 니 말이야. 재미없는 인간이라고 생각하지?"

"설마요…."

노다 씨는 입을 다문 채 살짝 웃었다.

"이런 질문이 더 난처하려나. 하지만 내가 봐도 난 재미없는 인간이거든. 전에 결혼식에 관해 이야기했던 거 기억해?"

"물론이죠."

남의 결혼식에는 참석하고 싶지 않다고 했었다.

"이래 봬도 반성하고 있어. 앞으로 결혼하게 될 히마리 씨에게 쓸데없는 이야기를 한 것 같아서. 그런 소리를 아무렇지 않게 해 버리는 것 자체가 글러 먹은 거겠지."

"그렇지 않아요. 그리고 아직 결혼 예정 같은 건 없고요."

"지금도 빨리 집에 가고 싶어서 이런 복장인 거야. 말이 송년회지, 결국 사장님 비위를 맞추는 자리잖아. 업무지, 이것도."

후코쨩의 편지에 적혀 있던 것처럼 노다 씨가 어떤 사람인지 알게 되면 대하기가 조금은 편해지는 걸까…. 하지만 아직은 그럴 것 같지 않았다.

내 쪽에서 먼저 더 많은 대화를 시도해야 하는 건 아닌지 모르겠다.

"노다 씨는 절대 재미없는 사람이 아니에요. 확실히 결혼식에 대한 의견은 저와 다른 사고방식이라고 생각했지만요. 하지만 업무 면에선 늘 많은 도움을 받고 있잖아요."

과묵하지만 자기 할 일은 철저히 한다. 여유가 있으면 외주 데이터 확인을 미리 끝내 놓을 때도 있었다.

"정시에 퇴근하고 싶으니까 필사적으로 일하는 것뿐이야. 난… 싱글인데 딸이 한 명 있어."

잔에 담긴 얼음이 딸깍거렸다.

"임신해서 결혼하기로 했는데, 결혼식 직전에 남자가 도망갔어. 호적에도 들이지 못한 채로 딸아이는 벌써 여덟 살이 됐는데… 아, 또 재미없는 얘길 하고 있네."

노다 씨는 술잔을 확 들이켜고는 자리에서 일어났다.

"딸아이가 기다리니까 가 봐야겠어. 고생해."

노다 씨는 가방을 들고 사장님에게 가서 고개를 숙였다. 사장님은 관심 없다는 듯 가볍게 고개를 끄덕이고는 옆에 앉은 사에키 씨와의 대화에 집중했다.

아무 말도 할 수 없었다. 딸이나 학교에 대해 묻는 식으로 잘 생각해 보면 질문은 얼마든지 할 수 있었을 텐데. 놀란 표정으로 가만히 굳어 있기만 했다니.

뒤따라갈 수도 있겠지만 딸이 기다린다는 말을 들은 직후였다.

이럴 때 후코쨩이라면 분명 능숙하게 대처할 수 있었을 텐데.

"히마리."

나를 편하게 이름으로 부르는 건 사장님뿐이다. 소파에 기댄 자세로 손짓하는 게 보였다.

조금 전까지 사에키 씨가 앉아 있던 자리를 손으로 툭툭 쳤다. 여기에 앉으라는 뜻일 것이다.

마음을 굳게 먹고 옆에 앉자 사장님이 말없이 술잔을 내밀었기에 맥주를 따랐다.

"어때, 일하는 건."

"네. 매일 열심히 배우고 있어요."

"그러냐."

웃음기 전혀 없이 빨개진 얼굴로 말했다. 대하면 대할수록 아빠와는 정반대의 성격이라는 걸 실감하게 된다.

"도쿄는 익숙해졌고?"

"네."

"힘들어지면 여기 들어와도 돼. 남는 방도 있고 카호도 기뻐할 테니까."

술기운 때문인지 평소보다 수다스러웠다.

"고맙습니다."

여기 산다는 건 절대 말도 안 된다. 회사로도 모자라서 집에서도 사장님 눈치를 봐야 한다니….

카호 언니는 참 대단한 것 같다. 사장님의 일을 돕는 것뿐만 아니라 집에서는 집안일까지 하다니. 사람은 환경에 적응하는 생물이니까 카호 언니에겐 당연한 일이려나.

사장님은 어느새 회사의 매출에 관해 열변을 토하고 있었다. 사장님이 경영하는 다른 회사에 관한 이야기도 포함되어 있어서 솔직히 우리 회사의 성과가 좋은 건지 나쁜 건지 알 수 없었다.

"영상 제작 업계는 시류에 편승하는 측면이 있으니까 오래 가진 못할 수도 있어. 그렇지?"

갑자기 질문을 받자 당황스러웠다. 신입사원한테 보통 이런 이야기를 하나?

뭐라 대답할지 몰라 난감해하는데 부엌문이 열리며 사에키 씨가 나타났다. 케이크가 든 쟁반을 들고 있었다.

"대화 중에 실례하겠습니다."

먼저 사장님에게 양해를 구하더니 미안하다는 듯 말했다.

"히마리 씨. 카호 씨가 도우러 와 달라고 하던데."

"아, 네."

안심하며 자리에서 일어나자 나를 대신하듯 사에키 씨가 소파에 앉았다.

"사장님이 좋아하시는 와인 케이크입니다."

"안 좋아해. 이거라면 그나마 먹을 만하다는 거지."

두 사람의 대화를 등 뒤로 들으며 부엌으로 돌아오자 안도의 한숨이 새어 나왔다.

카호 언니와 큰엄마가 나란히 서서 설거지를 하고 있었다.

"도울게요."

소매를 걷어 올리는 내게 카호 언니가 장난스럽게 말했다.

"여기서 더 도와주면 안 좋은 선례를 남기게 돼. 이쪽은 괜찮으니까 나가서 편하게 즐겨. 뭐, 그렇게 즐겁진 않겠지만."

"도울 일이 있다고 하지 않았어…?"

"내가? 아냐. 이쪽은 거의 끝났으니까 괜찮아."

아… 설마.

다시 거실로 돌아와 빈 잔을 들고 사에키 씨를 바라보자 자연스럽게 눈짓으로 신호를 보내 주었다.

내가 도망칠 수 있게 거짓말을 해 준 거였어….

심장이 감미롭게 두근거렸다.

아아, 안 되겠어. 이제 사에키 씨에 대한 마음을 인정할 수밖에. 렌야와 헤어진 지 1년밖에 안 됐는데 벌써 새로운 사랑이 시작되다니….

아니, 진심으로 누군가를 좋아하는 건 처음일지도 몰라. 그렇지만….

"안 돼."

자신을 타이르면서 부엌으로 돌아오자 요리를 가져가는 큰엄마와 엇갈렸다.

설거지를 마친 카호 언니가 김이 모락모락 피어오르는 머그컵을 내밀었다.

"우리 집 비장의 무기, 최고급 코코아야. 사장님한테는 비밀인 거 알지? 저 사람, 엄청 구두쇠니까."

"고마워."

"이 코코아, 노다 씨가 알려 준 거야. 사실 탕비실에도 몰래 하나 숨겨 놨어."

입에 대자 상상했던 것 이상으로 강한 카카오의 풍미가 느껴지고 그 뒤에 고급스러운 달콤함이 입안 가득 퍼졌다.

"내가 잘 말해 놓을 테니까 이것만 마시고 그만 가 봐. 오늘 생일이잖아."

"괜찮아. 특별한 예정도 없는데."

그렇게 말하고 나서 나도 모르게 "참 대단해." 하는 진심이 흘러나왔다. 고개를 갸웃거리는 카호 언니에게 다급히 손을 저었다.

"카호 언니는 나뿐만 아니라 모든 사람한테 친절하니까. 나도 카호 언니처럼 되고 싶어서."

"아아."

카호 언니는 양손으로 머그컵을 감쌌다.

"반면교사 덕분이지. 사장님이 너무 완고하시니까, 난 저러지 말아야겠다고 생각한 거야."

"어떤 마음인지 알아. 우리 집도 똑같거든."

후코쨩의 성격을 물려받았다면 좀 더 즐거운 하루하루를 보낼 수 있었을 테지만, 그렇게나 감정이 풍부하면 피곤해서 못 버틸 것 같다.

"후코 숙모가 어때서? 늘 너를 걱정해 주고 그렇게나 상냥한 분인데… 뭐, 남의 떡이 더 커 보이는 걸지도 모르겠네."

카호 언니는 납득했다는 듯 미소 짓더니 코코아에서 김이 피어오르는 것을 바라보았다.

"난 그냥 표면적인 친절함일 뿐이야. 어릴 때부터 남의 기분만 신경 쓰느라 늘 거기 맞추게 돼. 내 민낯을 보게 되면 너도 아마 소름끼칠걸?"

"그럴 리가 없잖아. 카호 언니는 늘 내 롤모델이고, 도쿄로 올 수 있게 해 준 은인인데."

"그 정도는 아니래도. 네가 자기 길을 선택한 거지. 하지만 직장 생활뿐만 아니라, 개인적인 시간을 보내는 것도 중요해."

카호 언니는 역시 좋은 사람이다. 민낯을 보게 되더라도 그런 생각이 변할 리는 없었다.

카호 언니와 더 친해지고 싶지만, 전에 사에키 씨에 관해 이야기할 때 보였던 표정이 계속 신경 쓰이는 것도 사실이었다.

만약 카호 언니가 사에키 씨를 좋아한다면…. 며칠 전까지만 해도 '포기한다'라는 선택지밖에 없었는데, 지금은 '포기하지 않는다'라는 글자가 마음속에서 서서히 진해지고 있었다.

사에키 씨와 정확히 어떤 사이인지 물어보고 싶지만, 그건 내 마음을 공개하는 거나 마찬가지니까….

큰엄마가 빈 잔이 든 쟁반을 들고 돌아왔다.

"요리는 이제 됐어. 디저트도 남아 있으니까 일단 제일 바쁜 시간은 넘긴 것 같아."

큰엄마는 싱크대에 빈 잔을 내려놓더니 무슨 일인지 나를 바라보았다.

"자, 오늘은 이만 돌아가. 생일이니까 나머지는 맡겨도 돼."

역시 모녀는 모녀인가 보다. 카호 언니와 똑같은 소릴 하는 큰엄마에게 어떻게 사양할지 고민하는데 큰엄마가 말을 이었다.

"그리고 히마리가 먼저 가야 카호도 나갈 수 있잖니."

"아, 엄마."

카호 언니가 웬일로 당황하는 게 보였다.

"어, 아직 말 안 했니? 아무튼 도망치려면 지금이 기회야. 나중에 물어보면 급한 일이 생겼다고 둘러댈 테니까, 빨리 가 보렴."

부끄러운 듯 얼굴을 붉히는 카호 언니의 모습은 처음 보는 것 같았다.

큰길에서는 전구 장식이 반짝이고 있었다.

가로수에 최소한의 LED만 빛나는 작은 규모였지만 크리스마스가 가까워졌다는 걸 실감하게 해 주었다.

냄새 제거 스프레이를 뿌리고 옷도 갈아입은 카호 언니와 함께 뒷문을 통해 몰래 빠져나왔다.

"나한테서 맛있는 냄새가 나."

옆에서 걸어가는 카호 언니의 빨간색 코트가 밤에 잘 어울렸다.

"괜찮아. 냄새 거의 안 나."

"샤워할 시간이 없었으니까 어쩔 수 없으려나."

처음부터 카호 언니는 중간에 빠져나올 예정이었다고 한다.

사실은 물어보고 싶었다. 어디 가는 거야? 누구랑 만나는 건데?

아무 질문도 꺼내지 못한 채 건너야 하는 육교를 그냥 지나치고 한참을 걸어갔을 때였다.

"아, 미안. 네 집은 이쪽이 아니었지?"

걸음을 멈춘 카호 언니와 눈이 마주치자 시선을 스윽 피하는 게 보였다. 이런 일조차 괜히 더 신경 쓰였다.

카호 언니도 느꼈는지, "저기." 하고 하얀 숨을 토해 냈다.

"아빠한테는 비밀인데, 장거리 연애 중인 남친이 있거든."

"어…."

어둑어둑한 거리에서도 아까보다 얼굴이 빨개졌다는 걸 알 수 있었다.

"평소엔 거의 못 만나기도 하고 쑥스러워서도 말을 못 했는데. 오늘부터 도쿄에 돌아와 있거든."

아아, 이건 사랑에 빠진 사람의 미소다. 이미 마음은 사랑하는 사람 곁에 가 있다는 게 느껴졌다.

"실은 얼마 전에 엄마한테도 얘기했거든. 그랬더니 자기가 탈출 계획을 짜 주겠다면서 신이 나셨어. 오늘 술자리도 엄마한테만 떠넘기는 게 죄송하지만, 오늘 꼭 만나고 싶어서….''

"그랬구나. 전혀 몰랐어."

가슴속의 의문이 전부 풀리는 느낌이었다. 카호 언니라면 애인이 있는 게 당연했다. 혼자 멋대로 착각하던 내가 부끄러워졌다.

그리고 동시에 후코쨩의 편지에 적혀 있던 '상대에 관해 아는 것'의 중요함도 실감했다.

달려오는 택시를 잡은 카호 언니는 반짝이는 전구 장식 덕분인지 더욱 눈부시게 보였다.

"응원할게. 그리고 난 사장님과 달라서 입이 무거우니까 안심하라고!"

씩 웃어 보이자 카호 언니도 재미있다는 듯 웃었다.

"사장님은 정말로 입이 가볍다니까."

택시에 올라타기 전에 카호 언니가 나를 돌아보았다.

"고마워. 히마리가 가까이 있어서 참 다행이야."

"나도야."

택시를 배웅한 뒤에 왔던 길을 되돌아가면서 하늘을 올려다보았다. 도쿄는 별이 많이 안 보인다고 하던데, 고층 빌딩이 별로 없는 탓인지 아타미의 하늘과 큰 차이는 없어 보였다.

추위도 신경 쓰이지 않을 만큼 마음이 따뜻해지는 기분은 오랜만이었다.

카호 언니와 좋아하는 사람이 겹치지 않아서 다행이었다. 하지만 사에키 씨에 대한 호감은 접어야겠다는 생각도 들었다.

집과 회사만 왕복하면서 남자를 만날 기회가 없으니까 좁은 세계 안에서 착각하고 있을 뿐이다.

언젠가 나도 카호 언니 같은 사랑을 해 보고 싶다. 되도록 회사 밖의 사람이 좋겠지만 만남 어플 같은 건 이용하기 꺼려지는데….

육교 계단을 올라가는데 문득 자기 이름이 아츠키라고 밝혔던 남자가 떠올랐다. 그 사람과 사랑에 빠지는 미래 같은 건 세상이 뒤집혀도 절대 있을 수 없겠지만.

내 죽음을 예언하는 사람과 사귈 수 있을 리가 없다. 늘 생각하지만 그 예언은 너무 무례하다. 다음에 카호 언니에게 이야기해 봐야겠다. 이 기묘한 만남에 관해 이야기해 주면 어떤 반응을 보이려나.

육교 난간을 만지자 얼음처럼 차가웠다. 겨울은 확실하게 이 거리에 내려앉고 있었다.

계단을 뛰어 올라오는 발소리를 듣고 고개를 돌렸다. 처음엔 또 아츠키 씨가 나타난 줄 알았다.

"히마리 씨."

육교 위에 나타난 사람은… 사에키 씨였다.

몸을 굽힌 채 숨을 헐떡이는 사에키 씨는 사장님 집에서 봤던 복장 그대로였다. 다시 말해 코트는커녕 양복 재킷도 입고 있지 않았다.

"무슨 일이에요? 아, 혹시 제가 뭐 놓고 왔나요?"

가방 안을 확인하는 내게, 그는 하얀 숨을 뿜어내면서 "아니야." 하고 말했다.

늘 여유로운 사에키 씨답지 않은 행동에 당황할 수밖에 없었다.

"갑자기 집에 갔다고… 들어서… 아아, 이런. 잠시만."

사에키 씨는 가쁜 숨을 고르고는 가만히 멈춰 선 내게 슬그머니 다가왔다.

"이거, 주고 싶어서."

작은 크기의 하얀 종이봉투를 건네받았다. 이건… 뭐지? 액세서리인가?

"생일 축하해. 이런 날에 송년회가 아쉬웠겠네."

"어… 그걸 어떻게 아셨어요?"

"사장님이 알려 주셨어. 사람들 있는 앞에서 건네주면 폐가 될 것 같아서 타이밍을 보고 있었거든. 그런데 어느새 집에 갔다길래…. 혹시 부담스러운 건가?"

사에키 씨의 얼굴을 똑바로 쳐다보는 건 처음일지도 모른다.

온화한 눈빛이 나를 바라보고 있다. 회사에서도 늘 나를 신경 써 주었다. 지금도 이렇게 추운 날씨에 드레스셔츠만 입고 뛰어와 주었다.

막혀 있던 댐이 무너져 내리듯 온몸에 좋아하는 감정이 흘러넘쳤다.

"부담될 리가 있나요. 정말… 감사해요."

분명 아까의 가호 언니보다도 얼굴이 빨개졌을 것이다.

"그래서 말인데, 저기…."

사에키 씨는 한 차례 헛기침을 한 다음 엉뚱한 곳으로 시선을 향했다.

"혹시 크리스마스나 정월 같은 때 단둘이 만나자고 하면…. 아, 그냥 밥이나 한번 먹자는 건데… 그건 부담되겠지?"

"부담되지 않아요."

"앗….."

거의 반사적으로 대답이 나왔다. 사에키 씨는 의외였는지 주먹을 입에 댄 채 고개를 숙이고 있었다.

"크리스마스에는 본가에 돌아가야 하지만, 올해가 가기 전에 확인해야 하는 영상이 있어서 며칠 내로 돌아올 예정이거든요."

연말의 가장 바쁜 기간을 지나고 대부분의 영상 제작이 멈추는 이 시기에도 유튜브용 영상 편집만은 꾸준하게 발주가 들어오고 있다.

"나도 연말에는 할 일이 있으니까… 섣달그믐날이나 정월 같은 날에 꼬, 꼬고고고곡."

추위를 견디기 힘들었는지 사에키 씨가 부들부들 떨고 있었다.

"괜찮으세요?"

"안 되겠어. 이러다 얼어 죽을지도…."

"네?"

놀라는 내게 사에키 씨가 하얀 치아를 보이며 웃었다.

"농담이야. 몰래 빠져나온 거니까 그만 돌아갈게. 오늘은 생일 축하해! 그럼…."

하얀 숨을 내뱉으며 뛰어가는 사에키 씨.

지금까지 해 왔던 사랑과는 전혀 다르다. 양손으로 뺨을 감싸며 방금 나눈 대화를 잊어버리지 않도록 한 마디 한 마디 가슴에 새겨 두었다.

"메리 크리스마스…!"

산타 모자를 쓴 후코쨩의 선언과 함께 올해도 크리스마스 파티가 시작되었다.

테이블에 놓인 요리 종류는 작년과 거의 똑같았다. 튀김과 마카로니 샐러드, 햄버그스테이크에 올해는 피자가 추가된 정도다. 가장 큰 변화는 후코쨩의 체형이 더욱 둥글둥글해졌다는 점이었다.

그걸 지적했다간 울음을 터뜨릴 게 뻔하니까 입에는 지퍼를 채워 둬야겠다.

새치 염색을 그만뒀다는 아빠는 생각보다 늙어 보이지 않았다. 잘하면 미중년이라고 해도 될 정도였다.

8개월 만에 보는 두 사람의 변화는 눈에 바로 보일 정도였지만 그동안 나도 많이 바뀌었다. 카호 언니의 조언 덕분에 옷 고르는 방식도 많이 변했고 화장 기술도 제법 발전했다. 그리고 무엇보다도… 시에키 씨와의 사랑이 시작되고 있다.

메시지를 주고받게 되었고 어제는 늦게까지 장시간 통화도 했다. 섣달그믐날에 만날 약속을 한 것도 너무 기대돼서 그날이 오기만 기다리고 있었다.

"그래서 말이지, 옆집 야마모토 씨네 아줌마가 같이 헬스장에 다니자고 하는 거야. 몇 번을 거절했는데도 계속 끈질겨. 새로운 회원을 데려오면 자기 회비를 깎아 줘서 그러는 걸 거야, 분명."

디저트인 케이크부터 우걱우걱 먹기 시작하는 후코쨩.

"헤에."

"그리고 그 아줌마, 요새 엄청 멋을 부리더라고. 왠지 너무 걱정되더라."

오랜만의 귀성인데 나도 모르게 자꾸만 사에키 씨 생각만 하고 있었다. 지금쯤 어디서 어떻게 지내고 있으려나….

사에키 씨에 관해서는 아는 게 거의 없다. 몇 살인지는 알지만 그것도 건너서 전해 들은 정보였으니까. 생일과 사는 곳, 취미와 좋아하는 음식 등, 지금부터 알고 싶은 것들이 잔뜩 있었다.

하지만…. 나는 포크로 비엔나를 집었다.

달려 나가고 싶어 하는 나를 꽉 붙잡아 두는 또 하나의 내가 있었다.

지금은 이 어중간한 관계에서 오는 설렘이 좋았다. 좋아하는 마음을 키워 나가는 게임이라도 하는 것처럼. 이것저것 생각하는 게 즐거워서 견딜 수 없다.

한편으로 불타오르는 마음을 제지하는 또 하나의 내가 있다.

'사내 연애는 금지야. 주변에 폐가 되니까.'

입사할 때 사장님이 했던 말을 지금도 기억한다.

렌야와 사귈 때도 처음에는 마음고생이 심했다. 같은 학과, 같은 세미나 그룹에서 사귄다는 걸 안 좋게 보는 사람들에게 야유받거나 이상한 소문이 돌기도 했다.

지금 이대로가 좋다. 많은 걸 바라지 않으면 행복한 기분도 오래도록 이어질 테니까.

"아, 나도 도쿄에 가 보고 싶다. 혹시 다음에 네 집에 놀러 가도 되니?"

왼손에 콜라, 오른손에 피자를 든 후코쨩이 물었다.

"괜찮지만 요리 도구와 식기 같은 건 거의 없어."

늦게 퇴근하는 날도 있고 시간차 출근을 하는 날도 있기 때문에 요즘은 편의점이나 슈퍼에서 산 반찬으로 끼니를 때울 때가 많아졌다.

"그런 건 괜찮아. 딸이 일하는 회사에 살짝 가 보고 싶은 것뿐이니까."

"어, 회사까지 오려고? 그건 안 돼."

깜짝 놀라 오렌지 주스가 든 잔을 떨어뜨릴 뻔했다.

"싫어. 꼭 갈 거야. 아주버님도 보고 싶고."

"자식 일하는 직장에 오는 부모가 이디 있어. 안 그래, 아빠?"

도움을 요청하지만 아빠는 "그런가?" 하고 고개를 갸웃거릴 뿐이다.

"코이치 형이 경영하는 회사니까 상관없지 않으려나."

"역시 당신이 최고야. 어때, 잘됐지?"

조금도 잘되지 않았다.

"무슨 학교에 참관 수업 오는 것도 아니고, 절대 안 돼. 그리고 전화도 너무 자주 하고 있어."

"어? 왜? 왜? 이래 뵈도 난 굉장히 조심하고 있는 건데."

후코쨩은 당치 않다는 듯이 항의했지만 이참에 확실히 이야기해 두는 편이 좋을 것 같다.

"저기 말이야."

나는 젓가락을 탁 내려놓았다.

"확실히 낮에 거는 전화가 줄어든 건 맞아. 하지만 바쁜 시기에는 야근도 해야 해. 그리고 마감이 늦어지면 휴일에 출근할 때도 있고. 내가 받을 때까지 계속 전화를 걸면 곤란하잖아."

찔리는 게 많았는지, 후코쨩은 시드는 꽃처럼 힘없이 고개를 숙였다.

말이 좀 심했나 걱정이 됐지만, 후코쨩은 갑자기 얼굴을 들며 두 콧구멍에서 흥, 하고 콧김을 뿜어냈다.

"난 그냥 걱정되는 것뿐이야. 딸의 하루가 무사히 끝났는지 알고 싶은 것뿐인걸."

"메신저나 문자로 하라고 했잖아. 피곤해도 메시지 정도는 답장할 수 있으니까."

피곤할 때 받는 전화만큼 괴로운 건 없다. 매일 같이 전화하는 후코쨩이 가끔 귀찮게 느껴질 때도 있었다. 그럴 때마다 곧 자기혐오에 빠져들곤 하지만.

후코쨩의 얼굴이 일그러졌다. 이건 진짜로 울음을 터뜨릴 신호였다.

"하지만."

나는 다급히 부드러운 말투로 바꾸었다.

"후코쨩이 편지를 보내 줄 때마다 너무 기뻐. 지난번 인간관계에 관해 조언해 준 내용은 정말 많은 도움이 됐거든."

나도 오랜만의 귀향을 망치고 싶지는 않다. 뒤늦게 꺼낸 칭찬의 말이지만, 이건 진심이기도 했다.

"…정말이니?"

"응."

"그럼, 어느 부분이?"

조금씩 후코쨩이 기운을 되찾는 것에 안심하며 나도 피자를 집어 들었다.

"'인간의 고민은 전부 인간관계의 고민이다.'라는 부분. 아들러를 어떻게 알았어?"

"아들러? 네기 그런 내용을 썼던가?"

"기억 안 나? 그거 말고도 가장 상대하기 껄끄러운 사람일수록 가장 많은 대화가 필요하다는 부분. 직접 실천해 보니까 조금은 고민이 해소됐거든."

어제는 종무식이었다. 물론 아직 해야 할 일이 많이 남았으니 어디까지나 명목상이지만.

하지만 사생활을 중시하는 노다 씨에게는 명목상이 아니었는지, 오늘부터 새해가 밝을 때까지 푹 쉴 거라고 했다.

그녀는 어젯밤 송년회에서의 태도를 사과해 주었다. 전혀 불쾌하지 않았고 대화를 할 수 있어서 기뻤다고 대답하자 집에 가기 전에 내 업무를 거들어 주었다.

"후후, 나도 멋진 말을 쓸 줄 안단다."

후코쨩은 이제야 떠올랐는지 자랑스럽게 가슴을 폈다.

나뿐만 아니라 아빠도 안심하는 눈치였다. 후코쨩은 한 번 울음을 터뜨리면 좀처럼 그치지 않으니까.

식후 커피를 마실 때 후코쨩이 "어라?" 하고 나를 바라보았다.

"그건 언제부터 걸고 다녔니?"

내 목 쪽으로 향한 시선을 보며 후코쨩의 예리함을 떠올렸다.

그날 사에키 씨에게 받은 선물은 목걸이였다. 펜던트에는 탄생석인 터키석이 아름다운 청색으로 반짝거렸다.

일부러 옷 안에 숨겨 둔 건데 체인만 보고 알아차리다니, 역시 대단하다.

"생일 선물로 받았어."

"…언제? 누구한테? 왜?"

"송년회 때. 평소에 일을 많이 가르쳐 주는 선배가…."

"안 돼."

아직 질문에 다 대답하지도 않았다. 겨우 기분이 좋아졌나 했더니, 또….

"카호가 준 거구나. 그 애는 어릴 때부터 착했지."

아직도 분위기를 파악 못 한 아빠는 전혀 엉뚱한 말을 꺼냈다.

후코쨩은 내 가슴 쪽을 응시하며 고개를 가로저었다.

"카호가 줬으면 그렇게 말했겠지. 정확히 말을 못 하는 걸 보면 남자한테 받았다는 증거야. 안 돼. 바로 돌려줘."

"그냥 생일 선물이래도."

내가 옷 속에 숨긴 목걸이의 펜던트를 무의식중에 오른손으로 감쌌다.

"지금은 일을 열심히 배워야 되는 시기라며? 연애 같은 걸 할 시간이 어디 있니?"

일리 있는 말이었다.

"그리고 애인을 만들 거면 아타미 사람이어야지."

하지만 이건 찬성할 수 없다.

"왜 이쪽 사람이어야 하는데?"

"당연하지. 도쿄에는 전국에서 많은 사람이 올라오잖니. 만약에 결혼하게 됐는데 다른 현 출신이면 어쩌려고? 시부모님하고 같이 살게 되면 멀리 떨어져서 살아야 하잖아."

공포를 표현하는 건지, 후코쨩은 양팔로 자신의 몸을 끌어안고 있었다.

"그렇게 되면 지금보다도 자주 못 보게 돼. 그런 결혼, 난 절대 허락 못 해!"

아빠를 돌아보니 안 되겠다. 딸이 먼 곳으로 시집가는 상상을 했는지 눈시울이 촉촉해졌다.

나는 휴우, 하고 한숨을 쉬며 입을 열었다.

"난 방금 후코쨩의 말을 듣고 도쿄에 가길 정말 잘했다는 생각이 들었어."

"딸?"

"아까부터 후코쨩은 자기 생각만 하고 있잖아. 내가 누구를 좋아하는지까지 후코쨩이 정해 줄 필요는 없어."

무거운 공기가 흘렀다. 오랜만에 만난 덕분에 후코쨩의 말이 잘못되었다는 걸 알 수 있었다.

하지만 아무리 내가 화를 내도 후코쨩이 의견을 굽히는 경우는 없다. 지금도 토라진 얼굴로 고개를 숙이고 있다.

"후코쨩은 쓸데없는 상상을 너무 많이 해. 나, 이걸 준 사람하고는 아무 사이도 아냐. 그냥 어쩌다 내가 선배 일을 도와주게 돼서 그 보답으로 받은 것뿐이라고."

"…하지만 거기서 사랑으로 발전할 가능성은 있잖아. 만화나 드라마에선 다들 그러던걸."

어느 쪽이 부모고 어느 쪽이 자식인지 모르겠다.

해마다 후코쨩에게 하는 거짓말이 늘어난다. 성가시게 느껴질 때도 많아진다.

…아타미에서 탈출한 것만으로도 다행이라고 생각하자.

"이 목걸이는 다신 안 할게. 후코쨩 말대로 상대방이 착각하면 곤란하니까."

"그래, 맞아."

"아타미에 좋은 사람이 있으면 소개해 줘. 잘생기고 돈 많은 사람으로만."

그러자 후코쨩의 얼굴이 확 밝아졌다.

"맡겨만 둬. 내가 의외로 인맥이 넓잖니. 만약에 잘 안 될 것 같으면 새로운 인맥을 마구 넓힐 거야."

싸움의 마지막은 대부분 이렇게 내가 굽히면서 끝난다.

지금까지는 아무렇지도 않았던 일이, 이제는 힘들어지는 걸 느낀다. 가슴속의 답답함을 오렌지 주스로 씻어 내려 보지만, 아직도 찝찝함이 남아 있었다.

에도가와역의 개찰구를 빠져나오자 간신히 숨통이 트이는 기분이었다.

연말의 거리는 평소보다 훨씬 한산했고 피곤해 보이는 샐러리맨 한 명이 걸어가고 있을 뿐이었다. 이런 시기에 본가에서 돌아오는 사람은 나 정도밖에 없을 것이다.

그 뒤로도 며칠 동안은 장 보는 데 따라가거나 정월 요리 준비를 돕기도 했다. 아빠와 후코쨩 모두 기뻐 보였다. 예전의 나였다면 즐거웠을 것이다.

하지만 크리스마스 파티에서 느낀 위화감이 점점 커져 가고 있었다. 결국 급한 일이 생겼다고 몇 번째인지 모를 거짓말을 하고 일찍 돌아오고 말았다. 어차피 섣달그믐날에는 도쿄로 돌아올 예정이었으니까 허용 범위의 오차였다.

후코쨩이 잘못한 건 아닌데도 만날 때마다 자꾸 거짓말이 늘어만 간다.

옷 속에 숨겼던 목걸이를 겉으로 꺼냈다. 예리하게 발견한 게 후코쨩다웠다.

'아직 사귀는 사이도 아닌데 뭐.'

그렇게 중얼거리자 깊게 내쉰 하얀 입김이 밤공기 속으로 녹아들었다.

아타미에서 새로 산 캐리어를 끌고 걷다 보니 처음 이 동네에 왔던 날이 떠올랐다.

하루하루가 순식간에 흘러갔고, 성장한 느낌은 없어도 충실하게 생활했다는 만족감은 있었다. 대충 그런 느낌이었다.

치마 주머니 속에서 스마트폰이 한 번 울렸다. 이건 메시지 수신을 알리는 신호다. 길가에서 화면을 확인하니 '사에키 씨'라는 글자가 빛났다. 가슴이 빠르게 두근거렸다.

「잘 돌아왔어? 이틀 뒤에 만날 시간을 기대하고 있어.」

오늘 돌아가기로 했다는 메시지를 보냈으니까 아마도 그 답장일 것이다.

만약 애인 사이라면 당장이라도 만나러 갈 수 있을 텐데. 상대방도 지금 보고 싶다고 생각해 줬을지도 모르는데.

기쁘면서도 애달픈 마음이었다. 무기질적인 빌딩과 신호등, 어두운 하늘까지도 아름다워 보였다.

아아, 그래…. 이게 사랑이라는 거구나.

사에키 씨를 보고 싶었다. 이유 없이는 만날 수 없는 관계에서 벗어나고 싶다.

집에 돌아가면 전화해 볼까? 보고 싶다고 하면 어떤 대답이 돌아올까?

주머니 안에는 돌아올 때 후코쨩이 억지로 떠맡기듯 건네준 편지도 들어 있었다.

어젯밤에 쓴 걸 테지만 신칸센 안에서 열어 보진 않았다. 어차피 연애보다는 일이 더 중요하다는 식으로 썼겠지.

육교 위에 도착하자 밤하늘과 똑같은 색의 코트를 입은 남자가 걸어오는 게 보였다.

설마…. 그렇게 생각하자마자 나를 발견한 상대는 지난번처럼 불쾌한 표정을 지었다.

하지만 지금의 나는 이미 사교 스킬을 터득한 몸이다. 가장 거북한 사람과는 가장 많은 대화를 하면 된다고 했다.

"안녕하세요."

미소로 인사하자 아츠키 씨는 의외라는 듯 눈을 동그랗게 떴다.

"한 번의 겨울을 보낼 동안 두 번이나 만날 줄은 정말 상상도 못 했는데…."

"본가에서 돌아오는 길이에요. 아츠키 씨는 외출하시나요?"

"비슷해."

쌀쌀맞은 태도도 이젠 익숙했다.

"지난번에도 육교 위에서 만났잖아요. 이것도 아츠키 씨가 말하는 운명 때문인가요?"

"그럴 테지. 하지만 믿지 않는 사람에게 설명하기는 어려워."

아츠키 씨는 나와 처음 만났을 때, 내가 4년 뒤 겨울에 죽을 거라고 예언했다. 그때는 목숨을 구해 준 것이 고마워서 진지하게 들었지만 1년이 지난 지금 그럴 기미는 전혀 보이지 않았다.

"솔직히 나도 믿진 않아요. 도쿄에 온 뒤로 힘든 일도 있었지만, 굳이 따진다면 운이 좋아졌다고 느끼거든요."

사에키 씨를 떠올리며 말했지만 아츠키는 뚱한 표정을 풀지 않았다.

"히마리 씨는 몇 살이야?"

"얼마 전에 23번째 생일을 맞았어요."

"나도 비슷해. 그것보단 조금 위지만."

아츠키 씨는 그렇게 말하고는 팔짱을 끼었다.

"그래서, 운이 좋아졌다는 건 무슨 뜻이야?"

"뭐, 여러 가지 면에서요. 회사 일도 익숙해졌고, 어느 상황에서든 하고 싶은 말을 할 수 있게 됐어요. 그리고⋯."

나는 목걸이에 손을 댔다.

"좋아하는 사람이 생겼거든요."

본가에서 화가 났던 것도 사에키 씨 생각만 하면 괜찮아졌다. 아니, 괜찮아지는 수준이 아니라 더 행복해진다.

"안됐지만⋯."

아츠키 씨의 목소리가 내 공상을 싹둑 잘랐다.

"운명은 확실히 너에게 죽음을 가져오고 있어. 힘든 일이 겹쳐서 그날을 맞이할 수도 있고, 어쩌면 가장 행복한 순간에 찾아올 수도 있지."

이번엔 내가 발끈할 차례였다.

"난 안 믿어요. 점이라는 건 좀 더 긍정적인 내용을 말해야 한다고 생각해요. 죽음의 예고 같은 걸 쉽게 하면 안 되죠."

아츠키 씨가 슬며시 손을 내밀었다.

"악수하자고요?"

"다른 사람을 만지면 그 사람의 운명을 알 수 있다고 했잖아. 자세히 알고 싶다면 내가 봐 줄게."

가늘고 긴 손가락을 보며 한 걸음 물러섰다.

"괜찮아요. 제 운명은 제가 결정할 테니까요."

엉뚱한 소리만 하는 아츠키 씨는 역시 이상한 사람이다.

"알았어."

아츠키 씨는 손을 내리더니 다시 걸어가기 시작했다.

"거울은 몇 번이든 나와 널 만나게 할 거야. 다음부터는 서로 모른 척하자고."

"어, 화난 거야?"

나도 모르게 반말이 튀어나왔다.

"화난 거 아냐. 난 원래 사람들을 싫어하니까 이야기를 하지 않아도 된다면 그게 더 편해."

"그런 말이 어디 있어. 그쪽이 먼저 말을 걸어왔으면서…."

어째서일까? 머릿속에 떠오른 생각이 바로바로 언어로 변환되었다.

아츠키 씨는 스쳐 지나가기 직전에 걸음을 멈췄다. 그 눈동자가 선명히 보였다. 검은자위 안에서 혼란스러운 감정이 소용돌이치는 것만 같다.

"전에 그랬죠? 겨울은… 암흑이라고."

"…그래."

"저에게 겨울은 흰색이에요. 추운 만큼 다양한 사람의 온기를 느낄 수 있달까, 갈구하게 된달까…. 코타츠나 난로도 아주 좋아하거든요."

그래서 아츠키 씨가 가진 이미지를 바꿔 주고 싶어요. 원래는 그렇게 말하고 싶었지만 아직 가깝지도 않은 사람에게 할 수 있는 이야기는 아니었다.

아츠키 씨는 나를 가만히 바라보다가 문득 몸에서 힘을 뺐다.

"넌… 특이하구나."

입꼬리가 살짝 올라가 있었다. 하지만 내 시선을 의식했는지, 금세 입가에 힘을 주었다.

"어쨌든 이것만은 기억해 둬. 내년 겨울부터 운명은 널 사로잡기 위해 움직이기 시작할 거야. …그럼."

이번엔 정말로 스쳐 지나간 아츠키 씨는 계단을 내려갔다. 툭, 툭 하는 발소리만 들려왔다.

특이한 건 아츠키 씨 쪽이다. 운명이라는 게 처음부터 정해졌을 리가 없지 않은가.

부정하고 싶었지만 내년부터 나를 둘러싼 운명이 바뀐다고 생각하면 불안했다.

스마트폰이 또 울렸다. 이번엔 전화였다.

후코쨩이겠지…. 이제 슬슬 집에 도착할 시간이니까 확인 전화일 것이다. 이쪽으로 급하게 돌아오기도 했으니 오늘 하루 정도는 몇 시간이든 이야기를 들어 줘도 될 것이다.

하지만 액정에 표시된 이름을 보고 나도 모르게 "어?" 하고 소리치고 말았다.

표시된 이름은 '사에키 씨'였다. 황급히 통화 버튼을 눌렀다.

"여보세요."

[아아, 미안. 슬슬 집에 도착했겠지 싶어서.]

"아, 네. 방금 역에서 나온 참이었어요."

마음에 밝은 불이 확 켜졌다. 찬바람도 신경 쓰이지 않을 만큼 가슴이 후끈후끈해졌다.

[저기, 지금 잠깐이라도 괜찮으니까 볼 수 있을까?]

순간적으로 말이 나오지 않았다. 고장이라도 난 것처럼 심장이 쿵쾅거리는 게 느껴졌다.

"알았어요. 역으로 돌아갈까요?"

이런 상황에 익숙지 않은 탓에 근무 중의 대화처럼 되고 말았다.

[응. 10분 내로 만나러 갈 테니까 기다려 주겠어? 꼭 보고 싶어. 직접 만나서 고백, 앗…. 꼭 하고 싶은 말이 있거든.]

그 뒤로 어떻게 전화를 끊었는지도, 역까지 어떻게 돌아갔는지도 기억나지 않는다.

개찰구 너머에서 달려오는 그를 본 순간, 내 새로운 인생이 시작되는 것만 같았다.

아츠키 씨가 말한 운명마저 이겨 낸 듯한 기분이 들었다.

———·———·———·———·———·———·———·———·———·———·———·———·———

히마리에게

엄마의 첫사랑은 성인이 된 뒤였단다.

첫사랑은 이뤄지지 않는다고 하지만, 엄마의 경우는 예외였어.

네 아빠와 처음 만나자마자, 이 사람과 결혼하게 될 거라는 걸 알았지.

물론 결혼한 뒤에는 많은 일이 있었어.

하지만 그 너머에 히마리가 태어났잖니.

너도 직장인이 되면서 매일 바쁠 테지만, 연애도 중요해.

만약 좋아하는 사람이 생기면 언젠가 엄마에게도 소개해 주렴.

멋진 사랑을 할 수 있길 바랄게.

엄마가

———·———·———·———·———·———·———·———·———·———·———·———·———

막간

운명을 말하면 모두가 날 피한다.
만지기 위해 뻗은 손은 허공을 맴돌다 힘없이 내려올 뿐.
이번에도 똑같을 거라 생각했다.
거부하면서 내게서 등을 돌릴 거라고.

하지만 넌 내게 겨울의 색을 전해 주려고 했다.
겨울이 흰색이었다는 건 이미 잊어버린 지 오래였어.
내가 떠올리는 건, 먼 옛날의 눈 풍경.
그 행복한 감정이 한순간이나마 되살아난 기분이 들었어.

그래도 아직 나에게 널 구할 만한 힘은 없다.
내년부터 시작될 시련을 부디 잘 극복할 수 있기를.
진실이 뒤흔드는 겨울을 잘 받아들일 수 있기를.

그렇게 바랄 수밖에 없었다.
빨리 편해지고 싶다고 바라던 날들이 얼마나 괴로웠을까.
절망 속에서 가면 깨지는 소리를 들었을 때.
그건 구원의 음색처럼 경쾌하고 따뜻한 소리로 들렸을까?

흰색에 맹세하다

후미 이모가 생각난 건 생일이 가까워졌기 때문인지도 모른다.

꿈에 나타난 것 같았는데, 자세히 들여다보려고 할수록 기억이 와르르 무너져 내린다. 이젠 얼굴도 목소리도 잊어버렸고, 막연한 분위기 정도만 남아 있었다.

후미 이모는 후코쨩의 이종사촌 여동생이다. 후코쨩보다 젊어서 나에겐 나이가 많은 언니 같은 존재였다.

당시에는 도쿄에 살고 있어서 평소엔 자주 보지 못했지만, 어린 시절의 생일 파티 때마다 꼭 와 주었다.

후미 이모에 관해 생각나는 건 덜렁거리는 성격이었다는 점이다. 자주 넘어지거나 몸을 부딪치는 사람이라 어린 마음에도 걱정이 되었다.

내 다섯 번째 생일 파티가 열렸을 때, 나는 후미 이모와 함께 후코쨩이 돌아오기를 기다렸다.

그날 밤 후미 이모는 옆에서 계속 나를 위로해 주었다. 늦게나마 후코쨩이 돌아와서 셋이 생일 파티를 했던 것 같은데….

후미 이모와는 벌써 몇 년이나 만나지 못했다. 부부가 미국으로 이주했다는 말을 듣고 쓸쓸한 마음이 들었던 게 기억난다.

잘 지내고 있으면 좋을 텐데…. 그런 생각을 하며 사무실을 둘러보았다.

1년이라는 시간은 순식간에 지나가 버리고 직장인으로서 맞는 두 번째 겨울이 찾아왔다. 올해는 신입 채용이 없었기에 사무실 멤버는 그대로인 가운데 나에게는 커다란 변화가 있었다.

대각선 앞쪽에 앉은 사에키 씨와 마침 눈이 마주쳤다.

작년 연말, 사에키 씨는 역으로 달려오자마자 큰 목소리로 고백해 주었다. "당신을 좋아합니다."라는 심플한 대사는 그 이후로 나를 쭉 행복하게 해 주고 있다.

…너무 오래 쳐다보면 들키겠지.

최근에는 자연스럽게 시선을 돌리는 것도 제법 능숙해졌다.

마른 체형인데도 가슴판이 두꺼운 것과 허벅지에 점 2개가 나란히 있다는 것, 잠에서 깨면 혼이 빠져나가지 않을까 싶을 만큼 크게 하품한다는 건 오직 나만 아는 사실이었다.

자꾸만 헤벌어지는 입가에 힘을 주며 업무용 얼굴로 되돌렸다.

"히마리 씨." 하고 옆자리의 카호 언니가 갑자기 말을 걸어도 문제없다. 태연한 얼굴로 "네." 하고 대답했다.

"'에도가와 스시집'에서 김밥 포스터 제작 의뢰가 들어왔어. 올해는 브로슈어도 만들어 달래. 계약서를 메일로 보낼게."

"알겠습니다. 코토부키 씨한테 맡기면 되겠죠?"

"그쪽은 전부 코토부키 씨가 맡고 있어. 지금 따로 맡은 일이 있으니까 스케줄 조정도 부탁할게."

코토부키 씨는 원격 근무팀 직원이다. 거의 만날 일은 없지만, 코토부키 노리토^{寿祝詞}라는 축복 넘치는 이름 덕분에 회사 내에서도 유명했고 행운이 깃들 것 같다며 지명되는 경우도 많다.

실제로 실력도 좋아서 디자인부터 영상 편집까지 만능으로 해내지만 자기 능력을 과시하지 않는 아저씨라는 인상이다. 확실히 나이는 40세 정도였던 것 같다.

온라인 스케줄표를 열어 임시 마감일을 입력해 나갔다. 계절용이라 빨리 완성해야 하지만 코토부키 씨라면 할 수 있을 것이다.

단체 메일로 계약서와 스케줄표, 상세 내용을 전송한 다음 점심시간에 들어가기로 했다.

언제나처럼 자판기에서 핫 비타민 드링크를 샀다. 올해는 따뜻한 겨울이라고 하는데 하늘에는 양떼구름이 뭉그적거리듯 머물러 있었다.

"수고."

사에키 씨가 잔돈을 들고 걸어왔다.

"수고하셨습니다."

"금요일 밤은 괜찮아?"

사에키 씨가 지판기를 바라보며 말했다. 금요일은 19일, 즉 내 생일 전날이었다.

"네."

"영화관에 갔다가 이탈리안 레스토랑을 예약해 두려고 하는데. 괜찮아?"

"네."

사에키 씨가 음료를 고르면서 "후후." 하고 웃었다.

"꼭 업무 확인을 하는 것 같네."

우리가 사귄다는 건 모두에게 비밀이었다.

'사장님이 좋게 안 볼 테니까 사람들에게는 비밀로 하자.'

사에키 씨가 그렇게 제안하지 않았다면 카호 언니에게도 바로 알렸을지도 모른다.

하지만 사장님의 사내 연애 금지는 유명했다. 들키면 어느 한쪽을 다른 부서로 이동시킨다는 소문도 있어서 조심스럽게 만나는 중이었다.

데이트는 주로 금요일부터 토요일까지였다. 일요일은 사에키 씨의 취미인 테니스 동호회 활동이 있어서 나도 온라인 강좌로 공부를 하거나 한 번씩 본가에 돌아가곤 했다.

너무 오래 머물렀다간 의심받기 딱 좋았다. 인사와 함께 사무실로 돌아와서 도시락통을 꺼냈다. 음식을 직접 만드는 횟수가 늘어난 것도 사에키 씨와 사귀면서 생겨난 변화였다.

　"오늘도 맛있어 보이네."

　메일 작성을 끝마친 카호 언니가 고개를 뻗어 도시락을 구경했다.

　"어제 먹다 남은 것하고 냉동식품이에요."

　"그래도 대단해. 난 이건데."

　편의점 빵을 든 게 보였다. 내 방의 요리 기구가 늘어난 것도 사에키 씨와 사귄 뒤부터였다.

　"예전엔 너도 편의점파였는데. 배신감 들어."

　이 주제로 계속 대화하는 건 너무 위험했다. 빨리 다른 이야기로 넘어가야….

　"그보다도 큰엄마 몸은 좀 괜찮으세요?"

　"거의 다 나았어. 이제 곧 퇴원할 수 있대."

　큰엄마의 갑상선암이 발견된 게 몇 달 전이었다. 다행히 전이는 되지 않아 제거 수술을 성공적으로 받았다고 들었다. 전문의가 있는 대학 병원에 입원 중이지만 퇴원하면 보러 오라고 해서 아직 병문안은 가지 못했다.

　"그럼 해가 바뀌기 전에는 돌아오실 수 있겠네요."

　"한동안은 오빠 집으로 피난 가서 몸조리를 할 예정이야. 집으로 바로 갔다간 누구 때문에 또 혹사당할 테니까."

카호 언니는 얼굴을 찡그리다가 어깨를 으쓱해 보였다.

"뭐, 오빠한테 신세 지고 싶진 않지만, 이번만큼은 어쩔 수 없으니까."

카호 언니의 오빠는 예전부터 사장님과 사이가 나빠서 고등학교를 졸업하자마자 집을 뛰쳐나가 도쿄에서 혼자 살고 있었다. 본가에도 거의 발길을 끊어 버려서 어쩔 수 없이 카호 언니가 이 회사에 들어오게 된 것이다.

그 여파로 카호 언니와 오빠도 연락이 끊어졌다고 들었다. 내 경우는 바로 얼마 전까지 카호 언니에게 오빠가 있었다는 걸 깜빡했을 정도다.

"덕분에 내 꿈을 포기해야 했으니까 오빠를 원망한 적도 있었는데, 이번 일로 용서해 주려고."

옆얼굴로 미소 짓는 카호 언니는 최근 들어 더욱 예뻐졌다.

장거리 연애도 이어지고 있지만 그걸 공개하지 못하는 건, 큰엄마가 입원한 이후로 사장님의 기분이 더욱 안 좋아졌기 때문이다.

기분이 좋을 때는 비밀 이야기를 해 줄 때도 있었는데 최근의 사장님은 더욱 뚱해진 모습이었다.

"아, 맞다."

카호 언니가 스마트폰을 보여 주었다.

"올해 송년회는 도저히 집에서 하기 힘들잖아? 사장님은 내키지 않는 눈치지만, 여기라면 괜찮대. 스미다구에서 그리 멀지도 않고. 올 수 있지?"

"네."

화면에는 나도 잘 아는 커다란 호텔 외관이 표시되어 있었다. 송년회 코스는 1인당 8,000엔이나 하지만, 체면을 중시하는 사장님다운 선택이었다.

"존경할 만한 아빠는 못 되지만, 사장님으로는 조금 존경하고 있어. 혼자서 회사를 몇 개나 세운 것도 대단하고, 가족들을 열심히 먹여 살리는 것도 사실이잖아."

카호 언니는 스마트폰을 책상 위에 내려놓고는 살짝 웃었다. 나는 주변을 둘러보고 나서 카호 언니에게 얼굴을 바싹 들이댔다.

"남자 친구 이야기는 아직도 비밀이에요?"

"그이는 내년에 본사로 복귀한다고 하니까, 미래에 대한 건 그때 결정하려고."

대기업에서 일한다는 그와 결혼까지 생각하는 것이리라. 벌써 몇 년이나 사귄 카호 언니에 비하면 나 같은 건 아직 애송이였다.

"카호 언니의 남친은 어떤 사람이에요?"

"휴가 인쇄라고 알지? 거기서 과장으로 일해."

휴가 인쇄라면 우리 회사와도 거래하는 곳이다. 오히려 우리 같은 곳과 관계를 맺어 주는 게 고맙게 느껴질 만큼 큰 회사였다.

"지금은 삿포로 지점에 파견을 나가 있어서 좀처럼 만나기 힘들

거든."

같은 비밀을 가진 사이니까 사에키 씨와의 관계도 공유하고 싶은 마음이 굴뚝같아진다. 하지만 카호 언니는 사촌 자매이자 회사 선배이기도 하다. 입사 2년 차인 내가 사내 연애를 한다는 말은 도저히 꺼낼 수 없었다.

계속 도시락을 먹고 있는데 사에키 씨가 캔커피를 들고 사무실로 들어왔다. 그쪽을 돌아보고 싶은 마음을 억누르며 PC 화면에만 집중했다.

언젠가 카호 언니에게도 내 사랑 이야기를 들려주고 싶다.

지금까지 경험한 연애와는 완전히 달랐다. 매주 금요일 밤이 오기만을 기다리다가 막상 만나면 시간이 순식간에 흘러가서 작별의 순간이 찾아온다. 다음에 만날 날을 기대하면서, 평일 동안에는 아무 사이도 아닌 척 연기하며 지냈다.

마치 벌칙이라도 받는 것 같다. 차라리 누군가에게 들켜 버린다면 당당하게 사귈 수 있을 텐데. 그런 무서운 상상을 하게 되는 것도, 그만큼 내가 행복하다는 증거일 것이다.

작게 찢은 빵을 입에 넣던 카호 언니가 책상 위 달력의 오늘 날짜를 가리켰다.

"올해도 '겨울의 그 남자'는 나타나려나?"

생각지도 못한 발언에 혹시라도 들렸을까 봐 사에키 씨 쪽을 돌아보았다. 사에키 씨에게도 이야기는 해 두었지만 다른 남자 이야기를 눈앞에서 하는 건 조금 그랬다.

자연스럽게 카호 언니가 가리키는 쪽으로 시선을 돌렸다.

"나타나지 않았으면 좋겠어요. 남의 죽음을 예고하는 예언가라니, 너무하지 않아요?"

"4년 뒤 겨울에 죽는다.'라고 말했댔지? 이제 2년밖에 안 남은 거네. 냉정히 생각해 보면 못된 사람이야."

아츠키 씨의 이야기를 꺼냈을 때, 카호 언니와 사에키 씨 모두 '세상에는 별의별 이상한 사람이 있다.'라는 동일한 결론을 냈다.

"아츠키 군이랬나? 만지기만 해도 그 사람의 미래가 보인다면 난 못 견딜 것 같아. 직장에서든 사석에서든 누구의 몸에도 닿지 않고 살아간다는 건 너무 어렵잖아. 평소엔 어떤 생활을 하고 있는 걸까?"

"저야 모르죠…. 어쨌든 여간 민폐가 아니잖아요."

'민폐'라는 단어에 힘을 주고 나서 사에키 씨의 반응을 살피려다가 간신히 그만두었다.

…조심해야지.

사소한 태도만으로도 카호 언니에게 들킬 수 있었다. 사랑에 빠진 사람이라면 자신과 똑같은 감정을 민감하게 알아챌 테니까.

"그런데 말이야."

카호 언니가 뭔가 떠올랐다는 듯 나를 바라보았다. 아무래도 이 주제에 관한 이야기를 계속 이어 가려는 모양이다.

"그런 식의 만남도 괜찮지 않아? 아츠키라는 사람이 히마리의 운명적 사랑인지도 모르잖아."

"에이, 설마. 그만해."

나도 모르게 반말로 대답하고 말았다.

"드라마 같은 데서는 그게 정석적인 전개잖아?"

"절대 아니에요. 절대, 절대."

"그래애? 자기 미래를 알고 있는 사람이면 나중에 지켜 줄 수도 있는 거잖아."

이제 그만했으면 좋겠는데도 카호 언니는 자기 말에 감탄한 듯 거듭 고개를 끄덕거렸다. 만약 지금 사에키 씨와 사귄다는 걸 밝히면 어떤 반응을 보일까?

그런 악마의 유혹에 견디고 있을 때였다.

"사에키 씨는 어떻게 생각해요?"

카호 언니가 생각지도 못한 방향으로 창끝을 돌렸다.

나와 달리 사에키 씨는 "네?" 하고 모니터 너머에서 어리둥절한 표정을 지었다. 어느샌가 헤드폰을 한쪽 귀에 대고 있었다.

"죄송합니다. 못 들었는데요. 무슨 얘기죠?"

"히마리가 말이죠…."

"카호 씨, 됐다니까요."

내가 강하게 제지하자 카호 언니는 불만스럽게 뺨을 부풀렸다. 2년 가까이 같이 일하면서 알게 된 사실인데, 카호 언니는 가끔 폭

주하는 버릇이 있다.

고개를 갸웃거리며 다시 업무에 집중하는 사에키 씨가 나에게만 보이도록 장난스럽게 한쪽 눈썹을 치켜 올렸다. 그런 표정에도 심장이 두근거려서 괜히 나도 서류철을 펼쳤다가 덮었다가 했다.

올겨울은 최고의 계절이 될 거라는 예감밖에 들지 않았다.

그래. 운명 같은 건 내 힘으로 어떻게든 바꿀 수 있는 거야.

분명 올겨울에 아츠키 씨와 만날 일은 없겠지.

"유감스럽지만, 2년 뒤 겨울에 넌 죽게 될 거야."

조금도 유감스럽지 않은 듯한 말투로 아츠키 씨가 말했다.

목요일인 오늘, 퇴근길에 사에키 씨에게 줄 크리스마스 선물을 사러 가기로 했다.

결국 이렇다 할 물건을 못 찾아서 일요일에 다시 찾아보기로 하고 돌아오는 길에 또 육교 위에서 아츠키 씨와 딱 마주쳤다.

올겨울에는 만나지 않을 거라는 예감은 불과 사흘 만에 뒤집히고 말았다.

여기서 이야기를 하면 회사 사람들이 볼지도 모른다.

나도 모르게 아츠키 씨의 팔을 붙잡아 강변의 자전거 주행로로 데려갔다.

강변의 운동장과 그 너머에 흐르고 있을 에도강은 어둑어둑해서 잘 보이지 않았다. 머리 위에서는 별들이 작게 반짝였다.

갈색으로 칠해진 아스팔트를 가로지른 다음, 아츠키 씨는 제방의 경계선쯤에서 멈춰 섰다.

"자세히 말하자면 작년보다도 죽음의 색이 확실히 짙어졌어. 시련의 겨울이 시작된 거야."

검은색 파카와 스웨터를 입은 아츠키 씨는 밤에 반쯤 녹아든 것처럼 보였다. 눈빛이 차가워 보이는 건 지금 그가 하는 이야기 때문일 것이다.

"왜… 왜 만날 때마다 듣기 싫은 말만 하는 거야?"

지금까지는 그저 듣기만 할 뿐이었다. 처음 만났을 때는 아무것도 모르는 상황이었지만 지금은 다르다.

"난 그저 너에게 사실을 알려 주는 것뿐이야."

"편하게 부르지 마."

나도 모르게 날카로운 말투로 대답하고 말았다. 겨울치고는 미적지근한 바람이 우리 사이로 불어 지나갔다.

"그럼 너도 편하게 불러. 히마리 씨라고 하면 거리감이 좁혀지기 힘들잖아."

"거리감을 좁히고 싶지 않아. 애초에 아츠키 씨는 너무 무례해. 혹시 뭐 비싼 물건이라도 강매하려는 거야?"

"비싼 물건?"

"항아리나 그림 같은 거…. 상대방을 불안에 휩싸이게 한 다음 고가의 물건을 파는 사기 수법을 들은 적이 있어."

진지한 표정을 짓고 3초 뒤, 아츠키는 큭큭 웃기 시작했다.

"그럴 거면 이렇게 몇 년이나 걸리진 않았겠지."

그 말투에 발끈하고 말았다. 지금까지 화가 날 때는 있어도 꾹 참으며 넘겼지만 지금은 도저히 그냥 넘어갈 수가 없었다.

"그러면 무슨 목적으로 이러는 건데? 아츠키의 말대로 죽을 운명이라고 해도, 난 알고 싶지 않았어."

자기 죽음을 예언해 준다고 좋아할 사람은 없다. 한번 끓어오른 감정이 계속해서 언어로 변환되어 갔다.

"점이라는 건 보통 좋아질 수 있는 조언을 해 주는 거잖아. 아츠키는 죽음에 관한 이야기만 하잖아. 너무하다는 생각 안 들어?"

"너무하다고?"

의외라는 듯이 미간을 찡그리는 게 보였다.

"운명을 받아들이라고 한 적은 없어. 바꾸려고 하지 않는 건 히마리잖아."

또 이름을 편하게 부르고 있다. 발끈하는 동시에 나도 그의 이름을 편하게 불렀다는 사실을 깨달았다.

"운명을 바꾸는 방법을 내가 어떻게 알아? 직장 일이든 사생활이든 충실하게 보낸 1년이었어. 그런데 왜 겨울마다 나타나서 이상한 소리를 하는 거냐고!"

산책 중으로 보이는 노부부가 우리를 흥미롭다는 듯 바라보며 스쳐 지나갔다.

"아…."

갑자기 부끄러워져서 입을 다무는 내게 아츠키는 강변으로 이어지는 계단을 가리켰다.

"일단 앉을까?"

"싫어…."

사실은 그만 돌아가고 싶었지만 대답과는 정반대로 계단의 가장 위쪽에 걸터앉고 있었다.

아츠키가 하는 말 같은 건 믿고 싶지 않았지만 나는 그의 목적조차 모르고 있다. 이대로 계속 궁금해할 바에는 제대로 설명을 들어 봐야 할 것 같았다.

"미안."

무릎을 끌어안듯 앉은 아츠키가 그렇게 말했다.

"어릴 때부터 그랬어. 설명이 부족해서 오해를 샀거든."

머리카락이 부드럽게 바람에 휘날리며 사방으로 춤을 췄다.

"히마리가 화를 내는 것도 이해해. 지금까지도 많은 사람을 불쾌하게 만들었거든."

"…."

"만지면 보이거든. 가만히 있으면 계속 신경 쓰이니까 그걸 말해 주는 게 내 사명이라고 생각해. 하지만 이런 말을 믿는 인간은 없겠지. 어떻게 설명해야 할지도 잘 모르겠고."

아츠키의 약한 모습을 보는 건 처음이었다. 어떻게 해야 좋을지 몰라서 나도 보이지 않는 강 쪽으로 시선을 던졌다.

"계속… 그런 고민을 해 왔던 거야?"

"너처럼 서니 사이드에 있는 사람은 모를 거야."

"서니 사이드?"

"햇빛이 닿는 장소라는 뜻이야. 행복한 길을 걸어온 사람은 도저히 이해하기 힘든 일이거든. 내가 걸어온 건 암흑이 지배하는 길이었으니까."

자조적으로 웃는 아츠키에게 뭐라고 대답해야 좋을지 몰라 밤 풍경만 바라보았다.

"만지기만 해도 그 사람의 운명이 보인다면… 힘들겠다."

그렇게 말하자 아츠키는 "흥." 하고 콧방귀를 뀌었다.

"이제부터 죽을 사람한테 동정을 다 받네."

"뭐래."

어디까지가 진심인지 모르겠다. 하지만 마음이 좀 진정된 게 느껴졌다. 나도, 그리고 분명 아츠키도.

"운명을 선고받은 사람은 어떻게 돼?"

"사람에 따라 달라. 다들 다양한 고민에 휩싸이면서 시야가 점점 좁아지지. 자기 죽음을 피하려고 발버둥 치는 사람들 중에는 운명을 바꾸는 데 성공한 사람도 있어. 반대로 아무리 저항해도 소용없었던 사람도 있었고."

세상이 밤에 휩싸여 가는 가운데 덧없는 소음들이 들려왔다. 멀리서 울리는 자전거 벨소리. 개 짖는 소리. 아이들이 신나게 떠드는 소리.

"…나는 마지막에 어떤 식으로 죽게 되는 거야?"

아츠키는 미안하다는 듯이 고개를 가로저었다.

"2년 뒤의 겨울에 죽는다는 것밖에 몰라. 좀 더 만져 보면 보일지도 모르지만."

영문을 알 수 없는 대화가 간신히 이어지고 있었다.

하얀 입김이 아츠키의 입에서 뻗어 나왔다. 지금 상황을 냉정하게 분석해 봐도 그의 말은 상식에서 너무나 많이 벗어나 있다.

"…미안. 역시 믿기는 힘들 것 같아."

"그렇겠지."

"하다못해 사고로 죽는지, 병으로 죽는지, 그런 것도 모르는 거야? 사고라면 막을 방법이 없겠지만…."

겨울 동안 계속 집에 숨어 있는 건 불가능하다. 그 집에 불이 날수도 있는 거니까. 아니, 애초에 아직 아츠키의 말을 믿는 것도 아니었다.

몸을 내 쪽으로 돌린 아츠키가 팔을 뻗어 오는 게 슬로모션처럼 보였다. 싸늘한 감촉이 뺨에 닿자마자 아츠키의 손이 감싸고 있다는 걸 깨달았다.

"힉…."

이상한 소리를 내며 손을 뿌리치자 아츠키는 불쾌하다는 듯 허를 찼다.

"이런 짧은 시간 동안은 제대로 볼 수 없어."

"하, 하지만…."

안절부절못하면서 사에키 씨를 떠올렸다. 지금 이런 모습을 목격당하기라도 하면 큰일이었다. 뭐라고 변명해도 오해를 풀기 힘들 것이다.

그만 돌아가자. 아니, 돌아가야만 한다.

자리에서 일어나는 나를 돌아보지도 않고 아츠키가 말했다.

"주위에 입원한 사람이 있지?"

걸어가려다가 깜짝 놀라 발을 멈췄다. 그건… 설마 큰엄마를 말하는 걸까?

"어떻게… 아는 거야?"

"그 사람을 계기로 해서 다양한 일이 벌어질 거야."

"…뭐?"

"가족과 연인, 친구들도 똑같아. 너와 엮인 사람들이 무의식중에, 때로는 의도적으로 네 마음을 죽이게 돼."

"…잠깐만."

"운명을 바꾸려면 그 사람들과 진심으로 마주해야 할 거야."

"그만하라니까!"

힘껏 소리치자 그제야 아츠키는 입을 다물었다.

말도 안 돼…. 나와 가까운 사람이 내 마음을 죽인다고? 그런 일이 생길 리 없다.

"무례한 말… 하지 마."

갈라진 목소리로 반론하는데도 아츠키는 망설임 없는 눈빛으로 비리보고 있었다.

"지금의 히마리는 너무 위태위태해서 가만히 보고 있을 수가 없어. 지금 네 눈에 보이는 세상을 한번 의심해 보는 게 좋을 거야."

"의심하라고? 그럼 가족이나 친구를 의심하라는 소리야? 아츠키가 대체 무슨 말을 하려는 건지 모르겠어."

"내 말을 무조건 믿으라는 건 아니지만 지금까지의 너를 바꾸지 않으면 운명을 피할 수 없어."

큰엄마가 입원했다는 사실을 아츠키가 알 수 있을 리 없다.

혼란스러운 가운데 가만히 뒷걸음질을 쳤다.

"미안. 가 볼게."

역까지 가는 길을 도망치듯 달려갔다. 중간에 뒤를 돌아봤지만 쫓아오는 기척은 없어서 가슴을 쓸어내렸다.

이제 아츠키와는 엮이지 않도록 하자. 겨울마다 나타나서 괜히 사람을 불안하게 흔드는 건 이제 지긋지긋했다.

운명은 내가 직접 개척하는 거라고 믿는다. 아니, 그렇게 믿고 싶다.

그래도 조금 전 그의 진지한 말투가 머리에서 떠나지 않았다.

문득 스마트폰이 부르르 진동했다. 예상대로 화면에는 '후코쨩'

이라는 이름이 표시되어 있었다.

아츠키는 내 마음을 죽이는 사람이 가족일 수도 있다고 했다.

"정말⋯."

답답한 기분을 한숨과 함께 토해 내면서 통화 버튼을 눌렀다.

[딸, 오늘도 수고 많았어. 이제 집에는 도착했니?]

여전히 밝은 목소리를 듣자 오늘만큼은 몸의 긴장이 풀리는 듯
했다.

"지금 집에 가는 중이야."

[그러니? 이렇게 늦은 시간까지 힘들겠네.]

"장 보고 오느라 시간이 걸렸거든."

역 앞의 일방통행 길을 걸어가면서 다시 한번 뒤를 돌아보았다.
역시 아츠키의 모습은 보이지 않았다.

그리고 보니 아츠키와 처음 만났던 게 이 근처였다. 차에 치일
뻔한 나를 구해 준 것이 계기였다. 그날 죽음을 선고받은 후로 벌
써 2년이 지나고 있다⋯.

[⋯리. 히마리?]

후코쨩의 목소리에 퍼뜩 정신을 차렸다.

"아, 응."

[왜 그래? 무슨 일 있었니? 배 아파?]

연달아 질문을 쏟아 내는 후코쨩에게 대답했다.

"괜찮아. 잠깐 생각할 일이 있어서."

후코쨩의 걱정은 떨어져 살게 된 이후로 점점 심해지고 있었다.

[혹시 직장 일 때문에 그러니? 그래. 혹시라도 너무 힘들면 언제든 집으로 돌아와도 돼. 지금 당장 회사를 그만둬도 괜찮아.]

"그 말, 벌써 100번은 들었어. 난 지극히 멀쩡하니까 걱정 마."

그건 그것대로 불만인지, 후코쨩은 "에이, 뭐야." 하고 아쉬운 감정을 숨기지도 않고 말했다.

[그보다도 네 큰엄마가 입원하셨다며. 전혀 모르고 있다가 깜짝 놀랐어. 아주버님은 정말 아무것도 안 알려 준다니까.]

"나도 최근에 알았어. …어, 혹시 카호 언니한테 들은 거야?"

[윽.]

"…윽?"

[아, 아무것도 아니야. 딱히 카호에게 너에 대한 보고를 정기적으로 받았던 건 아니거든? 어, 그냥 우연히 듣게 됐어. 정말로 우연히. 문득 생각이 나서 카호한테 전화를 걸었더니 알려 줬거든.]

전화기 너머에서 잔뜩 당황하는 기척이 느껴졌다. 얼버무리려다가 전부 자백해 버리는 게 후코쨩답다.

카호 언니도 그러면 그렇다고 말해 주면 좋았을 텐데. 왠지 후코쨩하고 같은 편이 된 것 같아서 충격이었다.

[알고 나서 이것저것 조사해 봤는데, 갑상선암은 치사율이 그렇게 높지 않대.]

그것에 대한 건 나도 알아보았다. 갑상선암은 암 중에서도 비교

적 진행이 느리고 예후도 안정적이라고 하는 것 같았다.

…어째서 아츠키는 큰엄마가 입원했다는 사실을 알고 있었던 걸까.

머릿속에서 몰아내려 해도 아까 일이 자꾸만 뇌리에 떠올랐다. 큰엄마를 계기로 많은 일이 일어날 거라는 말도 했다.

아츠키를 완전히 믿을 수는 없겠지만 신빙성이 생긴 지금, 죽음의 운명은 윤곽이 뚜렷해지고 있었다.

[딸!]

갑자기 귓가에 큰 소리가 들리며 나도 모르게 스마트폰을 떨어뜨릴 뻔했다.

"깜짝이야…."

[깜짝 놀란 건 나거든! 계속 불렀는데. 무슨 일이야? 오늘은 뭔가 이상해.]

"전파 상태가 안 좋나 봐. 잘 안 들렸어."

그런 변명과 함께 전화를 끊었다.

가로수에는 절반 정도 전구 장식이 설치되었지만 아직 점등은 되지 않았다.

올해도 겨울이 이 거리에 스며들기 시작했다.

12월은 가장 바쁜 시기다. 연말에 회사가 휴가를 맞이하기 전에 연시까지의 발주를 끝내 놓아야만 하기 때문이다.

영상 편집은 아슬아슬한 시기까지 마감이 가능하지만 포스터나 책자는 인쇄 회사와도 일정을 맞춰야 하기 때문에 마감일이 빨랐다. 그러니 최대한 서둘러서 진행할 수밖에 없었다.

막바지 발주도 많아서 아무리 해도 끝나지 않는 작업이었다. 사에키 씨와의 데이트 예정은 절망적이었다.

이제 3시간 뒤면 생일을 맞이하는 금요일 밤이었다. 사에키 씨와 카호 언니는 다른 부서로 미팅하러 가서 아직 돌아오지 않았고 노다 씨는 당연한 듯이 정시에 퇴근해 버렸다.

지금 회사 안에는 나와 사장님뿐이었다. 사장님은 계속 PC 모니터를 노려보고 있어서 사무실에는 침묵이 이어지고 있었다.

시계의 분침이 또 움직였다. 사에키 씨와의 데이트는 내일로 미뤘지만 두 사람 모두 휴일 출근은 피할 수 없는 상황이었다. 어차피 내일도 일을 해야 하니 오늘은 이쯤에서 퇴근해야 할 것 같다.

회사를 나오자마자 스마트폰의 문자함을 열었다. 사에키 씨가 보낸 문자가 3건 있었다.

「이제 일은 끝났어? 잠깐이라도 얼굴 보고 싶은데.」

「내일도 일해야 할 것 같아. 생일인데 미안.」

「사장님이 계신 것 같으니까 역 앞에서 기다릴게.」

"어…."

마지막 문자가 도착한 건 지금으로부터 40분이나 전이었다. 큰길로 향하면서 전화를 걸었지만 받지 않았다.

아아, 이미 돌아갔을지도….

스마트폰이 진동하길래 들여다보니 후코쨩의 전화였다. 지금은 받을 상황이 아니라 무시했다.

서둘러서 육교 계단을 올라가던 중이었다.

"히마리."

내 이름을 부르는 목소리가 들렸다. 얼굴을 들자 육교 위에서 사에키 씨가 나를 내려다보고 있었다.

"어, 사에키 씨?"

"늦길래 회사에 가 보려던 참이었어."

히죽 웃는 사에키 씨의 입에서 하얀 입김이 계속 흘러나왔다.

육교 위까지 올라가자마자 자연스럽게 손을 뻗었다. 그 손은 금세 놀랄 만큼 차가운 사에키 씨의 커다란 손에 감싸였고, 이유를 모를 눈물이 북받쳐 올라왔다.

"무슨 일이야? 사장님한테 혼났어?"

"아니. 오늘은 못 만날 줄 알았는데… 너무 기뻐서."

지금까지의 연애와는 전혀 다르다. 이렇게나 나를 사랑해 주는 사람이 있다. 그만큼… 아니, 그보다도 더 상대방을 사랑하는 내가 있다.

"그랬구나. 나도 같은 심정이야."

나란히 서서 손을 잡고 육교 계단을 내려왔다.

그가 당연한 듯이 집까지 바래다주는 것에 행복을 느끼면서 걸어가자 전구 장식도 푸르게 반짝이며 우리를 축복해 주고 있었다.

대화 주제는 업무에 관한 것뿐이지만 불만 따위 없었다.

"내 생일인 내일 말인데, 저녁에는 일이 끝날 것 같아."

"난 오전에 끝날 예정이니까 밤에 뭐 먹으러 갈까?"

"그것도 좋지만 내일은 우리 집에 와. 나만의 생일 파티를 열고 싶어. 케이크도 사 놓을게."

사귀고 난 뒤에 알게 된 건, 사에키 씨가 외식을 별로 안 좋아한다는 점이다. 자취를 오래 해서인지 휴일에는 사에키 씨의 방이나 내 방에서 함께 시간을 보낼 때가 많았다.

"일요일은 비가 온다던데. 그날도 동호회 나가?"

사에키 씨는 학생 시절부터 테니스를 쳤다. 지금은 사회인 동호회에 소속되어 있어서 일요일은 대부분 연습과 시합으로 바빴다.

"우리는 지붕 있는 코트니까 괜찮지."

"다음에 시합 있을 때, 한번 가 보고 싶다."

"…"

기묘한 침묵 뒤에, 사에키 씨가 고개를 끄덕거리며 문득 생각났다는 듯 물었다.

"그러고 보니 말인데, '겨울의 그 남자'는 올해는 아직 안 나타난 거야?"

"응. 올해는 아직."

거짓말을 한 건 그때 들었던 말 때문이었다. 내 운명이 주위 사람들에 의해 죽음으로 이끌리고 있다는 말을 도저히 사에키 씨에게 할 수는 없었다.

하지만… 운명을 바꾸기로 결심한 마음은 흔들리지 않았다.

나도 모르는 사이 맞잡은 손에 힘이 들어간 것을 깨닫고 머리카락을 매만지는 척 손을 놓았다. 계속 기른 머리카락도 카호 언니와 비슷한 길이가 된 지 오래다.

"나도 한 번 정도는 만나 보고 싶네."

…사에키 씨는 동호회에 오지 않길 바라는 걸까?

부자연스럽게 화제를 바꾸었다는 게 가슴에 찜찜하게 남았다.

아냐. 이런 일에 신경을 쓰면 아츠키의 의도대로 되는 거야. 사에키 씨의 팔을 끌어안자 그는 쑥스러운 듯 코가 빨개져 있었다.

그가 날 바래다줄 때는 늘 방에 들렀다 간다. 커피나 홍차를 마시고 나서 나누는 작별의 키스.

오늘도 언제나처럼 둘이서 계단을 올라갔다. 캉캉 울리는 금속음에도 이젠 익숙해졌다.

"전등, 켜져 있는데?"

"어?"

그 말을 듣고 내 방을 보니 현관문 옆의 작은 창유리가 밝게 빛났다.

"정말이네. 그래도 아침에 확인하고 나온 것 같은데…."

"어? 그렇다면 위험한 거 아냐?"

설마 도둑이…? 그대로 굳어 버리는 내게서 열쇠를 받아 들고 사에키 씨가 신중하게 꽂아 넣었다. 드디어 문을 열려는 순간, 안쪽에서 문이 기세 좋게 열렸다.

"우왓!"

사에키 씨가 요란하게 이마를 부딪쳤다.

"당신 누구야? 겨, 겨, 경찰에 신고할 거야!"

현관에서 프라이팬을 오른손에 들고 있는 사람은… 후코쨩이었다.

아까부터 후코쨩은 커다란 몸을 최대한 작게 보이려는 듯이 움츠리고 있었다.

"미안해. 난 또 도둑인 줄 알고….."

"도둑은 후코쨩이지. 남의 집에 멋대로 들어오는 게 말이 돼?"

"그야 예비 열쇠를 받았으니까….."

"그건 긴급용이고! 오면 온다고 왜 말을 안 한 건데."

코타츠를 사이에 두고 공방전을 펼치는 동안에도 후코쨩은 아타미 제2 제과의 과자를 입에 넣고 있었다. 내게 줄 선물로 가져왔다고 하는데 배가 고픈 건 견딜 수 없었나 보다.

과자의 포장지를 폭탄 다루듯 조심스럽게 테이블에 내려놓고는 애원하듯 바라보며 변명을 했다.

"나도 몇 번이나 전화를 했는걸."

"오늘 전화하고 오늘 온다는 게 이상한 거야."

"그보다도 아까 그 사람… 사에키 씨라고 했나? 정말로 네 직장 상사야?"

"화제를 돌리지 마."

단호하게 말하자 후코쨩은 뺨을 확 부풀렸다.

그렇다. 아까 사에키 씨는 '직장 상사입니다.'라고 후코쨩에게 자기소개를 하자마자 돌아가 버렸다. '사귀는 사이입니다.'라고 말해 주지 않은 게 아주 조금… 아니, 상당히 쓸쓸한 기분이지만 그런 상황에선 어쩔 수 없었겠지.

내일 만나면 사과부터 해야겠다….

그건 그렇고, 갑자기 집에 올 줄이야. 후코쨩을 홱 노려보다가 깨달았다. 부엌에 해외여행을 가도 될 만큼 커다란 캐리어가 놓여 있던 것을.

"잠깐만. 설마… 가출한 거야?"

내가 낮은 목소리로 묻자 후코쨩이 껄껄 웃었다.

"내가 네 아빠랑 싸우는 거 봤니? 당연히 네 생일 파티를 하러 온 거야."

"…거짓말."

"어머. 난 거짓말 안 해."

그런 뜻으로 한 말이 아닌데. 이제 잔소리 타임이 끝났다고 생각했는지 후코쨩은 과자를 마음껏 먹기 시작했다.

"나 내일 출근해야 하는데…."

"나도 네 큰엄마 병문안을 갈 거니까 괜찮아. 저녁에는 돌아올 거지? 그때까지 내가 최고의 요리를 만들어 놓을게."

"저기… 밤에도 볼일이 있어."

"응?"

후코쨩은 어리둥절한 얼굴로 과자를 든 손을 정지시켰다.

"볼일이면… 남자 친구? 역시 아까 그 남자가 애인이었니?"

"아냐. 그런 게 아니라 송년회가 있어."

"카호가 회사 송년회는 다음 주라고 하던데."

이미 조사를 끝내 놓은 걸까. 두 사람의 연락망을 얕보면 안 될 것 같다.

내일은 무슨 일이 있어도 사에키 씨와 만나고 싶었다. 어떻게 말해야 잘 넘어갈 수 있을까?

"거래처하고 하는 송년회야. 그래서 늦게 돌아올 거야."

"자면서 기다리면 되지 뭐. 아, 밥은 많이 먹지 말고 오렴. 내일 은 치킨을 구울 예정이니까."

본가와 멀리 떨어져 산 뒤로 가끔 후코쨩을 보고 싶어질 때가 있었다. 자기중심적이고 제멋대로인 성격이 그리워져서 만나서 기운을 받고 싶은 날도 있었다.

하지만 그게 지금은 아니다. 오히려 최악의 타이밍이었다. 피로까지 겹쳐서 짜증을 억누를 수 없었다. 왜 후코쨩은 자식한테서

독립하지 못하는 걸까.

"그리고."

후코쨩이 차를 홀짝였다.

"지난번 전화할 때 너의 상태가 이상해 보여서 걱정됐어. 마음이 완전히 딴 데 가 있는 것 같았으니까."

"아아, 그랬었나…."

나는 새장 속의 새다. 아무리 도망치려 해도 절대 놓아주지 않는다. 걱정하는 마음이 진심이더라도, 부모의 사랑을 강요받는 기분이 든다.

그런 내가 살짝 싫어졌다.

송년회가 취소됐다는 말을 카호 언니에게서 들었던 건 다음 날 아침이었다.

이런 상황이면 역시 다들 업무를 마무리하기 힘들 거라는 판단 같았다. 오늘도 파트 근무를 제외한 전원이 훌륭히 출근해 있었다. 노다 씨조차 시무룩한 얼굴로 PC를 노려보고 있을 정도니까.

한 가지 업무를 해결하는 사이 또 다른 안건이 고개를 내밀었다. 그다음은 끝난 줄 알았던 영상 수정 의뢰까지 오는 식이다.

"생일인데 미안해."

카호 언니는 자기도 힘들 텐데 그렇게 말해 주었다.

"카호 언니야말로 오늘은 데이트 아니었어요?"

"그럴 상황이 아니니까 어쩔 수 없잖아."

같은 심정이라고 말하고 싶었다. 아침에 가장 먼저 들어온 긴급 의뢰를 사에키 씨가 담당하게 된 탓에 나도 오늘밤은 만나지 못할 것 같다. 아니, 만약 사에키 씨가 괜찮았더라도 내가 기절할 수밖에 없는 상황이다. 후코쨩의 얼굴이 떠오르며 맥이 빠졌다.

카호 언니도 임시 계약 때문에 나가 봐야 한다고 했다.

"후코 숙모가 병문안 와 준다고 하던데. 엄마도 좋아했어."

"내 얘기 좀 들어봐요. 어젯밤에 갑자기 우리 집에 쳐들어왔다니까요? 보통은 미리 허락을 받는 게 맞지 않아요?"

"그렇겠지."

"늘 그런 식이에요. 떨어져서 살게 된 이후부터는 과잉보호가 더 심해져서…. 매일 몇 번이나 전화가 오는 것도 성가신데, 좀 적당히 해 줬으면 좋겠어요."

미지근한 커피를 맥주처럼 확 들이켰지만 카호 언니의 반응은 없었다. 키보드에 손을 올려놓은 채 무슨 일인지 멍하니 있었다.

"카호 언니?"

"아, 웅. 미안. 조금 수면 부족이라서."

그러고 보니 평소보다 피곤한 얼굴이었다. 업무 때문에 피곤한 건지, 아니면 남친하고 무슨 일이 있는 건지….

카호 언니와는 사이좋은 사촌 자매지만 그렇게까지 사적인 질문은 하기 힘든 사이였다.

"아, 맞다."

카호 언니가 얼버무리듯 서류 더미를 내게 건넸다.

"연말 정산 서류, 올해 분을 내가 모아 뒀거든. 처리는 월요일에라도 같이 하자. 최종 확인을 하고 PDF로 보내기만 하면 될 거야."

"네."

고개를 끄덕이자 사장님 의자가 움직이는 소리가 났다.

"어이, 카호."

심기 불편한 목소리로 다가왔다.

"그 메일은 뭐야? 송년회를 중지한다니."

불길한 분위기를 감지하고 통화 중이던 사에키 씨와 PC 앞에 앉아 있던 노다 씨가 나란히 자리를 떴다.

나도 도망치고 싶지만 바로 등 뒤에서 사장님의 압박감이 느껴져서 움직일 수 없었다.

"그걸 왜 멋대로 정해? 예정대로 진행해."

"죄송하지만 현재 송년회를 개최할 여유가 없어요."

평소엔 순응적인 카호 언니가 웬일로 반대 의견을 냈다. 사장님도 놀랐는지 잘 들리지 않을 만큼 작은 목소리로 "어?" 하고 대꾸했을 뿐이었다.

카호 언니는 짐을 정리하더니 자리에서 일어섰다.

"오늘도 다들 휴일 출근이고, 다음 주 토요일도 아마 그럴 거에요. 그렇다면 송년회는 당연히 중지해야죠."

"그걸 왜 네가 정해?"

사장님은 희미하게 웃으며 반박했다.

"실무 결정은 저에게 일임되어 있잖아요? 취소하면서 수수료를 내지 않아도 되는 건 오늘까지예요. 멋대로 행동해서 죄송하지만, 지금은 그럴 상황이 아니라고 생각합니다. 저도 그렇고, 사장님도 그렇고."

마지막 말에 힘을 주는 카호 언니를 보며 사장님은 뭔가 하고 싶은 이야기가 있는 듯했다. 하지만 카호 언니는 일어서서 고개를 숙이자마자 사무실을 빠져나가 버렸다.

"뭐야, 저 녀석…."

사장님은 그렇게 중얼거리면서 동의를 구하듯 내 쪽을 돌아보았다.

뭐라고 대답해야 할지 몰라 가만히 굳어 있는데 하필 사장님은 카호 언니의 의자에 털썩 앉아 버렸다.

노다 씨는 탕비실에 틀어박혔을 것이다. 벽 쪽에 있던 사에키 씨가 스마트폰을 귀에 댄 채 빠져나가는 게 얼핏 보였다.

다시 말해 나와 사장님 외에 아무도 없는 상황이…. 평소엔 과묵한 사장님이지만 단둘이 될 때는 가끔 '큰아빠의 면모'를 보여 주기도 한다. 그리고 그럴 때마다 비밀 이야기가 나오곤 했다.

"쟤는 갑자기 왜 짜증을 내고 그래…. 저 나이에 반항기도 아니고 말이야."

"아, 네⋯."

부담감에 짓눌리며 그렇게 대답할 수밖에 없었다.

연말 정산 서류 위에 '월요일에 처리'라고 적힌 포스트잇이 붙어 있었다. 코토부키 씨가 보낸 메일을 확인했다. 공유 파일의 진행 상황을 확인했다. 일부러 잔뜩 바쁜 척을 하는데도 사장님은 좀처럼 자리에서 일어나 주지 않았다.

사장님이 노를 젓듯 의자를 몇 번 앞뒤로 움직였을 때였다.

"이건 비밀인데 말이지."

듣고 싶지 않은 단어가 나왔다.

"저기⋯."

"상태가 악화됐어."

"네?"

잘못 들은 줄 알았다.

"네 큰엄마가 입원한 건 알지? 완치는 거짓말이었다는군. 이상하다고 생각은 했어. 괜찮아졌다고 했는데 상태는 점점 나빠지는 게 보였으니까."

"큰엄마가 말인가요?"

"카호는 알았던 것 같아. 추궁했더니 결국 실토하더라고."

"네? 카호 언니만 알고 있던 거예요?"

너무 놀란 나머지 의자까지 돌리며 사장님을 바라보았다.

카호 언니는 나한테도 좋아졌다고 말했는데⋯.

"충격을 받을까 봐 본인한테는 비밀이래. 정말, 무슨 생각으로 그러는 건지…."

사장님은 마음속에 쌓인 것을 토해 내듯 말을 이었다.

"내일부터 아들놈 집에서 요양한다던데, 곧 다시 입원이야. 마지막엔 호스피스로 옮길 거고."

스케줄이라도 전달하듯 가벼운 말투였지만, 사장님의 미간에는 처음 보는 깊은 주름이 잡혀 있었다.

"호스피스라니…. 큰엄마 상태가 그렇게 안 좋으세요?"

"그래. 하아, 송년회까지 취소라니!"

책상을 쾅 내려치지만 진짜 화가 난 건 그 때문이 아닐 것이다.

아아, 그랬구나. 최근에 사장님 기분이 안 좋았던 건 그래서였나 보다.

'주위에 입원한 사람이 있지?'

아츠키의 말이 뇌리에서 재생되었다.

그 뒤에 아츠키가 뭐라고 했더라…. 주먹을 꽉 쥐며 그날 밤을 떠올렸다. 그래, 분명….

'그 사람을 계기로 해서 다양한 일들이 벌어질 거야.'

그렇게 말했던 것 같다.

침을 꿀꺽 삼켰다. 만약 아츠키가 이런 미래를 본 거라면 큰엄마의 병으로 인해 무슨 일이 벌어지는 걸 거야…. 그리고 그게 날 죽음으로 이끄는 거고.

막아야만 해. …하지만 어떻게 하지?

"저기, 큰엄마 곁에 계셔 주세요."

"뭐?"

낮은 목소리를 듣자 분노의 타깃이 나로 바뀐 것이 느껴졌다.

"큰엄마는 아직 자기 병에 대해 모르신다면서요. 분명… 불안하실 거예요."

"내가 있는다고 뭐가 달라져? 난 필요 없으니까 카호가 아무것도 말하지 않았던 거겠지. 그리고 난 바쁜 사람이야."

사장님은 관심 없다는 듯 고개를 돌렸다.

"그래도… 가족이잖아요."

"가족은 무슨."

내뱉듯 말한 사장님이 깔보는 듯한 미소를 지었다.

"너한테 가족에 대한 설교를 듣게 될 줄이야. 잘난 척하지 말거라."

"…죄송합니다."

"사과할 거면 애초에 쓸데없는 소릴 하지 마!"

건물이 두 동강 날 것만 같은 큰 호통에 반사적으로 고개를 푹숙였다.

역시 내가 할 수 있는 일은 아무것도 없다. 오히려 방금 일 때문에 내 죽음이 가까워진 느낌마저 든다. 운명을 바꿀 방법 같은 건전혀 알 수 없었다.

"사장님, 잠시만요."

아마 방금 호통 소리를 들었던 것이리라. 탕비실에서 나온 노다 씨가 이쪽을 향해 걸어왔다.

"죄송하지만 대화하시는 게 들려서요. 이거, 숨겨 둔 건데 고급 코코아예요."

머그컵을 책상 위에 내려놓은 노다 씨가 아래쪽에 김이 서려 뿌옇게 된 안경 렌즈를 검지로 치켜올렸다.

"사장님이 무슨 말을 하고 싶으신 건지, 전 좀 알 것 같아요."

"네가 뭘…."

"사모님의 병을 아무도 알려 주지 않았던 게 화가 나시는 거죠?"

"…."

허를 찔린 듯 사장님이 의미도 없이 턱 쪽을 매만졌다.

"뭐… 그것도 있고."

"저도 똑같아요. 남편은 죽을 때까지 저한테 병명을 알려 주지 않았거든요."

"그래. 노다도 남편을 먼저 보냈었지."

"병원도 남편의 의사를 존중해 줬어요. 남은 가족이 어떤 심정으로 살아가게 될지는 알지도 못하면서요."

예상치 못한 대화를 따라가지 못한 채 두 사람의 얼굴을 번갈아 바라보았다. 노다 씨는 분명 결혼을 하지 않고 싱글이라고 했을 텐데….

"만약 그게 마지막인 줄 알았다면, 수술 성공률이 낮았다는 걸 알았다면 다른 선택을 했을지도 모른다고 생각해요. 결국 남편은 성공률 30퍼센트의 싸움에 혼자 나섰어요. 그리고 패배했어요."

"노다도 힘들었겠군…."

혼이 난 아이처럼 어깨를 축 늘어뜨리는 사장님에게 노다 씨는 얼굴을 들어 보였다.

"그런데 입사할 때 그렇게나 '사람들한테는 미혼모라고 해 주세요.'라고 부탁했는데. 사장님은 다 말해 버렸잖아요."

"아니, 나는…."

"다들 분위기가 이상하길래 한번 떠봤어요. 분명하게 제 사정을 알고 있는 눈치였죠."

"아…."

"화를 내는 건 아니에요. 오히려 다들 배려해 준 덕분에 쓸데없는 질문을 안 받아도 됐거든요. 감사합니다."

노다 씨 덕분에 분노 수치가 내려갔는지 사장님은 코코아를 한 모금 마셨다.

"뭐, 어쩔 수 없었다고."

"…히마리 씨한테도 거짓말했어. 미안해."

노다 씨는 담담하게 말하고 나서 사장님을 다시 바라보았다.

"이건 개인적인 견해지만, 아마 카호 씨도 사장님의 배려심을 알고 있으니까 오히려 말하지 못했을 거예요. 만약 아직 시간이 남아 있다면 저처럼 나중에 후회하지 말고 잠깐이라도 사모님을 보러 가시는 게 좋을 거라고 생각해요."

아직 뜨거운 코코아를 단숨에 확 들이켠 사장님이 짧게 중얼거렸다.

"그것도 좋겠군."

그 말과 함께 자리에서 일어났다.

"잠깐 나갔다 올게. 너희도 적당히 하다 퇴근해. 휴일 출근 수당은 비싸니까 말이야."

코트를 입더니 그대로 사무실 밖으로 빠져나갔다.

깊이 허리를 숙이는 노다 씨를 따라 나도 앉은 채로 고개를 숙였다.

"당분이 부족했던 거야, 분명."

머그컵을 든 노다 씨의 얼굴에는 이미 미소가 사라져 있었다.

"저기, 감사합니다."

"괜찮아. 업무에 방해돼서 그런 거니까."

"남편분 이야기, 저는 처음 들었어요."

그렇게 말하는 내게, 노다 씨는 "그래." 하고 깊은 한숨을 내쉬었다.

"괜히 신경 쓰게 해서 미안해. 사장님처럼 나도 화가 났던 걸 거야. 나중에 죽어서 저승에 가면 대체 왜 그랬냐고 실컷 따질 생각이야."

결혼 상대가 도망쳤다는 거짓말. 가장 사랑했던 사람을 먼저 보냈다는 진실.

만약 내가 그런 입장이었다면… 상상하는 것조차 두려웠다.

"신경 쓰지 마. 이젠 완전히 극복했으니까."

노다 씨는 담담한 태도로 다시 탕비실로 돌아갔다.

나도 입사한 뒤로 조금은 변했다고 생각했다. 전문 용어를 배우고, 화장이나 패션도 연구하고…. 하지만 결국 이런 상황에서는 아무 말도 할 수 없었다. 알맹이는 그대로였다.

키보드 위에 손을 올려놓지만 머릿속이 새하얘져서 손끝이 움직이지 않았다. 몹시도 부끄러웠다.

자동문이 열리는 소리가 나며 사에키 씨가 슬며시 들어왔다.

"사장님, 기분 좋게 나가시던데? 위험할 뻔했어."

정말로 전화를 받은 건지도 모르지만 내가 엮일 뻔한 걸 모르진 않았을 것이다. 그런데도 사에키 씨는 혼자 도망쳐 버렸다.

희미한 불신감을 가슴에 살짝 묻어 두었다.

…최악의 생일이 되고 말았다.

사에키 씨는 늦게까지 일을 하느라 남았고 내일은 테니스 동호회 시합이 있어서 볼 수 없다고 했다. 결국 크리스마스에 만날 약속도 잡지 못한 채 나만 먼저 퇴근했다.

카호 언니에게 전화를 받긴 했지만 큰엄마의 상태에 관해서는 아무 말도 없었고 업무 이야기만 하다가 끝났다.

그리고 지금, 후코쨩의 상태가 이상했다.

내 생일 파티를 하겠다고 억지로 쳐들어온 거면서 내가 회사에서 돌아왔을 때는 멍하니 창밖 풍경을 바라보고 있었다.

미리 말했던 수제 치킨은 닭날개 튀김으로 대체되었고….

"생일 축하해."

그 말과 함께 기뻐하는 모습도 왠지 억지스러운 느낌이 든다.

큰엄마 병문안을 갔다가 사실을 알게 된 것이 틀림없었다.

사장님을 제외하면 아무도 내게 큰엄마의 병에 대해 말해 주지 않는다. 후코쨩까지도.

알게 된다고 내가 할 수 있는 일은 없지만, 엄청난 소외감이 느껴졌다. 케이크 위에서 흔들리는 촛불도 내 외로운 기분을 대변하는 듯했다.

"자, 불어, 불어."

시키는 대로 촛불을 불자 다섯 번째 생일 파티가 또 뇌리를 스쳤다. 그날도 이렇게 추운 밤이었고 밤늦게 돌아온 후코쨩은 몇 번이고 내게 사과해 주었다.

"저기. 내 다섯 살 생일 파티 때 말인데."

"또 그 이야기니?"

후코쨩은 요란하게 놀라는 반응을 보인 다음 어린아이가 투정을 부리듯 고개를 가로저었다.

"네가 왜 그날 일에 그렇게 집착하는지 모르겠지만, 정말로 기억이 안 나."

"그때 후미 이모가 있었지?"

"후미 이모?"

"미국에 가 버리기 전에는 계절 행사 때는 반드시 와 줬잖아. 그날 후코쨩이 일 때문에 늦게 왔었지? 혼자서 기다린 건 줄 알았는데, 생각해 보니까 옆에 후미 이모가 있었던 것 같아."

후코쨩이 돌아오길 기다리는 내 옆에서 "괜찮아." 하고 위로해 주었다.

"있었던 것 같기도 한데, 기억이 안 나는걸."

"후미 이모는 지금도 미국에서 살아?"

"으음."

난감하다는 듯 팔짱을 끼는 후코쨩. 스웨터에 싸인 상박이 터질 듯 부풀어 올랐다.

"벌써 몇 년이나 못 봤는걸. 어디 사는지도 몰라."

"메일이나 편지도 못 받았어?"

"걔는 편지 쓰는 걸 싫어하거든. 사촌 자매는 보통 그렇게 지내지 않나?"

나이프를 든 후코쨩이 케이크를 자르기 시작했다. 소리도 없이 삼각형으로 잘린 케이크 위에는 조금 이른 산타가 올라타 있다.

"그건 그렇고."

무거운 공기를 날려 버리려는 듯이 후코쨩이 억지로 밝은 목소리를 냈다.

"직장인은 힘들겠다. 다음 주에도 계속 일해야 한다니. 크리스마스 파티는 어떡하지?"

"그때까지 계속 있으려고?"

"당연하지. 밤늦게라도 괜찮으니까 꼭 하자."

만날 약속은 하지 않았지만 그래도 크리스마스이브에는 사에키 씨를 볼 수 있을 것이다.

역시 후코쨩에게는 제대로 이야기해야 할 것 같다.

"저기… 올해 크리스마스 파티는 안 했으면 좋겠어."

"퇴근한 뒤라도 괜찮아. 난 이래 봬도 밤새우는 게 특기거든."

의기양양한 표정의 후코쨩을 보며 살짝 고개를 가로저었다.

"밤에도 안 돼."

"…그게 무슨 말이니?"

"실은 사귀는 사람이 있어."

케이크가 담긴 접시를 내밀려던 후코쨩의 손이 멈췄다. 표정도 딱딱하게 굳어 있었다.

"지난번에 집까지 데려다줬던 사람 있지? 그때는 제대로 이야기하지 못했는데, 사실은 남자 친구야."

"…헤에."

"이제 1년 만났어. 후코쨩이 크리스마스를 기대하는 건 아는데, 연말에는 본가로 갈 테니까 올해는… 응?"

"안 돼."

아아, 역시나. 왜 후코쨩은 이렇게나 이벤트에 집착하는 걸까?

툭 하는 소리와 함께 접시가 원래 위치에 놓였다.

"그 사람은 안 돼."

단호하게 말하는 후코쨩을 보며 나도 모르게 미간을 찡그리고 말았다.

"어, 크리스마스 파티가 아니라… 사에키 씨가 안 된다는 거야?"

"지난번에 봤을 때, 태도가 이상했어. 도망치듯이 가 버렸잖니."

"아무도 없는 줄 알았으니까 그렇지. 갑자기 가족하고 마주쳤는데 누가 안 놀라겠어."

"그래도 안 돼."

이런 강한 말투는 도쿄행을 반대했을 때 이후로 처음이었다.

후코쨩은 케이크를 바라보며 괴로워하는 표정을 짓고 있었다.

"이건 엄마의 직감이야. 그 사람은 아닌 것 같아."

"너무해. 제대로 만나 본 적도 없는 사람을 왜 그렇게 말해?"

"느낌이 와. 절대 안 돼. 히마리는 나하고 크리스마스 파티를 할 거야. 알았지?"

억지로 만들어 낸 미소로부터 고개를 돌렸다.

'가족과 애인, 친구들도 똑같아. 너와 엮인 사람들이 무의식중에, 때로는 의도적으로 네 마음을 죽이게 돼'

아츠키의 말이 풀리지 않는 저주처럼 귓가에 맴돌았다.

후코짱이나 사에키 씨가 나를 죽인다고…? 그렇다면 내 편은 대체 어디 있다는 거야?

"난… 이브에는 집에 안 돌아올 거야."

"딸."

"난 이제 어린애가 아냐. 누구를 좋아하든 후코짱하고는 상관 없어."

뱃속이 갑자기 뜨거워졌다. 분노의 불씨가 커져 가는 게 스스로도 느껴졌다.

"사람이 왜 그렇게 제멋대로야? 내 입장도 생각 안 하고 갑자기 쳐들어오고. 엄마의 직감이라는 건 거짓말이지? 크리스마스 파티를 하고 싶어서 사에키 씨를 나쁘게 말하는 게 말이 되냐구!"

"아니야. 그런 게…."

"그럼 왜 그런 말을 해? 딸이 좋아하는 사람을 어떻게 그렇게 나쁘게 말할 수가 있어!"

조금의 망설임도 없이 다음 말이 목구멍에서 계속 올라왔다. 반대하는 이유가 직감이라니, 말도 안 되는 일이다.

"그만 돌아가."

"…."

"후코짱이랑 같이 있기 싫어. 지금 당장 돌아가!"

억울해서 울고 싶은 마음을 꾹 참으며 노려보며 후코짱은 천천히 시선을 떨구었다.

이윽고 바닥에 놓인 캐리어를 가져와서 힘없이 열었다. 공허한 눈빛으로 주변에 놓인 스마트폰, 수건, 잠옷을 집어넣었다.

오늘은 절대 사과하지 않을 생각이었다. 딱 한 번 마주쳤을 뿐인 사에키 씨를 나쁘게 말했다는 걸 용서할 수 없었다. 그 사람은 늘 날 걱정해 주고 도와줬는데….

…아, 하지만 오늘은 사장님의 공격으로부터 구해 주진 않았다. 생일 선물도 받지 못하고 내일도 동호회 때문에 만날 수 없다.

후코쨩 때문에 자꾸 부정적인 생각만 떠올랐다.

"그럼 갈게."

케이크 옆에 언제나처럼 편지를 놓았다.

"괜찮으면 읽어 줘. …아, 이게 아니었네."

캐리어를 열자 그것 말고도 몇 통의 편지가 더 보였다. 그중 하나와 바꿔 놓은 다음, 후코쨩은 나를 애원하듯 바라보았다.

"연말연시에는…."

"갈 수 있을지 없을지 몰라. 당분간 보고 싶지 않으니까."

"한동안 계속 춥다고 하니까 따뜻하게 지내렴. 정말로… 엄마가 미안해."

켜 있지도 않은 TV로 얼굴을 돌렸다. 이윽고 문이 열렸다가 닫히는 소리가 났다.

이게 맞는 거다.

이젠 후코쨩도 슬슬 성장해야만 할 테니까.

그대로 침대에 벌렁 드러눕자 형광등 불빛이 유독 눈부시게 느껴졌다.

크리스마스이브에는 아침부터 차가운 비가 내렸다.

출근할 때부터 불길한 예감이 들었다.

출근 시간이 지났는데도 사장님과 카호 언니는 나타나지 않았고, 원격 근무 직원인 코토부키 씨에게서 사장님과 연락이 안 된다는 보고를 받았다. 나도 카호 언니에게 전화를 해 봤지만 전화기가 꺼져 있는지 음성 사서함 서비스로 연결되었다.

귀를 기울이지 않으면 들리지 않을 정도의 빗소리인데도 사무실을 잠식해 오는 것처럼 느껴졌다.

온라인 회의를 끝낸 사에키 씨가 탕비실에서 커피를 타 오는 길에 카호 언니 자리에 앉았다.

"뭔가 불길하네."

"네. 계속 신경 쓰여요."

이제 곧 정오인데도 카호 언니의 연락은 아직 없었다.

"밤에는 그쳐야 할 텐데 말이야."

"네?"

사에키 씨는 노다 씨 자리를 살피며 작게 속삭였다.

"그야, 모처럼의 크리스마스이브니까 비가 계속 내리면 곤란하잖아."

아아, 오늘 밤 이야기를 하는 거였구나….

나는 가볍게 고개를 끄덕이자 그는 평소와 같은 미소를 남긴 채 자리로 돌아갔다.

오늘은 오랜만의 데이트, 그것도 이브다. 그가 기대하는 것도 부자연스럽지는 않다. 하지만 이런 상황인데…?

쓸데없는 생각은 그만두고 영상 납품 작업을 진행하기로 했다.

그날부터 후코쨩의 전화를 계속 무시하고 있었다. 받으면 또 싸움이 날 것 같았고 이제 와서 사과한다고 용서할 수 있을 것 같지도 않았다.

하지만…. 콧노래를 흥얼거리며 PC 앞에 앉아 있는 사에키 씨를 바라보았다.

내 마음속에서 생겨난 작은 의혹이 점점 커지는 느낌이 드는 건 후코쨩의 말이 괜히 신경 쓰여서 그런 걸까?

한숨을 내쉬며 이번엔 연말정산 데이터를 PC에 표시했다. 최근에는 온라인 신청도 많아졌다고 들었는데, 이 회사에서는 아직도 손으로 작성한 서류로 신청을 하고 있었다.

원격 근무 팀 중 한 명의 제출이 늦어져서 오늘 아침에야 겨우 모든 인원의 데이터를 스캔한 참이었다.

내가 맡은 일은 각 항목에 기재 누락이 없는지 최종 확인하는 것이었다.

'사에키 와타루'. 그의 풀네임을 오랜만에 보는 기분이 든다. 사귄 지 벌써 1년이 다 되어 가는데도 나는 아직 그를 성씨로만 부르고 있다.

손가락으로 짚어 가며 각 항목을 확인하다가 또 불길한 예감에 가슴이 술렁거렸다.

…사에키 씨 말대로 비가 그치면 기분이 조금은 밝아지려나.

책상에 놓아둔 스마트폰이 진동을 울렸다. 화면에는 카호 언니의 이름이 떴다.

"여보세요. 카호 씨?"

달려들 듯이 스마트폰을 잡고 귀에 대며 탕비실로 향하다가 마침 걸어 나오던 노다 씨와 부딪칠 뻔했다. 사과할 여유도 없이 탕비실 안쪽으로 들어갔다.

[오늘은 못 가서 미안해. 그쪽은 괜찮아?]

"네. 저기… 사장님도 아직 안 오셨는데요."

통화 목소리보다 빗소리가 가깝게 느껴졌다. 야외에 있는 건지, 빗물을 가르며 달리는 자동차 소리도 들렸다.

[오늘은 우리 둘 다 못 갈 것 같거든…. 아니, 밤에는 잠깐 들를 수도 있는데 내일부터 또 한동안은 힘들 것 같아.]

"무슨 일이라도… 생긴 거야?"

[동영상 쪽은 끝났지? 마무리되면 쭉 쉬어도 돼. 연말 정산은 해가 바뀐 다음에 해도 늦지 않으니까. 다른 직원들한테는 내가 메일을 보낼게.]

카호 언니의 태도가 이상했다. 평소보다 몇 배는 말이 빨랐다.

162

그리고 너무나도 힘이 빠진 목소리였다.

전화기 너머에서 멀리 구급차 사이렌 소리가 들리나 싶더니 뚝 사라졌다.

"카호 언니, 지금 어디에…."

[또 전화할게. 이쪽은 괜찮으니까 걱정하지 마.]

전화는 일방적으로 끊겼다. 다시 걸었는데도 또 전원이 꺼졌는지 연결되지 않았다.

그 뒤에 무슨 정신으로 내 자리까지 돌아왔는지 모르겠다.

카호 언니 말대로 여기에 있어도 괜찮으려나…. 해야 할 업무가 잔뜩 있었고 오늘 밤에는 사에키 씨와 만날 약속도 했다.

하지만….

스캔한 데이터를 업무용으로 받은 주소로 보내고 난 후 나는 연하장을 가방에 넣고 자리에서 일어났다.

"죄송합니다. 잠깐 나갔다 올게요."

"응? 어, 다녀와."

의아한 표정의 노다 씨와 달리 사에키 씨는 아직도 콧노래를 흥얼거렸다.

대학병원에 도착할 무렵이 되자 빗줄기는 더욱 거세졌다.

카호 언니는 분명 이곳에 있다. 큰엄마에게 무슨 일이 생긴 것이다….

직감이라기보다 확신에 가까운 심정으로 우산을 접었다.

예상한 대로 카호 언니는 큰엄마의 병실에 있었다. 침대 앞에서 미동조차 하지 않는 뒷모습을 보자 무슨 일이 생긴 건지 짐작할 수 있었다.

"카호 언니."

말을 걸자 카호 언니는 흠칫 놀라며 몸을 떨더니 천천히 고개를 돌렸다.

"여기는 어떻게…."

얼굴 근육에 힘이 들어가는 카호 언니가 순간적으로 웃는 것처럼 보였다. 하지만 다음 순간, 눈썹 끝이 확 내려가면서 눈물을 펑펑 흘리기 시작했다.

불길한 예감이 현실로 돌아왔다는 걸 깨달았다.

"엄마가…."

카호 언니가 흐느끼는 가운데 간신히 말을 꺼냈다.

"엄마가… 돌아가셨어."

목소리뿐만 아니라 카호 언니의 몸도 떨렸다.

나는 아츠키가 했던 말을 떠올리고 있었다.

— · — · — · — · — · — · — · — · — · — · — · — · — · — · —

히마리에게

스물네 살 생일, 축하해.

네가 태어난 날의 기억은 지금도 잊히지 않아.

웬일로 이 거리에도 눈이 내렸거든.

창밖에 보이는 세상이 하얀색으로 뒤덮여 있었고, 뒤늦게 도착한 네 아빠도 눈을 뒤집어쓴 게 꼭 눈사람 같았어.

'유키코雪子'라는 이름이 유력 후보로 떠올랐을 정도였지.

엄마는 그날 맹세했단다.

네가 장래에 어떤 길을 선택하더라도, 반드시 응원하겠다고.

앞으로의 1년이 햇살처럼 따뜻한 날들이 되길 바랄게.

엄마가

ーー・ーー・ーー・ーー・ーー・ーー・ーー・ーー・ーー・ーー・ーー

막간

인간은 받아들일 수 없는 일이 벌어지면 일단 거부 반응을 보이는 생물이다.
이건 나한테 벌어진 일이 아냐. 이런 현실, 받아들이고 싶지 않아.
필사적으로 저항하지만, 압도적으로 밀려드는 현실 앞에서 이윽고 체념하기 시작한다.

드디어 올해, 운명이 크게 울부짖으며 널 억죄어 오기 시작했다.
밀려드는 불행에 네 마음은 크게 꺾이겠지….

하지만 이 겨울은 아직 끝나지 않는다.
더욱 커다란 아픔이 널 찾아올 테고.

지금까지는 계속 못 본 척히며 실이 있다.
원래는 이번에도 똑같이 외면할 생각이었다.
내가 뭘 할 수 있을지는 모르겠지만, 널 조금이라도 도울 수만 있다면….
이런 기분이 드는 건 정말 오랜만의 일이다.

그래서 나는 너를 다시 한번 만나러 간다.

마음의 무게

아츠키와 만난 건 섣달그믐날의 오후였다.

늘 만나던 육교 위에서 붉은 더플코트를 입은 모습은 마치 뒤늦게 나타난 산타클로스처럼 보였다. 목도리는 까만색이었지만.

"올겨울엔 자주 만나네."

그렇게 말하는 아츠키에게 힘없이 고개를 끄덕여 보였다.

"왠지 만나게 될 것 같았어."

큰엄마의 장례식 이후로 계속 방 안에 틀어박혀 있었다. 아빠와 후코쨩도 장례식에 참석했지만 몇 마디 나눈 뒤에는 계속 피하는 중이었다.

그로부터 일주일이 지난 오늘, 창밖을 보니 약하게 눈이 내리고 있었다.

이렇게 눈 오는 날이면 또 아츠키를 만날 것 같은 기분이 들었다. 아니, 꼭 만나고 싶었다.

섣달그믐날의 거리에는 자동차도 얼마 없었고 보행자도 많이 보이지 않았다. 이제 곧 다가올 새해를 다들 집에서 기다리고 있을 것이다.

"피곤한 얼굴이네."

고개를 갸웃거리는 산타클로스의 질문에 순순히 고개를 끄덕였다.

"피곤하니까."

"꼴이 그게 뭐야. 목도리라도 하고 나오지."

"그러게."

헤어 오일이나 화장 같은 건 아무래도 좋았다. 코트만 걸치고 나온 나. 무력한 나. 한심한 나.

"아츠키, 너와 이야기하고 싶었어."

쥐어짜 낸 목소리는 눈물에 파묻힐 것 같았다.

"나도…."

아츠키가 말을 꺼내려다 말고 등을 돌렸다.

"여기서 얘기하면 얼어 죽을 것 같으니까 장소를 바꾸자."

걸어가는 뒷모습에 조종당하듯 따라가자 그는 근처 카페로 들어갔다. 유리문에 '오늘 영업 18시까지. 1월 5일부터 정상 영업'이라고 직접 쓴 안내문이 셀로판테이프로 붙여져 있었다.

이 근처에 연말까지 여는 가게가 많지 않아서인지 작은 카페 안은 거의 만석이었다. 여고생으로 보이는 4인조가 아츠키를 훑어보더니 다음으로 내게 시선을 향했다.

이럴 줄 알았다면 화장이라도 하고 나올 걸 그랬다.

그런 생각이 드는 나 자신이 한심하게 느껴졌다. 카호 언니는 지금도 분명 괴로워하고 있을 텐데. 큰엄마는 이제 이 세상에 안 계시는데….

안쪽에 있는 4인용 테이블에 앉자 아츠키는 목도리와 코트를 벗었다. 난 좀 더 입고 있을 생각이었다. 난방이 된 장소에 왔는데도 오히려 추위가 느껴진다는 게 신기했다.

주문을 끝내고 각자의 앞에 커피가 나올 때까지 우리는 아무 말도 하지 않았다.

여고생들이 떠드는 목소리가 유난히 크게 울렸다.

커피로 입술을 적시는 나를 아츠키가 가만히 바라보고 있다. 무슨 말이든 해야 하는데…. 하지만 무슨 말부터 하면 좋을까?

계속해서 벌어지는 사건 탓에 머릿속이 혼란스러웠다.

"손, 내밀어 봐."

"…응?"

"어제까지 있었던 일은 알 수 없지만, 만져 보면 지금하고 미래는 대충 알 수 있거든."

아츠키가 하얀 손을 테이블 위로 펼쳐 보였다. 전에 만졌을 때

169

는 큰엄마에 관한 이야기를 했다.

왜 그때 좀 더 자세히 물어보지 않았을까? 아니, 큰엄마가 돌아가신다는 걸 미리 알았다면 오히려 더 견디기 힘들었을 것이다.

순식간에 내 미래를 예언하는 아츠키의 손을 잡는 건 역시 무서웠다. 조심스럽게 오른손을 테이블 위로 내밀었다가 내 의지와는 다르게 다시 빼고 말았다.

"무서워…. 더 이상 안 좋은 일을 알고 싶지 않아."

"그렇구나."

내가 거절해 놓고서, 쉽게 무릎 위로 돌아가는 아츠키의 손을 아쉽게 바라보았다.

"그럼 네가 직접 이야기해 줘. 시간 순서 같은 건 전혀 신경 쓰지 않아도 되니까."

아츠키는 나를 '서니 사이드의 사람'이라고 했다. 햇빛이 드는 행복한 길을 걸어온 사람이라고.

지금은 완전히 반대였다. 겨울 속으로 사라져 버릴 것만 같은 나와 아무렇지 않게 커피를 마시는 그.

가게 안이 어둑어둑하게 느껴지는 건 마음이 울적해서일 것이다. 주위에서 들려오는 웃음소리가 소용돌이치며 낮은 천장에서 빙글빙글 맴도는 것만 같다.

"큰엄마가 돌아가셨어."

"입원했다는 사람 말이야?"

"너도 알고 있는 거 아니었어?"

놀라는 나와 마찬가지로 아츠키도 눈을 동그랗게 뜨고 있었다. 난 당연히 아츠키는 전부 알고 있다고 생각했다.

"그냥 이미지 같은 게 보일 뿐이거든. 병원 건물이나 네 주위에 있는 그림자들에게서 사슬 같은 게 뻗어져 나온 느낌으로. 그래⋯ 돌아가셨구나. 너뿐만 아니라 다른 가족들도 슬프겠다."

아츠키의 상냥한 목소리에 눈앞이 눈물로 흐릿해졌다. 몸에 힘을 주며 눈물을 꾹 참았다.

"수술이 성공했다고 했어. 그런데 사실은 그렇지 않았다는 걸 카호 언니만 알고 있었고⋯. 우리한테는 비밀로 해서⋯."

우리에게 걱정을 끼치지 않으려고 카호 언니는 아무렇지 않은 얼굴로 행동했다. 가슴을 도려내지는 듯한 괴로움을 혼자 견뎠던 것이다.

장례식 날, 카호 언니는 말했다.

'처음에 나한테만 알려 줬어. 본인에게도 사장님에게도 비밀이었고. 하지만 역시 알 권리가 있다고 생각해서 얼마 전에 사장님에게만 이야기한 거야.'

노다 씨의 얼굴이 얼핏 떠올랐다.

'그런데 돌아가시기 얼마 전에 엄마가 그러는 거야. 뒷일을 잘 부탁한다고. 그게 무슨 뜻이냐고 물어보니까, 그 사람이⋯ 사장님이 결국 못 참고 병명을 이야기해 버렸대. 이런 중요한 비밀까지

못 지킨다는 게 화가 났지만 지금은 나도 사장님도 마지막에 엄마한테 이야기하길 잘했다고 생각해.'

지금 생각해 보면 송년회 취소를 알릴 때의 카호 언니는 평소와 뭔가 달랐다. 그 태도는 사장님에 대한 분노의 표출이었던 건지도 모르겠다.

사장님의 심정도 조금은 이해가 된다. 아내가 죽게 된다는 걸 딸이 감추고 있었으니 괴로웠을 것이다.

"큰엄마의 죽음 때문에 너와 연결된 사슬의 색이 바뀌었어."

아츠키는 조용히 커피를 마셨다.

"그 사슬 때문에 내가 죽을 운명인 거야?"

"아니."

즉시 부정한 다음, 아츠키는 나를 똑바로 바라보았다.

"사람은 누구나 다양한 사슬에 묶여 있어. 그 사슬에 의미를 부여하는 건 너 자신이야. 내가 봤던 네 미래는 사슬이 죽음의 색으로 바뀌어 있었어. 운명을 바꾼다는 건, 네게 묶인 사슬을 자신의 힘으로 다른 색으로 바꾸는 걸 의미해."

"…미안. 전혀 모르겠어."

솔직하게 대답하자 아츠키가 물이 든 컵을 앞으로 내밀었다.

"리프레이밍이야."

"리프레…?"

"리프레이밍."

천천히 말하며 아츠키가 컵에 담긴 물을 가리켰다.

"어떤 사실에 대해 일부러 지금과는 다른 시각으로 바라보면 의미 자체가 바뀌어 버리는 걸 말하지. 지금 넌 이 물을 보고 '이제 절반밖에 안 남았네.'라고 생각하고 있어. 하지만 사고방식을 바꾸면 '아직 절반이나 남았네.'라고 생각할 수도 있는 거야."

확실히 그런 식으로 생각할 수 있을지도 모르겠다.

"사슬도 마찬가지야. 네가 죽음으로 미끄러져 가는 미래를 바꾸고 싶다면, 네 스스로 의미를 바꾸려는 노력을 해야만 해."

무슨 말인지는 알 것 같다. 하지만 누군가의 죽음을 긍정적으로 받아들이기는 도저히 힘들었다.

내가 가만히 입을 다물고 있자 아츠키는 문득 허공으로 시선을 향했다.

"내가 봤던 미래의 너는 몇 개의 사슬에 휘감긴 채로 숨이 끊어져 있었어. 네가 자살하는 건지, 사고를 당하는 건지, 아니면 마음만 죽어 버리는 건지는 나도 몰라. 하지만 이대로 가면, 2년 뒤에 넌 죽게 돼."

조금 전까지의 소란스러운 소리가 들리지 않았다. 돌아보니 여고생들이 깜짝 놀란 얼굴로 우리를 보고 있었다.

"아츠키, 저기…."

이상한 이야기를 하고 있다고 생각했을 것이다. 목소리를 낮춰 말했지만 아츠키는 전혀 신경 쓰지 않고 턱을 매만졌다.

"운명을 바꿀 수 있는 사람은 본인뿐이야. 그걸 이해해 준 건 지금까지 한 명밖에 없었어."

확실히 전에 만났을 때도 그런 말을 했던 것 같다.

"그 사람은 아츠키가 하는 말을 믿고 행동한 거구나."

"처음엔 전혀 들으려고 하지 않았어. 하지만 아슬아슬한 시점에 간신히 운명에 맞서기로 해 줬지."

그립다는 듯 미소 짓는 아츠키는 평소보다도 아이처럼 보였다. 하지만 이내 표정을 흐렸다.

"내 손에 닿은 모든 사람의 미래가 보이는 건 아냐. 몇 년 뒤에 죽을 사람에게 뒤얽힌 사슬만 보여. 처음엔 조언해 주려고 했지만 다들 기분 나빠하면서 날 멀리했어. 뭐, 나 같아도 불쾌했을 거니까, 이해해."

아츠키는 얼마나 커다란 고독을 느꼈을까. 그 능력 때문에 사람들과 멀어졌고 지금은 스스로 거리를 두며 살아가고 있다.

"지금은 사람들과 거의 얽히지 않아도 되는 파견 직원으로 공장에서 일하고 있어."

"누구의 몸에도 닿지 않아도 되니까?"

"맞아. 나도 이 힘을 도움 되는 곳에 사용하고 싶지만, 결코 환영받을 만한 예언은 아니잖아."

커피에서는 더 이상 김이 피어오르지 않았다. 의미도 없이 컵 손잡이를 잡자 얼음처럼 차가웠다.

그날, 아츠키가 날 만지면서 보았다는 미래. 처음에는 믿지 않았고 지금도 반신반의하는 마음이 남아 있다.

하지만 리프레이밍… 시각을 바꾸고 내가 바뀐다면 미래도 바뀔 가능성이 있다는 이야기였다.

내가 테이블 위로 양손을 내밀자 아츠키의 표정이 밝아지는 게 보였다.

아츠키가 강하게 쥔 내 손 주위로 보이지 않는 사슬이 분명히 느껴졌다.

아파트 앞으로 돌아오자 후코쨩이 있었다.

내리는 눈에 저항도 하지 않고 가만히 서 있었다. 입고 있는 두꺼운 점퍼가 흰색이라 꼭 눈사람처럼 보였다.

확실히 오늘은 부재중 통화가 유독 많았다. 걱정해서 와 준 것이리라.

나를 발견한 후코쨩은 얼굴을 잔뜩 구기며 울음을 터뜨렸다.

"딸. 괜찮니? 힘들었지? 슬펐지?"

엉엉 우는 후코쨩을 방으로 데려갔다. 난방을 켜고 들고 있던 짐을 건네받았는데 대부분 슈퍼에서 사 온 식재료였다.

코코아를 타는 동안 후코쨩은 방구석에서 코를 훌쩍이며 떨고 있었다.

"계속 기다린 거야?"

"응."

지난번 일도 있었으니까 예비용 열쇠를 사용하진 않았나 보다.

"딸. 지난번엔 미안해. 그런 말을 하려는 게 아니었는데."

"아, 응. 이제 괜찮아."

"난 괜히 쓸데없는 말만 하고, 정말 미안해. 미안…."

얼굴을 높이 들며 "으아앙." 하고 소리 높여 울고 있었다. 이런 식이면 누가 엄마고 누가 딸인지 모르겠다.

"이제 괜찮대도."

"…화난 거 아냐?"

"화 안 났어."

그렇게 대답하자 겨우 안심했는지 후코쨩이 그 자리에서 벌떡 일어섰다.

"오늘은 말이지, 요리를 만들어 주러 왔단다. 끝나면 돌아갈 테니까 안심해."

"응."

사에키 씨와 만날 약속은 1월 3일. 같이 신사에 새해 참배를 가기로 했다.

후코쨩에게 '하룻밤 자고 가.'라고 말해 주고 싶지만 오늘은 혼자 있고 싶었다.

"큰엄마 그렇게 돼서 너무 슬프지?"

후코쨩이 부엌에서 커다란 순무의 껍질을 벗기면서 속삭이듯 말했다.

"나보다는 카호 언니랑 사장님이 걱정이야."

"장례식 때는 의연해 보였지만 많이 힘들었겠지. 어차피 많이 만들 건데 좀 가져다줄까?"

나도 카호 언니를 보고 싶었다. 하지만 이럴 때 어떤 말을 해 줘야 좋을지 알 수 없었다.

"오늘 사에키 씨하고 만나고 온 거니?"

그렇게 물은 다음, 후코쨩은 흠칫하는 표정으로 눈앞에서 식칼을 저어 보였다.

"아니, 이제 반대는 안 해. 그냥 물어본 거야."

"궁금한 거지?"

"으윽…."

시무룩해진 후코쨩이 시선만 이쪽으로 향하며 눈치를 보고 있었다.

어쩔 수 없지. 나도 후코쨩 옆에 섰다. 해녀이국수를 만드나 했더니 떡이 놓여 있었다. 조금 이른 떡국을 만들려나 보다.

냄비에 물과 다시마를 넣어 국물을 우려내기로 했다.

"사에키 씨하고는 한동안 못 만났어. 그런 일이 있었으니까 당분간 만날 약속도 없고."

그는 장례식 중간에 '다음에 언제 볼까?' 하고 내게 물었다.

예전에는 느긋해서 좋다고 느껴졌던 그 성격이 지금은 눈치 없이 느껴졌다. 이것도 아츠키가 말한 리프레이밍의 일종인 걸까.

사에키 씨를 좋아하는 마음은 변함없었다. 후코쨩이 반대했다고 달라진 건 전혀 없다. 하지만 위화감 같은 것이 가슴에 계속 남아 있었다.

아츠키는 사에키 씨도 내 몸에 휘감긴 사슬 중 하나라고 했다.

'히마리 주변에 있는 사람들은 다들 비밀이나 거짓말을 숨기고 있는 것 같아. 그게 뭔지는 나도 모르겠지만, 언젠가 큰 충격이 다가올 거란 각오는 해 둬야 할 거야.'

아츠키는 그렇게 말했지만 내 양손을 내려다봐도 역시 사슬 같은 건 보이지 않았다. 다양한 사람들에게서 뻗어 나온 사슬이 휘감겨 있다면 내 몸에서 뻗어 나온 사슬은 대체 누구에게 묶여 있는 걸까?

후코쨩의 크게 코를 훌쩍거리는 소리에 사색의 세계에서 현실로 돌아왔다.

"이제 사에키 씨와 사귀는 걸 반대하지 않겠다고 약속할게. 정말로 미안. 네 아빠한테도 괜히 쓸데없는 소리 했다고 혼났어."

쑥스러운 듯이 동그란 얼굴로 웃는 후코쨩을 이젠 용서하기로 했다. 후코쨩의 장점은 자기가 잘못했을 때는 분명하게 사과한다는 점이다. 반대로 내 경우는 사태를 무마시키듯 억지로 평소처럼 행동하는 버릇이 있다.

"그러고 보니 말인데, 편지는 읽었니?"

문득 생각난 듯이 후코쨩이 얼굴을 들었다.

"편지? 아, 응."

"읽으면서 무슨 생각이 들었어?"

후코쨩은 유부에서 기름기를 빼기 위해 주전자의 뜨거운 물을 잔뜩 붓고 있었다. 하얀 김에 가려서 후코쨩의 옆얼굴이 보이지 않았다.

"유키코라는 이름을 붙이려고 한 거야?"

그렇게 말하자 후코쨩은 "아아." 하고 회상에 젖는 눈빛이었다.

"겨울을 좋아하니까 그렇게 짓고 싶었거든."

"내가 태어난 날에 눈이 내려서 그런 거 아니었어?"

"아, 그랬지."

후코쨩이 유부를 짜내면서 말했다.

"그날은 눈이 엄청 와서 전철도 멈춰 버릴 정도였어. 기억해 줬구나."

얼마 전에 받은 편지니까 까먹을 리가 없다. 그보다도 기쁜 이야기일 텐데 후코쨩의 표정이 어두워 보이는 게 신경 쓰였다.

"그 뒤엔 내가 선택한 길을 응원한다고 써 놨잖아. 그래 놓고 사에키 씨와 만나는 건 왜 반대한 거야?"

거기까지 말하고 나서야 생각이 났다.

"그러고 보니까 전에도 연애는 안 된다고 말해 놓고서 편지에는 응원한다고 썼었지? 왜 가끔 그렇게 반대되는 말을 쓰는 거야?"

후코쨩은 할 말이 없는지 묵묵히 젓가락 끝으로 유부를 눌렀다.

"편지를 쓸 때는 그런 마음이었어. 감정에도 시차가 있잖니. 난 옛날부터 왜 마음에도 없는 소릴 하느냐는 말을 자주 들었단다. 닌 자각 못 했지만. 아, 고기도 삶아야 하니까 좀 썰어 줄래?"

"이 닭고기로 하면 돼?"

"어, 그거. 연말에는 가격이 많이 올라서 참 싫다니까."

오랜만에 후코쨩과 많은 대화를 나누는 것 같다. 해가 바뀌기 전에 화해할 수 있어서 다행이었다.

"후코쨩."

"응?"

"내일 나도 카호 언니를 만나러 가 볼까? 카호 언니 기분이 너무 안 좋은 것 같으면 현관에 요리만 놓고 오고."

그렇게 말하자 후코쨩은 기쁜 듯이 통통한 볼로 웃었다.

"잘됐네. 아빠한테는 비밀로 하고 왔으니까 많이 걱정할 텐데."

"응?"

"홍백가합전이 시작되기 전에 돌아가야 하니까, 너 혼자 갔다 올래?"

아까는 만나고 간다더니. 아마도 감정에 시차가 있다는 건 진짜 인가 보다.

"히마리, 떡은 몇 개 먹을래? 난 5개 먹을 건데."

후코쨩은 떡의 포장지를 벗기면서 그렇게 선언했다.

요리를 가져다주겠다고 전화했더니, 카호 언니는 무척이나 기뻐했다.

초칠일 법요식이 끝나긴 했지만 뭘 사러 나갈 기력도 없다면서 오는 길에 편의점에서 디저트를 사 오라는 임무가 추가되었다.

카호 언니의 집에 도착할 무렵에는 노을이 밤에 저항하듯 하늘을 불태우고 있었다. 주황색 하늘은 시시각각 남색으로 침식되어 갔다.

이제 큰엄마는 이 세상에 안 계신 거구나….

북받치는 슬픔을 봉인해 두며 벨을 눌렀다. 문이 열리며 조금 야윈 카호 언니가 얼굴을 내밀었다.

위로의 말을 건네기도 전에 "자, 들어와, 들어와." 하고 카호 언니가 내 손을 잡아끌었다.

"초칠일까지는 분위기가 떠들썩했잖아? 지금은 사장님도 도망갔어. 네가 와 줘서 너무 기쁘다."

사장님은 거래처 간부와 술을 마시러 갔다고 한다. 섣달그믐날에 술 상대로 붙잡혀 가다니, 불쌍하기가 그지없다.

요리가 든 종이봉투를 건네자 카호 언니는 "우와." 하고 보물이라도 발견한 듯 흥분했다. 떡국에는 개별 포장된 떡이 5개 곁들여져 있었다. 그밖에도 후코쨩이 집에서 만들어 왔다는 콩자반과 조림, 어묵 등이 들어 있었다.

카호 언니는 홍차를 타면서 "정월 요리는 수수하지만 그 점이 좋아.", "청어알도 가끔은 먹고 싶어지지 않아?", "후코 숙모도 보고 싶었는데.", "디저트도 사다 줘서 고마워. 덕분에 한동안 틀어박힐 수 있겠네."라고 계속해서 말을 쏟아 냈다. 슬픔을 잊기 위해 필사적으로 노력하는 것처럼 보였다.

'네 주위의 그림자들에게서 사슬 같은 게 뻗어져 나와 있어.'

아츠키는 카페에서 내 손을 잡은 채 안됐다는 듯 말했다.

나와 관련된 모든 사람이 나를 죽음으로 이끈다. 모두가 비밀을 숨기고 있고 그게 내 죽음의 원인이라고도 했다.

우리는 소파에 나란히 앉아 조금 이른 정월 요리를 먹었다. TV에서는 '올해의 10대 뉴스'라는 특집 방송이 작은 소리로 흘러나오고 있었다.

"홍차는 잘 안 어울리네."

젓가락으로 콩자반을 집는 카호 언니에게 무슨 말이든 해 주고 싶었다. 하지만 TV 옆에 놓인 큰엄마의 사진을 보자 아무 말도 떠오르지 않았다.

견딜 수 없을 만큼 슬플 것이다. 나도 후코쨩이나 아빠가 돌아가시면 분명 건지지 못할 테니….

"너는….."

"응?"

멍하니 생각에 잠기느라 제대로 듣지 못했다. 카호 언니가 살짝 웃었다.

"너는 많이 변했어. 남자애처럼 뛰어다니던 게 거짓말 같아."

"그건 너무 옛날 아냐? 그렇게 따지면 카호 언니도 딴 사람이 되었지."

"그것도 그런가? 우리가 처음 만난 게 20년 전쯤이었지?"

"난 기억 안 나지만."

내 가장 오래된 기억부터 카호 언니는 자연스럽게 존재하는 느낌이다.

"장례식 때 하루야 오빠 온 거 봤어?"

"어, 하루야 오빠가 왔었어?"

카호 언니의 친오빠인 하루야 오빠와 만난 적은 거의 없다시피 했다. 부모님과 사이가 나쁜 하루야 오빠가 일찍 집을 뛰쳐나간 탓에 솔직히 얼굴도 잘 떠오르지 않았다.

"이제 자기는 가족이 아니라면서 뒷자리에 숨듯이 앉아 있었어. 사장님도 왔다는 걸 모르지 않았을까? 헤어스타일 같은 것도 완전히 바뀌었고. 그런데 어느새 사라졌더라고."

"그랬구나. 나도 보고 싶었는데…."

"너를 기억하는 것 같았어. 귓속말로 '저기 히마리 맞지?' 하고 물어보던데."

"난 전혀 몰랐어. 지금 어떻게 지낸대?"

"글쎄."

카호 언니가 쓸쓸하게 웃었다.

183

"일은 하면서 사는 것 같은데, 어디 사는지도 안 알려 주더라. 상속도 포기한다고 했고. 아, 그래도 결혼은 했대. 나한테 조카가 있었다니, 말도 안 되지?"

TV에서 떠들썩한 웃음소리가 들렸다. 10대 뉴스만으로는 분량을 채우기 힘들었는지, TV에선 동물들의 귀여운 영상이 흘러나오고 있었다.

"나한테 가업을 떠넘기고 도망친 게 미안하긴 한가 봐. 이제 그만 잊어버려도 될 텐데."

다시마생선말이를 앞접시 위에서 젓가락으로 가른 카호 언니가 "아…." 하고 얼굴을 찡그렸다.

"모처럼 와 줬는데 이렇게 어두운 얘기만 해서 미안. 좀 더 즐거운 얘기를 하자."

카호 언니가 TV 리모컨을 들고 볼륨을 높였다. 떠들썩한 소리가 우리 사이에 보이지 않는 벽을 만들어 냈다.

"너는 여행 같은 건 안 가?"

카호 언니는 긴 머리카락을 손으로 빗으며 갑자기 말을 꺼냈다.

"그런 질문을 하는 걸 보면, 카호 언니는 어디 갈 예정인 모양이구나."

헤헤, 하고 기쁘게 웃은 카호 언니가 목소리를 낮추며 말했다.

"실은 골든 위크에 남친하고 여행을 갈 생각이거든. 아, 사장님한테는 말하면 안 돼."

"당연히 말 안 하지. 그런데 어디로 가게?"

행복한 사람을 보고 있으면 나까지 행복해지는 기분이 든다.

"남친은 괌에 가고 싶어 하는데, 난 홋카이도가 좋을 것 같아. 초여름의 홋카이도에서 아스파라거스를 먹고 싶거든."

나로서는 이해하기 힘든 이유였다.

"나라면 괌이 좋을 것 같은데."

내 의견을 솔직하게 말했다. 해변에서 느긋하게 지내다 오는 것도 즐거울 것 같고.

"너는 비행기 멀미를 하니까 힘들지 않아? 모처럼 면허도 땄으니까 차로 전국 일주를 해 보는 건 어때?"

"전국이라니. 평생이 걸려도 힘들지."

"너는 여권 갖고 있어?"

"없는데."

"그럼 당분간 만들지 마. 만들면 분명히 가고 싶어질 테니까."

"후코쨩도 똑같은 소릴 하던데."

일단 고개를 끄덕이자 카호 언니는 TV에 나오는 고양이를 보며 싱긋 웃고 있었다.

이런 식으로 전형적인 연말 방송을 보는 건 오랜만이었다. 지금쯤 사에키 씨는 뭘 하고 있을까. 조금은 날 떠올리고 있을까…?

"너의 올해 가장 큰 뉴스는 뭐였어?"

"뉴스…."

생각할 것도 없이 나의 가장 큰 뉴스는 해마다 죽음이 가까워진다는 사실이었다.

아츠키는 말했다. 모두가 나에게 거짓말을 하고 있다고. 거짓말은 사슬이 되어 나를 휘감고 결국 나를 죽음으로 끌고 간다.

그걸 바꿀 수 있는 사람은 오직 나뿐이라는 말도 했다.

"올해도 '겨울의 그 남자'와 만났어."

"뭐? 그랬구나. 그래서 이번에는 뭐라고 했어?"

흥미진진한 얼굴로 묻는 카호 언니를 보며 나도 모르게 자세를 꼿꼿이 했다.

"실은 올해 두 번째로 만난 거였어."

"두 번째?"

"얼마 전에 안 만났다고 했던 건 거짓말이었어. 미안. 그때는 예언을 믿지 않았고, 지금도 100퍼센트 믿는 건 아냐. 어쩔 수 없는 게, 너무 이상한 말을 하니까…."

"죽음을 예언한 거잖아. 나 같으면 경찰에 신고했을 거야."

큭큭 웃는 카호 언니를 보며 나는 고개를 가로저었다.

"그런데 아츠키한테 들은 이야기 중에 걸리는 부분이 있었거든. 사람들이 숨기고 있는 비밀이나 거짓말에 괴로워하다가 내가 죽게 된대."

갑자기 방의 온도가 확 내려간 느낌이 들었다.

뭔가 생각난 일이 있는지 카호 언니의 얼굴에서 미소가 사라져 있었다.

"그 말을 들으니까 오히려 찔리는 부분이 있었어. 나도 사람들 한테 거짓말을 하고 있었으니까. 그래서 오늘은 카호 언니에게 사실을 고백하려고 온 거야."

우리는 일상에서 수많은 거짓말을 하며 살아간다. 처음 거짓말을 한 게 나였다면 먼저 그것을 고백함으로써 엉킨 실을 풀어내듯 진실이 보이게 될지도 모른다고 생각했다.

내가 진심인 걸 알아차렸는지 카호 언니는 당황한 듯 시선을 이리저리 돌리다가 TV를 껐다.

흐읍, 하고 숨을 들이마시자 뱃속이 따끔따끔한 느낌이었다.

"나… 사에키 씨하고 사귀고 있어."

더 이상 카호 언니의 눈을 볼 수 없었다.

"작년 섣달그믐날부터 사귀었으니까 오늘로 딱 1년이야. 같은 회사고 사장님은 사내 연애를 안 좋게 생각하니까 카호 언니에게도 말할 수가 없었어. 미안해."

"…그랬구나."

카호 언니는 애매모호하게 고개를 끄덕이더니 천천히 몸을 일으켰다.

"미안. 잠깐 여기서 기다려 줄래?"

"아, 응."

"금방 돌아올게."

거실을 빠져나가더니 계단을 올라가는 발소리가 들렸다.

…화가 난 걸까.

불안이 파도처럼 밀려왔다. 하지만 신기하게도 후회는 없었고, 계속 짊어지고 있던 무거운 짐을 내려놓은 듯한 기분이었다. 사내 연애 사실을 알게 된 카호 언니는 복잡한 심경일지도 모르지만….

잠시 뒤에 돌아온 카호 언니는 반으로 접은 종이를 품에 안고 있었다.

"나도 거짓말을 한 게 있어. 거짓말이라고 할지, 미심쩍었는데 숨겼다고 할지…."

조심스레 건네받은 종이는 연말 정산 신고서였다. 바로 얼마 전에 확인했으니까 당연히 알고 있었다.

"여길 봐 줘."

오른쪽 상단에 신고자인 사에키 씨의 이름이 기재되어 있었다. 카호 언니가 가리킨 곳은 그 옆에 있는 배우자 유무였다.

무無에 동그라미가 쳐져 있지만, 유有에도 동그라미가 있었고 그 위로 이중선과 정정인訂正印이 찍혀 있었다.

그러고 보니… 나도 확인할 때 이상하다고 생각했지만 단순한 실수인 줄 알고 넘어갔던 게 기억났다.

"그 사람, 경력직으로 채용된 건 알고 있지? 입사 첫해에 제출한 신고서에는 이 부분이 공백으로 되어 있어서 표시해 달라고 했어. 그때 잠깐 고민하는 것처럼 보였는데…. 뭐, 어디까지나 지금 생각해 보면 그렇다는 거지만."

생각지도 못한 말에 그저 신고서를 바라볼 수밖에 없었다.

"작년 신고서는 무에 동그라미가 쳐져 있었어. 그래서 그냥 착오가 있었나 보다 하고 한동안 잊고 있었는데… 본 거야."

"보다니…."

불길한 예감이 서서히 가슴에 번져 나갔다.

"전에 코노다이로 같이 옷을 사러 갔었지? 난 일요일에 그 근처를 산책할 때가 많거든."

거기서 잠시 말을 끊은 카호 언니는 망설이면서도 입을 열었다.

"작년 가을쯤이었나? 사에키 씨를 공원에서 봤어. 어떤 여자랑 같이 세 살 정도인 어린아이랑 놀아 주고 있더라고."

절대 그럴 리가 없다. 매주 일요일은 동호회에 나갈 테니까.

"남자아이였는데, 사에키 씨를 계속 '아빠'라고 불렀어."

눈앞이 어지럽게 흔들렸다. 반사적으로 카호 언니의 얼굴을 돌아보자 시선을 피하는 게 보였다.

"…잘못 본 거 아냐?"

찢어질 만큼 강하게 움켜쥐고 있던 신고서를 TV 장식장 위에 내려놓았다. 잔뜩 구겨진 종이를 보며 필사적으로 이유를 생각해 냈다.

"사에키 씨는 일요일에 테니스 동호회에 나가. 어쩌면 거기서 만난 사람들하고 친해져서…."

'그럴 리가 없다.'라고 생각하면서 계속 그럴 가능성을 부정하고 있었다.

카호 언니는 미안하다는 듯 고개를 저었다.

"사에키 씨는 그 아이를 '렌토'라고 불렀어."

"렌토….'

"난 왠지 보면 안 되는 장면을 본 것 같아서 그대로 도망치듯이 돌아갔어. 사생활이기도 하고 말 못 할 사정이 있겠지 싶어서 아무것도 물어볼 수 없었고."

중간에 쥐어짜듯 괴로운 목소리가 되었다는 걸 깨달았는지 카호 언니는 일부러 밝은 목소리를 내며 말을 이었다.

"아마 이미 이혼했을 거야. 그렇다면 신고서에 기재 내용이 바뀌었던 것도 설명이 되고."

사에키 씨와의 기억이 머릿속에서 어지럽게 재생되었다. 이혼은커녕 과거에 결혼했었고 애까지 있다는 이야기는 한 번도 꺼낸 적이 없다.

"사에키 씨하고 친하게 지낸다는 건 알고 있었어. 그래서 내가 전에 한번 물어본 적 있었잖아?"

그때는 아직 사에키 씨와 사귀기 전이었다. 그때 호감이 있다고 솔직히 대답했다면 카호 언니는 방금 그 이야기를 내게 해 줬을 것이다.

"내가 거짓말을 해서….'

내 거짓말이 문제를 더욱 복잡하게 만들고 있다니…. 하지만 그런 상황에서 솔직하게 대답하지 못했던 나 자신을 비난할 수는 없었다.

"아니야. 이상한 소리를 해서 미안해. 하지만 언젠가 너에게는 말해야 할 것 같았어."

아니, 내가 거짓말을 한 탓이었다. 신고서의 정정인을 멍하니 바라보았다.

만약 이혼한 거라면 언제 내게 말하려고 했던 걸까? 아니, 전부 카호 언니의 착각일지도 모른다. 내가 혼자 심각하게 입을 다물고 있자 카호 언니가 당황한 듯 입을 열었다.

"뭔가 사정이 있는 건지도 모르잖아. 애초에 내가 확인하지 않은 게 잘못이니까, 내가 확실하게 사실을….

"괜찮아. 내가 직접 물어볼게."

큰엄마가 돌아가시고 힘들어하는 시기에 이런 일에 말려들게 할 수는 없었다. 게다가 사슬의 색을 바꿀 수 있는 건 나뿐이다.

쉽게 무너져 버릴 듯한 결심을 감춘 채 고개를 끄덕이자 카호 언니는 조금 안도하는 표정이 되었다.

"가 보고 싶은 곳이 있어."

새해 참배에서 돌아오는 길에 그렇게 제안하는 나를 보며 사에키 씨는 언제나처럼 따뜻하게 웃어 주었다.

하지만 고쿠다이역에서 내린 이후부터 긴장감에 휩싸이는 걸 알 수 있었다. 키가 더 작은 내 옆에 숨듯이 길 안쪽으로 들어와 고개를 숙인 채 걷고 있었다.

"가고 싶다는 데가 이디야? 이 근처에는 아무것도 없는데."

무거운 발걸음은 당장이라도 도망치고 싶어 하는 것처럼 보였다. 아까까지 보여 주던 미소는 온데간데없었다. 마치 한 걸음씩 나아갈 때마다 진실에 가까워지는 기분이었다.

한동안 걸어가자 카호 언니가 알려 준 공원이 보였다. 연휴 마지막 날 오후, 작은 공원에는 사람도 거의 없었다.

벤치에 앉아 그날 카호 언니가 봤을 광경을 머릿속으로 상상해 보았다. 분명 내가 같은 입장이라도 직접 물어보기는 어려웠을 것이다.

"후코쨩은 동물처럼 감이 날카로워."

"그래?"

마음이 딴 데 가 있는 듯한 대꾸가 돌아왔다.

"예언자처럼, 전에 했던 말이 그대로 들어맞을 때도 있고…."

"그보다도 여기 춥지 않아? 눈도 내릴 것 같고. 모처럼 나왔으니까 전철 타고 맛있는 거라도 먹으러 갈래?"

그는 강 반대편으로 돌아가고 싶어 한다. 분명 여기 산다는 가족이나 지인과 마주칠까 봐 두려워하는 거겠지. 한 마디 한 마디의 대화가 그의 비밀에 닿아 있는 느낌이었다.

"후코쨩하고 만났던 날 기억해? 그날 이렇게 말했거든. '사에키 씨만은 안 돼.'라고. 그래서 오랜만에 크게 싸웠거든."

"갑자기 집에 나타났으니까… 미움을 받았나 보네."

사에키 씨는 마음이 딴 데 가 있는 태도로 공원 안을 둘러보고 있다.

"사에키 씨… 나한테 뭐 숨기는 거 없어? 비밀이 있다면 알려 줬으면 해."

결심을 굳히며 물었는데도….

"없어."

사에키 씨는 하얀 입김을 토해 냈다.

아아, 역시 말해 주지 않는 거구나.

…진실을 알게 되면, 난 분명 상처받겠지.

어쩌면 이 사람과 마주치고 싶지 않아서 회사에도 못 나가게 될 수도 있다. 그렇게 생각하니 눈에서 당장이라도 눈물이 쏟아질 것만 같았다.

추운 듯 몸을 움츠린 사에키 씨를 보면 아직도 좋아하는 마음이 넘쳐흐른다. 그가 내게 준 사랑과 행복이 생생하게 떠오를수록 자꾸만 현실을 외면하고 싶어졌다.

아직도 단순한 착오이기를 바라고 있다. 지난 1년 동안 사에키 씨가 보여 준 따뜻함은 진짜라고 믿고 있다.

만약 이혼 사실을 숨겼더라도 말할 수 없는 사정이 있었던 게 틀림없다. 불안한 희망에 매달리면서 씩씩하게 자세를 폈다.

"자기가 옳다고 생각하는 걸 온 힘을 다해서 밀어붙이니까 성가실 때도 있지만, 후코쨩은 거짓말은 하지 않아."

"일단 가자. 지금도 얼어 죽을 것 같이."

…후코쨩의 말이 옳았다. 아무것도 몰랐던 건 바로 나였다.

타들어 가는 듯이 찌릿찌릿 아파 오는 가슴을 손으로 억누르며 숨을 천천히 들이쉬었다.

"이 공원에 '렌토' 군하고 자주 오는 거야?"

"아…."

사에키 씨는 어안이 벙벙한 얼굴이었다.

"일요일에 셋이서 공원에 오지? 그걸 언제 고백할 생각이었어?"

따져 물을 생각은 없었다. 오히려 천천히 시간을 들여서 침착하게 물어볼 계획이었다.

어제 잠 못 들면서 어떻게 물어볼지 계속 시뮬레이션을 했는데도 갑자기 바로 본론으로 들어가고 말았다.

금붕어처럼 입을 뻥긋거리는 사에키 씨의 눈을 돌려 아무도 없는 그네를 바라보았다. 대답은 이미 들은 거나 다름없었다.

"아니야…. 미안. 그런 게 아냐."

그런데도 이가 딱딱 부딪칠 만큼 떨면서 부정하는 건 왜일까?

"아니라는 게 무슨 뜻이야?"

희미한 기대를 놓지 못하는 내가 가엾게 느껴졌다.

"그건….”

"결혼한 적 없어? 렌토 군은 다른 사람 아들이야? 사정이 있어서 아빠라고 부르는 거야?"

"그것도… 아니야.”

힘없이 고개를 떨구는 사에키 씨가 또 "미안.” 하고 말했다.

침묵이 이어지는 동안 손끝이 점점 차갑게 식었다. 그런데도 사에키 씨에 대한 마음은 식지 않는다. 내가 물어봐 놓고 부정해 주길 바라고 있다.

아아, 이렇게나 사에키 씨를 좋아하다니….

"집사람하고는….”

듣고 싶지 않은 말이 귀를 할퀴었다.

"계속 사이가 안 좋았어. 그래서 이직을 계기로 별거하자는 말을 꺼냈어. 렌토가 한 살 때였으니까 이제 곧 3년이 되고, 난 이제 집사람한테는 아무 감정도 없으니까 헤어지고 싶었어. 하지만 동의해 주지 않았고, 일요일에는 아들이 너무 보고 싶어서….”

두서없는 말들이 북풍에 휩쓸려 정확히 들리지 않았다.

카호 언니의 예상은 정확히 들어맞았다. 그래도 이혼은 했길 바랐던 내 바람이 소리 없이 무너져 내렸다.

하지만 울 거라는 예상은 빗나갔다. 관심 없는 이야기를 억지로 듣고 있는 듯한 기분이었다. 듣고 싶지 않다. 도망치고 싶다. 잠들어 버리고 싶다.

"집사람은 이혼을 안 하겠다고 버티고 있어. 하지만 별거 기간이 길어지면 부부 관계가 파탄 났다는 걸 인정받을 수 있어. 조정을 받고, 그다음에 재판할 생각이야. 그렇게 하면 너와 함께 살 수 있어."

차갑게 식어 버린 내 손을 그의 손이 감쌌다.

"진심으로 너를 좋아하게 됐어."

"…언제 말할 생각이었어?"

말문이 막힌 사에키 씨가 천천히 시선을 떨구었다.

"이혼이 성립되면 말하려고 했어. 정말이야…."

그 말에 거짓은 없는 것처럼 느껴졌다.

사에키 씨를 좋아하는 내 마음에도 거짓이 없다고 단언할 수 있다.

아아, 그랬구나….

사귀고 난 뒤로 이따금씩 느꼈던 의혹의 정체를 이제야 알 수 있었다.

송년회가 있던 날, 사장님에게 혼났던 날, 카호 언니와 사장님이 출근하지 않았던 날도. 그는 언제나 도망치고 있었다. 내게 보여 주는 따뜻함은 진짜였지만 중요한 상황이 오면 늘 사라져 버린다. 그건 결혼생활에서도 마찬가지였을 것이다.

"히마리."

그가 내 이름을 불렀다.

"조금만 더 기다려 줘. 꼭 행복하게 해 줄게."

내가 좋아했던 사에키 씨는 여기에 있다. 새로운 모습을 알게 됐다고 흔들릴 만큼 약한 감정은 아니었다.

하지만, 하지만….

잡힌 손을 풀고 몸을 일으키자 사에키 씨는 흠칫하는 표정을 지었다.

"나도 사에키 씨를 정말로 좋아해."

"그렇다면…."

"하지만 오늘까지만 하고 싶어."

"…싫어. 왜 좋아하는 사람들끼리 헤어져야 하는데?"

먼저 거짓말은 한 건 당신이면서. 어째서 상처입은 표정을 짓는 거야?

아아, 그래…. 렌야도 지금의 나와 똑같은 기분이었을 거다. 내가 도쿄에 가기로 한 날에 그의 마음속에서 사랑은 죽어 버렸던 것이다.

전남친을 떠올리면서 이별을 선언한다는 게 참으로 이상했다. 하지만 그날의 이별과 달리, 난 사랑의 마지막을 이렇게나 슬퍼하고 있다.

이제야 진정한 사랑을 찾았다고 생각했는데, 나 스스로 그 사랑의 목숨을 끊어 놓으려 하고 있었다.

"거짓말로 시작된 사랑이니까. 거짓말을 숨기기 위해 또 다른 거짓말을 할 수밖에 없었던 거지?"

한 가지만 들켜도, 거짓말의 막은 순식간에 벗겨져 버린다. 테니스 이야기도 분명 거짓말일 것이다. 렌토 군과 만나는 일요일은 꼭 비워 두려 했던 거겠지.

"니를 생각하는 마음민은 진심이야. 이제 거짓말은 하지 않겠다고 약속할게. 두 번 다시 슬프게 하지 않을게."

내게 휘감긴 사슬의 색을 바꿀 수 있는 건 나뿐이다. 흔들리려는 마음을 다잡으며 고개를 가로저었다.

"미안. 나도 거짓말을 했어."

"히마리….""

"난 이제 사에키 씨를 좋아하지 않아."

바람이 공원을 할퀴듯 세차게 불었다.

사에키 씨를 혼자 남겨 둔 채 공원을 뒤로했다.

빠른 걸음으로 주택가로 빠져나왔다. 지금 사에키 씨가 뒤쫓아 오면 거짓말을 들킬 것 같았으니까.

편의점 앞에서 멈춰 섰을 때는 이마에 땀이 맺혀 있었다.

도망치는 건 나도 마찬가지다.

올바른 선택을 했다는 생각과 당장이라도 돌아가고 싶은 마음이 서로 싸우고 있었다. 내 사랑은 아직 숨이 끊어지지 않았다….

회사에 출근하면 어떤 식으로 행동해야 할까? 카호 언니에게는 뭐라고 설명할까? 감이 날카로운 노다 씨에게는 이미 들켰을지도 모른다.

사장님이 사내 연애를 왜 안 좋게 생각하는지 알 것 같았다. 활활 타오르는 불꽃도, 뒤에 남은 잿더미도, 동료들에게는 그저 민폐일 뿐이니까.

아까부터 계속 스마트폰이 진동을 울리고 있었다. 사에키 씨인 줄 알았지만 화면에는 '후코쨩'이라는 이름이 표시되어 있었다.

"후코쨔…."

[히마리!]

큰 목소리가 날 부르는 바람에 반사적으로 귀에서 스마트폰을 멀리 뗐다.

"듣고 있어. 무슨 일이야?"

[연락이 계속 안 돼서 걱정했잖니.]

"아, 응."

[카호가 고맙다는 전화를 했거든. 많이 좋아하는 걸 보니까 나도 기쁘더라. 조금이라도 위로가 된 것 같아서.]

"응."

카호 언니는 사에키 씨에 대한 이야기를 했을까? 아무래도 그건 아닐 것 같지만…. 아니, 아무도 믿어서는 안 된다.

이미 타인을 의심하기 시작한 나 자신에 놀라면서 "저기." 하고 스마트폰에 입을 가까이 댔다.

"후코쨩은 나한테 거짓말하면 안 돼."

나도 모르게 그런 말이 나왔다.

[어… 잠깐만. 무슨 일 있었니? 무슨 일 있었던 거지? 무슨 일이야?]

평소엔 조금 귀찮게 느껴지는 후코쨩의 말이 고마웠다. 나도 모르는 사이 눈앞이 눈물로 흐려져 있었다.

"내일 그쪽으로 갈게. 할 이야기가 있어."

후코쨩에게 사에키 씨에 대해 털어놔야겠다.

분명 후코쨩은 불처럼 화를 낼 거고 어쩌면 사에키 씨를 찾아가려 할지도 모른다. 아니, 확실히 그럴 것이다.

그런 미래를 상상하니 조금이나마 아픔이 수그러드는 느낌이 들었다.

—ー·—ー·—ー·—ー·—ー·—ー·—ー·—ー·—ー·—

히마리에게

새해 복 많이 받으렴.

올해도 새해가 밝았구나.

매년 히마리에게 해 주던 '올해의 말' 말인데, 이번에는 고민 끝에

이걸로 정했어.

"내일 죽을 것처럼 살아라. 영원히 살 것처럼 배워라."

간디의 말이야.

새해부터 살벌한 말일 수도 있겠지만 지금의 너에게 꼭 해 주고 싶

었단다.

스물네 살이 된 올해, 히마리는 어떤 1년을 보낼지 궁금하네.

직장인이 된 지 몇 년이 지났으니까 마음이 풀어지는 시기일지도 몰라.

지금 곁에 있는 동료들에게 감사하면서 히마리답게 살아가렴.

엄마가

막간

네 손을 만졌을 때, 도달할 미래가 선명히 보였어.
그건 너무나도 슬픈 결말이었지.
먼 미래의 겨울, 너에게 주어진 운명과 같은 색이었어.

그 사실을 말하면 넌 분명 마음의 벽을 세울 거야.
그리고 난 내 무력함을 통감하겠지.

겨울에 갇혀 버린 내가 할 수 있는 일은 하나뿐이야.
네 운명의 사슬을 다른 색으로 바꿔 보이겠어.
난 그러기로 결심했으니까.

3년째

눈이 울고 있다

일요일은 기온이 단숨에 떨어졌다. 창밖으로 내려다보이는 길가에는 목도리와 코트를 입은 사람들이 몸을 잔뜩 움츠린 채 걸어가고 있었다.

점심 무렵에 찾아온 카호 언니는 거실에 들어오자마자 놀란 얼굴로 굳어 버렸다.

"아…."

하지만 이내 알았다는 듯 거듭 고개를 끄덕거리다가 벽이란 벽에 다 쌓여 있던 이삿짐 박스 하나를 들었다.

"이 정도로 정리가 안 됐을 줄은 몰랐어. 나도 너한테 신경 좀 쓸 걸 그랬네."

"아니야. 나야말로 상상 이상이라 미안."

일이 바빠서 아직도 이삿짐 정리가 안 됐다고 투덜대자 카호 언니가 도와주겠다고 나서 주었다.

"일단 거실에서 사용하는 것 외에는 전부 방으로 옮길 테니까, 너는 상자를 열고 정리해 줘."

카호 언니는 미리 가지고 온 목장갑과 마스크를 끼고는 매직으로 '침실'이라고 적힌 상자를 재빠르게 옮기기 시작했다.

새로 얻은 방은 전에 살던 곳보다 집세가 조금 비싼, 오토 록 장치가 달린 중고 맨션이었다. 3층 복도 끝에 있는 방이라 햇볕도 잘 든다고 한다. 하지만 낮 동안에도 거의 커튼을 쳐 놓았기 때문에 아직 정말로 그런지는 알 수 없었다.

"이사 온 게 9월이었잖아. 이런 상태로 석 달이나 지내다니, 대단하다."

바쁘게 움직이는 카호 언니는 마치 이삿짐 업체 사람 같다.

"평소에 사용하는 물건이 의외로 적어서 부엌하고 세면대에서 사용하는 것들만 있으면 어느 정도는…."

"칭찬하는 게 아냐. 이건 뭐, 어이가 없다고 해야 할지, 깜짝 놀랐다고 해야 할지…."

카호 언니가 가져오는 상자를 열어 옷장 안이나 서랍장에 정리해 두었다.

결국 정리하는 데 2시간 넘게 걸린 끝에 드디어 꺼내 놓은 코타츠 앞에 앉을 수 있었다.

녹차 페트병을 "고마워." 하고 받아 든 카호 언니가 만족스럽게 방 안을 둘러보고 있었다.

"카호 언니 덕분에 이제야 사람 사는 곳 같아졌네. 코타츠를 꺼낸 게 제일 기쁘다."

"그건 그렇고 험난한 1년이었겠다. 나도 책임감을 느끼지만."

순간적으로 말문이 막히며 또 사에키 씨의 얼굴을 떠올리고 말았다. 머릿속에 들러붙어서 지워지지 않는 얼룩이나 나도 모르는 사이 짊어지게 된 무거운 짐 같았다.

"카호 언니 탓이 아니야. 그때 사에키 씨에 관해 제대로 알려 주지 않았다면 더 비참해졌을 거야."

"정월에 헤어진 거지? 그 뒤로 조금 기운도 없어 보였고, 회사에서도…."

안타깝게 보는 카호 언니에게 "응." 하고 고개를 끄덕여 보였다.

"잠깐 쉬었잖아. 민폐 끼쳐서 미안해. 늦봄까지 이어졌으니까."

건강 문제로 자주 휴가를 낸 진짜 이유를 알고 있는 사람은 카호 언니뿐이다.

참고로 사에키 씨는 얼굴을 마주칠 때마다 "괜찮아?" 하고 물어봐 주었다. 자기가 원인이라는 건 꿈에도 생각 못 한다는 게 그다웠다.

"그래도 초여름에는 많이 회복한 것처럼 보였는데."

"그게 말이지… 지금까지 말하지 않은 게 있었어."

녹차를 마신 카호 언니가 흥미진진하다는 듯이 얼굴을 바싹 들이댔다.

"어, 뭔데? 뭔데?"

"사에키 씨가 이혼했다는 말을 꺼냈거든."

"아아, 사람들 앞에서도 말했잖아. 노다 씨나 코토부키 씨는 결혼했다는 걸 몰랐으니까 깜짝 놀랐었지."

"…다시 만나고 싶다는 말을 들었어."

그게 7월 중순이었다. 회사에서 단둘이 있게 되었을 때, 그는 밝은 표정으로 이혼 사실을 알려 주었다. 사무적으로 대하는 내게, 그는 진지한 말투로 말했다. "다시 한번 사귀어 줘."라고.

하지만 생각할 것도 없이 거절하는 내게, 그는 진심으로 놀란 눈치였다.

마침 노다 씨가 돌아왔기에 대화는 그걸로 끝났지만, 그 이후로 매일 같이 메시지를 보냈다. 또 아파트 앞에서 기다리고 있을 때가 많아졌다.

그로부터 일주일 뒤에 그는 조회 자리에서 이혼했다는 사실을 모두에게 밝혔다. 위로의 말을 건네는 파트 근무 직원들에게 "괜찮아요." 하고 웃으면서.

"아무리 거절해도 싸워서 화를 내는 걸로만 받아들여서…. 그래서 급하게 이사를 하기로 한 거야."

"잠깐만. 왜 그런 중요한 일을 말해 주지 않은 거야?"

"카호 언니에게 더 이상 민폐 끼치기 싫어서….."

"이 바보!"

"…!"

카호 언니가 내게 화를 내는 건 처음이었다.

"나중에 아는 게 훨씬 충격적이거든? 그래서 급하게 이사를 했던 거구나…."

사에키 씨와 함께한 지난 1년간을 떠올려 보니 오늘까지 간신히 살아남은 기분이었다.

사에키 씨와 헤어진 것을 후회하진 않는다. 하지만 그와 함께한 추억은 이 동네에 그대로 남아 있었다. 사무실에는 특히나 많이 남아 있어서 가끔 울 뻔한 적도 있었다.

슬픔은 내게서 식욕과 수면을 빼앗아 갔고 회사를 쉬는 날이 많아졌다.

그렇게 심한 거짓말에 당하고서도 아직 그의 따뜻한 미소만 떠올리는 내가 싫었다.

그러다 간신히 평소의 나로 돌아간 것 같은 느낌이 들자마자 다시 만나자는 말을 듣고 결국은 이사까지…. 생활 변화와 감정 기복이 너무 극심해진 탓에 완전히 녹초가 된 채로 12월을 맞았다.

그래도 작년에 아츠키와 만나지 못했다면 분명 더욱 심한 일을 겪었을 것이다. 단호하게 헤어지지 못하고 질질 끌려 다녔을 내 모습을 쉽게 상상할 수 있었다.

"업무 중에는 자기도 눈치가 보이는지 아무 말도 안 하지만, 가을쯤에 내가 퇴근하는 길에 나타나서 이러는 거야. '널 위해서 이혼까지 했는데 왜 그따위로 행동하는 거야?'라고. 엄청 무서웠어."

그의 화난 얼굴을 본 건 그날이 처음이었다.

"위험하네. 너의 건강 문제도 자기 탓이 아니라고 생각한 것 같고. 오히려 자기가 지켜 줘야 한다고 생각했을 거야. 이사까지 할 정도면, 사에키 씨는 이제 명백한 스토커잖아."

"명백한 스토커라니…."

사에키 씨 때문에 공포를 느낀 건 사실이지만, 지난 몇 달 동안은 괜찮았다. 이대로 깔끔하게 끝나 주면 좋을 텐데….

한숨 돌린 뒤에 거실의 자잘한 물건을 정리하기로 했다.

"후코 숙모는 뭐라서?"

선반에 식기를 집어넣으면서 카호 언니가 물었다.

"언니도 잘 알다시피 워낙 저돌적인 사람이라 헤어진 직후에는 난리도 아니었어. 사에키 씨한테 따져야겠다고 우기면서 회사에 쳐들어오겠다는 걸 몇 번이나 말렸다고. 괜히 말했다고 후회했을 정도라니까."

나도 정신적으로 불안정한 상태로 후코쨩을 설득하는 건 너무 힘들었다. 후코쨩은 회사에 쳐들어와서 사에키 씨 말고 내가 사직할 수밖에 없는 상황을 만들려고 하는 것처럼 보였다.

이번 사랑이 남긴 교훈은 사람들을 의심할 수 있어야 한다는 것이었다.

카호 언니에게 털어놓지 못했던 것도 어쩌면 그게 원인인지도 모르겠다.

"사에키 씨가 이혼했다는 건 후코 숙모한테 말 안 한 거야?"

"겨우 진정된 벌집을 또 쑤셔 대는 일이 될까 봐. 이사 이유도 적당히 둘러댔으니까 비밀로 해 줘."

후코쨩에게는 옆집에서 밤에 시끄럽게 굴어서 잠을 못 잤기 때문이라고 설명해 두었다.

"어, 또 일 안 하고 가만히 있네."

그 말을 듣고서야 깨달았다. 요즘은 자꾸만 멍하니 있을 때가 많았다.

TV 장식장 밑에 DVD를 꽂아 넣었다. 나중에 또 봐야겠다고 생각했던 영화의 DVD 표지를 봐도 예전만큼의 흥미는 느껴지지 않았다.

실연당한 이후의 나는 마치 빈껍데기 같다. 사에키 씨와 마주치지 않도록 퇴사할까 하는 생각도 했다. 하지만 회사를 그만두면 본가로 돌아가기로 한 약속 때문에 그럴 수도 없었다. 내가 생각해도 참 한심스러운 꼴이었다.

모처럼 환경을 바꾼 거니까, 이대로 전부 과거로 흘려보낼 수 있으면 좋을 텐데….

"어쨌든 네가 회복해서 잘됐어. 무토 씨도 걱정하더라고. 네가 기운 없어 보인다는 말을 자주 하던데."

"리카 씨가?"

무토 리카 씨는 올봄에 경력직으로 채용된 직원이었다. 나보다
나이가 많은 스물아홉 살이었고, 전에는 문방구 회사와 은행의 사
무직으로 일했던 적도 있다고 한다.

내가 영상 편집에 관여할 때가 많아져서 사무직으로 채용된 것
이다.

업무 교육은 카호 언니가 담당했기에 나와 큰 접점은 없었다.
난 정신적인 여유를 잃고 있었던 탓에 그녀와도 무난한 대화만 나
누며 지내 왔다.

리카 씨에게까지 들킬 정도라면 조심해야겠네….

"여기서만 하는 얘긴데, 리카 씨는 사에키 씨를 노리고 있어."

"어, 설마요…."

"진짜야. 사에키 씨가 이혼했다는 걸 알자마자 엄청 적극적으
로 밀어붙이고 있거든. 그런데 또 요령이 좋아서, 사장님 앞에서
는 전혀 그런 티를 안 내."

그런 것조차 알아채지 못할 만큼, 지난 1년 동안은 힘들게 살아
왔다.

솔직히 올해만큼 '죽음'이라는 단어가 머릿속에 맴돌았던 적이
없었다.

왜 내가 이런 꼴을 당해야만 하지? 그런 생각만 하고 있었다.

아침이 올 때마다 진절머리가 났고, 사에키 씨를 볼 때마다 세상에서 사라져 버리고 싶다는 생각도 했다.

아츠키를 보고 싶었다. 만나서 지난 1년 동안 있었던 일을 보고하고 싶었다. 그의 조언이 없었더라면 사에키 씨가 숨긴 비밀을 알아채지 못한 채 지금도 사귀고 있었을 테니까.

하지만 지난 1년 동안 간신히 살아남았다는 말을 해도, 아츠키라면 분명 '그래?' 하고 관심 없다는 듯 답할 것이다. 나도 모르게 웃음이 나왔다.

"뭐야. 갑자기 왜 웃어?"

그렇게 말하는 카호 언니도 재미있다는 듯 웃고 있었다.

"다시 기운을 찾아서 다행이다 싶어서."

"이사도 했고 짐 정리도 끝냈으니까 이젠 괜찮아. '겨울의 그 남자'의 예언을 피해 간 거야."

마침 아츠키를 떠올리던 중이라 흠칫하고 말았다. 카호 언니는 그런 내 태도를 눈치채지 못했는지, 녹차 페트병을 코타츠 위에 내려놓았다.

"나도 '겨울의 그 남자'한테 예언을 들어 보고 싶다."

그렇게 말하는 목소리가 왠지 괴로워하는 것처럼 들렸다. 놀라는 나를 보며 카호 언니는 오른손을 좌우로 저었다.

"아, 대단한 건 아니고. 요즘 운이 좀 없는 것 같아서."

"무슨 일 있었어?"

"몇 가지 있긴 했어. 일단 첫 번째로 남친하고 헤어졌거든."

"뭐?"

흠칫 몸을 떠는 내게 카호 언니는 "그래도." 하고 덧붙였다.

"상처받은 건 그쪽일 거야. 헤어지자는 말은 내가 꺼냈으니까."

"어⋯ 왜?"

"사정이 있었어."

모든 사람이 자기의 핵심적인 고민을 바로 말할 수 있는 건 아니다. 나도 같은 처지였으니까 이해할 수 있었다.

지금 그 '사정'을 캐물어도 괜찮을까 싶은 생각이 내 입을 다물게 했다.

카호 언니는 무릎을 끌어안으며 위에 턱을 얹었다.

"어차피 언젠가는 끝날 사이였어. 너도 알겠지만 우리 집은 오빠가 집을 나가 버렸잖아? 후계자가 필요하니까 성씨를 바꾸고 가업을 이어받을 사람하고만 결혼할 수 있어. 그런데 그이는 외동이라 안 될 거라는 건 처음부터 알았거든."

"전혀 몰랐어⋯."

"이대로 질질 끌면서 만날 수도 있었겠지만, 서로 결혼 적령기니까 헤어질 거면 지금밖에 없다고 생각했어. 아니, 이제야 결심할 수 있었어."

나와는 달리 개운한 표정을 짓고 있었다.

"지금 하는 일도 좋고, 이러니저러니 해도 역시 사장님도 좋아

해. 오빠가 어떤 심정인지도 아니까, 내 선택이 잘못되진 않았다
고 생각해. 그러니까 걱정 마."

데릴사위라…. 회사 경영을 이어 가려면 꼭 필요할지도 모른
다. 나로서는 상상하기 힘든 이야기였다. 애초에 사는 세계가 다
른 거겠지.

"그리고 한 가지 더 큰일이 생겼거든."

"큰일?"

이쪽이 더 중요한 이야기라는 걸 바로 알 수 있었다. 먹구름이
낀 듯한 표정으로 카호 언니가 스마트폰을 조작했다.

그리고 보여 준 화면은 나도 사용하는 SNS 어플이었다.

"이건 비밀인데, 우리 회사에 대해 나쁜 말을 쓰는 계정이 하나
있거든."

"뭐…?"

계정 이름은 '절대 용서 못해'였다. 팔로우 수는 0이지만 팔로워
는 3,000명이 넘었다.

맨 위에 고정된 게시물을 읽어 보았다.

'난 도쿄 영상 연구소를 용서할 수 없다.

독재자 키타오리 사장에 의한 갑질과 성희롱.

퇴사를 강요당한 증거를 하나씩 공개하겠습니다.

#퍼트려 주세요 #도쿄 영상 연구소 #갑질'

"아마 지난달쯤에 생긴 계정 같은데, 나도 친구가 알려 줘서 보게 됐어."

고정 게시물에는 '좋아요'가 잔뜩 찍혀 있었고, 아래쪽에는 셀 수 없을 만큼 많은 댓글도 달려 있었다.

'저도 갑질 때문에 힘들어하는 처지라 리트윗 돕겠습니다.'

'에도가와에 있는 회사지? 소문은 들어 봤음.'

'증거 빨리 보고 싶음.'

'그 회사가 만드는 동영상은 우리 모회사도 이용하는데. 꽤 안 좋은 회사래.'

화면을 스크롤하는 손가락에 힘이 들어가지 않았다. 지금 이게 현실에서 벌어지는 일이라는 게 믿기지 않았다.

"댓글 말고 다음 게시물을 봐 봐."

댓글란을 닫고 다음 게시물을 보니 본문 없이 스피커 마크만 표시되어 있었다.

불길한 예감이 가슴에 확 퍼졌다. 카호 언니가 심각한 얼굴로 고개를 끄덕여 보여서 조심스레 스피커 마크를 터치했다.

[내가 하라면 그냥 하면 되는 거야! 영상 편집할 줄 아는 인간은 너 말고도 얼마든지 있어. 너 같은 건 그냥 자르면 그만이라고!]

고함과 함께 막말을 내뱉는 목소리는 틀림없는 사장님이었다.

믿기지 않는 심정으로 화면을 주시했다. '좋아요'가 5,000개나 찍혀 있었고 리트윗 횟수도 3,000번이 넘었다. 이 정도면 화제가 되고 있다고 봐야 했다.

'나왔네, 결정적 증거.'
'80년대 갑질 아저씨의 전형. 노동청에 고발할 사항입니다.'
'여러분 이 회사에는 일 맡기지 마세요.'

첫 댓글만 읽는데도 토할 것만 같았다.
"…이거, 사장님 목소리지?"
"아무리 들어 봐도 그런 것 같아….."
"아…."
둘이 동시에 깊은 한숨을 내쉬었다. 그러는 동안에도 '좋아요' 숫자는 늘어만 갔다.
카호 언니는 스마트폰을 다시 가져가더니 입꼬리를 내린 채 내 얼굴을 바라보았다.
엄청난 공포 탓에 말이 제대로 나오지 않았다.
이런 음성이 유출되다니, 이제부터 어떻게 되는 걸까? 상상하기 긴 어렵지 않다. 점점 더 많은 사람에게 알려지다가 이윽고 커다란 이슈가 될 것이다.
지금까지 인터넷 뉴스에서 많은 일들을 봐 왔다. 설마 우리 회사가 그런 뉴스거리가 되다니….

"너는 이 계정, 누구라고 생각해?"

나를 똑바로 바라보는 카호 언니는 비통한 표정을 짓고 있었다.

"어… 그건…."

말하다 말고 깨달았다. 고정된 게시글의 문장에서 위화감이 느껴졌다.

"퇴사를 강요당했다… 다시 말해 우리 회사 직원이었다가 이제는 나간 사람이라는 뜻인가? 하지만 내가 입사한 뒤로 우리 부서에는…."

"아무도 퇴사한 사람이 없어."

카호 언니는 내 말을 이어받듯 이야기하더니 고개를 푹 숙였다.

"네가 오기 전에 그만둔 사람들도 다른 부서나 우리랑 거래처인 회사에서 일하고 있어. 게다가 '자를 수 있다.'라는 말은 우리 부서 직원들에게만 할 수 있는 거잖아?"

"사장님이 경영하는 다른 회사에서는 영상 편집 같은 건 안 하니까…."

"단정할 수는 없지만, 이 음성을 녹음한 건 우리 부서 사람이 아닐까?"

"내부의… 앗!"

그제야 카호 언니가 하려는 말을 알 수 있었다.

"내부고발이라는 거야?"

216

"녹음된 소리가 이렇게 깨끗한 걸 보면 통화하는 목소리는 아니야. 실제로 고함을 칠 때 몰래 녹음한 것 같아."

"…그렇겠네."

"혹시 사장님이 이런 식으로 소리치는 걸 들은 적이 있어? 그렇다면 누가 계정을 만든 건지 바로 알 수 있을 텐데."

카호 언니의 기분은 알지만 그걸로 범인—그렇게 불러도 되는지는 모르겠지만—을 추측해 내기는 힘들었다. 녹차에서 유독 씁쓸한 맛이 났다.

"이 음성 데이터만으로는 누구인지 알 수 없어. 게다가 사장님이 요즘에는 계속…."

"요즘에는 계속 이런 식으로 막말만 하고 있지. 난 익숙하지만, 아무리 들어도 갑질 발언이잖아."

내가 못 하는 말을 카호 언니가 대신 해 줘서 가슴을 쓸어내릴 수 있었다.

큰엄마가 돌아가신 뒤로 사장님은 예전보다도 훨씬 일에만 몰두하고 있었다. 무리한 업무를 지시하는 경우도 많아졌고, 상대방이 거래처 사람이든 다른 부서 사람이든 간에 불쾌함을 숨기지 않고 분출시켰다.

동료들의 얼굴을 한 명 한 명 떠올려 보았다.

파트 근무 직원이 녹음했을 가능성도 부정할 수 없다. 리카 씨도 입사 직후에는 사장님의 언동에 많이 놀라기도 했고, 실제로 자주 혼나는 사에키 씨와 노다 씨는 물론이거니와 코토부키 씨 같은 원격 근무 직원도 직접 출근할 때가 있으므로 다들 피해자인 동시에 용의자라 할 수 있었다.

"이쩌면 여기에 온 고객이 어쩌다 사장님의 발언을 듣고 녹음했을 가능성도 있잖아."

동료를 의심하고 싶지 않아 그렇게 묻자, 카호 언니는 고개를 끄덕여 주었다.

"나도 그렇게 믿고 싶어."

"이제부터 어떻게 되려나…."

"뭐, 어쩔 수 없어. 갑질이 존재하는 것도, 거기에 상처를 받는 사람이 있는 것도 사실이니까."

카호 언니는 한참 동안 입을 다물고 있다가 "하지만." 하고 말을 이었다.

"이건 내가 사장님한테 말할 수밖에 없겠어. 하지만 말하는 순간 전쟁이 일어날 거야. 오히려 본인이 더 화를 낼 거라는 게 불 보듯 뻔하니까."

분명… 아니, 상당한 확률로 사장님은 격노할 것이다.

"내가 할 수 있는 일은 없을까?"

"다음에 사장님이 이런 식으로 막말할 때, 녹음을 한다거나 수상하게 행동하는 사람이 있는지 확인해 줄래? 사장님도 이런 일이 생겼다는 걸 알면 앞으로는 말할 때 조심하긴 하겠지만."

이런 일이 벌어지고 있을 줄은 상상도 하지 못했다.

불온한 공기가 내 주위로 스며드는 기분이었다.

혹시 이번 사건 때문에 내게 휘감긴 사슬의 색이 죽음의 색으로 바뀔지도 모른다. 그걸 피하려면 아츠키가 말했듯이 내가 직접 행동에 나서야만 한다….

자연스럽게 그런 생각이 드는 나 자신에 놀라고 말았다.

"사장님에게 이야기할 때 나도 옆에 있을게."

그렇게 말하는 나를 보며 카호 언니가 눈을 동그랗게 떴다.

"깜짝 놀랐네. 너는 절대 그런 말은 안 하는 성격이잖아."

"그래도 힘이 되어 주고 싶어."

"괜찮아. 난 그릇이 커서 사장님한테 무슨 말을 듣든 받아들일 수 있고, 밖에서 들리는 목소리도 안 들리는 척할 수 있어."

"그릇이 큰 사람이면 그만큼 상처받는 면적도 크다는 소리잖아. 나도 같이 가면 아픈 걸 절반씩 나눌 수 있을 거야."

장난스럽게 말하는 나를 보며 카호 언니는 조금 안도하는 표정을 지었다.

일단 올겨울의 시련을 극복해 내기 위해 행동에 나서기로 했다. 그런 나 자신을 칭찬해 주고 싶었다.

분명 괜찮을 거야. 사장님도 운이 좋아서 여러 개의 회사를 경영하는 건 아닐 테니까.

"이게 뭐야! 장난치는 것도 아니고!"

사장님의 호통이 사무실에 울려 퍼졌다. 확 메아리치는 목소리를 들으며 절망을 느꼈다.

오늘 아침부터 계속 회사에 대한 항의나 장난 전화가 끊이지 않았다. 사장님을 비난하는 내용의 전화는 전부 나나 카호 언니가 대신 받아서 응대했다.

회사 내에 그 SNS에 관해 아는 사람은 아직 없었고, 전화기에 대고 계속 사과하는 우리를 다들 이상하게 바라보았다.

사장님도 아직 모르는 눈치였다. 오후가 되자 카호 언니는 올해 송년회에 관한 이야기를 꺼냈다.

기분이 좋아진 사장님을 보고 카호 언니는 결국 전쟁에 출진할 각오를 굳혔는지, "히마리 씨, 잠깐 와 주실래요?" 하고 나를 돌아보았다. 그리고 지금, 우리는 악귀 같은 얼굴로 분노하는 사장님을 눈앞에 두게 된 것이다.

"이런 걸 녹음한 녀석이 대체 누구냐고! 갑질 좋아하시네. 누가 이따위 장난을 했냔 말이야!"

사장님이 책상을 쾅 내리치자 나는 고개를 숙였지만, 카호 언니는 주눅 들지 않고 한 걸음 다가가며 목소리를 낮췄다.

"사장님의 심정은 이해하지만, 앞으로 제발 말할 때는 조심해 주세요."

"뭐?"

"지금 하시는 말씀도 녹음되고 있을 가능성이 있어요."

돌아보니 다들 업무를 보고 있지만 마른침을 삼키며 이쪽을 잔뜩 신경 쓰는 게 느껴졌다. 사에키 씨만은 머그컵을 들고 탕비실로 도망쳤지만.

노다 씨는 창백한 얼굴이었고 리카 씨는 굳이 따지자면 재미있어하는 것 같았다. 오늘의 파트 근무 직원은 다들 오전 근무라 이 자리에 없다는 게 다행이었다.

한 차례 쭉 둘러보지만 아무도 녹음 같은 걸 하는 것 같지는 않았다.

"칫."

혀를 찬 사장님이 자신의 짜증을 미간으로 있는 힘껏 표현했다.

"오늘 아침부터 유독 전화에 대고 사과하는 게 많이 보이더라니. 이게 원인이었냐."

"대부분이 근거 없는 비방이에요. 그 계정의 팔로워 숫자나 '좋아요'는 엄청난 기세로 늘어나고 있어요. 항의 전화도 앞으로 더 많이 올 거고요."

끝까지 냉정하게 보고하는 카호 언니를 본받고 싶다. 난 그저 옆에 서 있을 뿐, 아직 아무 도움도 되지 못하고 있다.

팔짱을 낀 사장님이 사무실 전체를 날카롭게 노려보았다.

"지난 몇 년 동안 퇴사한 녀석은 없어. 아마 그 음성도 직접 여기서 녹음됐겠지. 그렇다면 여기에 있는 녀석들이나 파트 근무, 원격 근무 중에 범인이 있다는 소리인데. 아니면 다른 사무실 녀석일 수도 있겠군."

냉정하게 분석하는 사장님을 보며 깜짝 놀랐다. 나였다면 충격이 너무 커서 거의 아무 말도 못 했을 텐데.

"SNS 게시글의 삭제 요청을 보내고, 계정의 정보 공개를 요구하겠습니다. 도를 넘은 악플에 대해서는 피해 신고를 제출하고요."

카호 언니는 우리에게만 들릴 만한 목소리 크기를 유지하고 있었다.

"누가 범인인지 찾아내는 게 빠르지 않냐."

카호 언니의 소곤거리는 목소리에 맞춰서 사장님의 목소리도 작아졌다.

"내부 분열은 피해야죠. 일단 사장님, 이제부터 말씀하실 때는 충분히 주의해 주세요."

웬일로 사장님이 카호 언니의 말에 몇 번이나 고개를 끄덕였다.

"한동안 사장님은 여기 출근하시지 말고 경영하시는 다른 회사로 피하시는 게 최선일 것 같네요."

"알았어."

순순히 자리에서 일어난 사장님이 크게 콧김을 내뿜었다.

"일단 전화는 자동응답기로 바꿔 놔. 거래처에는 담당 직원의 휴대전화로 직접 연락하라고 전달하고. …너희가 고생하겠군."

짐을 정리한 사장님이 사무실에서 나가는 것과 동시에 자동응답기로 전환할 새도 없이 또 전화가 울렸다. 상대방은 촬영 부서의 부장으로 SNS의 논란을 발견하고 연락했다고 한다.

내가 받아서 정중하게 설명하고 있는데 그제야 탕비실에서 사에키 씨가 돌아왔다. 사장님이 없다는 걸 확인하고는 어깨에서 힘을 빼며 "아아, 무서웠어." 하고 중얼거리는 게 보였다.

싫은 일에서 도망치는 성격은 여전한 것 같다. 지금의 표정을 마음에 새겨 두었다. 그걸로 따뜻하게 미소 짓던 기억을 전부 덧씌워 버리고 싶었다.

사장님의 지시대로 자동응답기로 바꾸고 거래처에 연락하는 것만으로 오늘 업무는 끝나 버렸다.

역까지 걸어가고 있는데 나를 부르는 목소리가 들렸다.

"히마리."

심장이 불길하게 뛰기 시작했다.

돌아보지 않아도 누구의 목소리인지 알 수 있었다. 즉시 사거리에서 맨션이 있는 방향을 피해 오른쪽으로 꺾었다.

"아아, 겨우 따라잡았네. 너는 걸음이 빠르구나."

당연한 듯이 옆에 나란히 서는 사에키 씨. 여전히 정장도 잘 어울리고 얼굴도 잘생겼다. 돌아온 싱글이 된 그는 예전보다도 훨씬 생기 넘쳤다.

"편하게 부르지 말아 주세요."

"아니, 그건… 미안. 난 그냥 어디로 이사한 건지 알고 싶어서.

223

어느새 거기 안 살길래….”

결국 이사했다는 걸 들키고 말았다. 몸이 차갑게 식으며 걸음을
멈췄다.

제대로 이야기해야 할 것 같다.

“사에키 씨가 집 앞까지 찾아오니까 이사한 거예요.”

“어… 나 때문이라고?”

그는 어안이 벙벙한 얼굴이 되더니 심하게 상처받은 표정을 지
었다. 진심으로 놀라는 눈치였다.

“우리는 1년 전에 헤어졌잖아요. 지금은 그냥 직장 동료고요.”

“상황이 바뀌었어. 난 이혼했다니까?”

자랑스럽다는 듯 가슴을 펴는 사에키 씨를 보며 또 한 번 그에
대한 마음이 식는 것을 느꼈다.

“그렇다고 예전 사이로 돌아갈 생각은 없어요. 제가 몇 번이나
말씀드렸잖아요.”

사장님이 사내 연애를 싫어하는 이유를 뼈저리게 알 것 같다.
꺼지지 않는 불씨에 정기적으로 화상을 입는 기분이었다.

“죄송하지만 이제 개인적으로 말을 걸지 말아 주세요.”

“기다려.”

발걸음을 돌리려는 순간 팔을 붙잡혔다.

“놓으세요.”

“왜 이런 식으로 날 피하는 건데.”

진지한 사에키 씨를 보자 공포감을 느꼈다. 작년 겨울에 운명을 바꿨다고 생각한 건 착각이었고 어쩌면 그때보다 악화된 건지도 모르겠다.

문득 길 앞쪽에서 누군가가 이쪽을 지켜본다는 걸 깨달았다. 보아가 달린 모스 그린 색상의 코트였다.

…아츠키다.

"히마리."

내 어깨를 양손으로 붙잡은 사에키 씨의 눈동자가 촉촉해진 게 보였다.

"널 좋아해. 우리는 이제부터 둘이 행복해질 수 있어. 아니, 이번에야말로 반드시 행복하게 해 줄게."

"아….."

시선만 돌려 아츠키를 바라보았지만 그는 아까 있던 위치에서 한 걸음도 움직이지 않았다.

도와줄 생각은 없는 거구나….

갑자기 속이 부글부글 끓어올랐다.

어차피 자기 운명을 바꿀 사람은 나뿐이라는 소릴 하려는 거겠지. 애초에 끝난 문제 때문에 내가 왜 이런 꼴을 당해야 하냐고.

"난 네가 아니면 안 돼. 이제 고집 그만 부리고 다시 처음부터 시작해 보자. 우리라면 분명 잘해 나갈 수 있을 거야."

부글부글 끓는 정체가 분노라는 것을 깨닫는 것과 동시였다.

"적당히 좀 해….."

내 입에서 나왔다는 게 믿기지 않을 만큼 낮은 목소리가 흘러나왔다.

"내가 왜 고집을 부려야 하는 건데."

도전하듯 사에키 씨에게 얼굴을 들이밀자 그는 깜짝 놀란 얼굴로 잡고 있던 손을 놓았다.

"자기가 얼마나 심한 거짓말을 했는지 알고는 있어? 회사에까지 허위 신고를 한 거잖아."

"하지만 우리는….."

"회사에서는 지금까지 해 온 대로 지낼게요. 하지만 이런 식으로 퇴근 후에 말을 걸어오는 건 불쾌합니다."

이사하기 전에 제대로 맞섰어야 했다.

괜찮아, 이제부터 떠올리게 될 그의 얼굴은 더 이상 웃는 모습이 아닐 테니까.

사에키 씨는 말문이 막힌 듯하더니 꽉 말아 쥔 주먹을 부들부들 떨었다. 방금 전과는 표정이 완전히 달라지며 음습한 눈빛으로 나를 노려보고 있었다.

"나한테 왜 그런 말을 하는 거야. 너를 위해서 얼마나 노력했는지도 모르면서….."

"처음부터 전부 이야기하셨어야죠. 들키고 나서야 행동하는 건 비겁하지 않나요."

"그러면….."

낮은 목소리에 갑자기 발밑에서 한기가 올라오는 것을 느꼈다.

"그러면 나도 다 말할 거야. 불륜했다는 걸 전부 공개해서 전부인이 위자료 청구를 하게 만들 거라고!"

꺼지지 않은 불씨는 결국 분노의 화염으로 바뀌고 만 것 같다.

얼굴이 새빨개진 채 소리치는 그는 내가 좋아했던 그와 전혀 다른 사람이었다. 이제 무슨 말을 들어도 흔들리지 않는 내 감정에 안도했다.

아아, 이제야 사랑이 끝났구나.

"1년 동안 불륜을 한 거니까 너한테도 책임은 있어. 나 혼자 불행해지진 않아. 너도 똑같이 만들어 주겠어!"

우리의 사랑은 죽는 데서 끝나지 않고, 망령이 되어 앞으로도 나를 계속 괴롭힐 것이다. 휘감긴 사슬은 역시 죽음의 색인 걸까.

"이봐."

언제 옆에 와 있었는지, 아츠키의 목소리가 들렸다. 사에키 씨는 흠칫하며 "뭐?" 하고 눈썹을 찌푸렸다.

"넌 뭐야? 왜 다른 사람 일에 끼어드는 건데?"

"위자료 이야기 말인데, 민법 709조와 710조에 따르면 불륜 위자료가 인정되려면 불륜 상대측, 즉 히마리의 고의나 과실이 있어야만 해."

"뭐?"

"히마리에게 결혼했다는 사실을 숨기고 만났지? 그렇다면 전부인은 히마리에게 위자료를 청구할 수 없고, 오히려 당신이 히마리에게서 위자료를 청구당할 수 있어."

아츠키는 술술 설명하더니 나를 자기 몸 뒤에 숨겨 주었다.

"난 지금 히마리하고 이야기하는 거야."

"히마리는 이야기하기 싫다는데?"

"장난하지 마, 죽여 버리기 전에!"

핏발 선 눈으로 팔을 뻗는 사에키 씨에게, 아츠키가 들고 있던 스마트폰을 보여 주었다.

"참고로 전부인의 위자료 청구는 당신에게도 갈 거야. 히마리와 사귀었다는 걸 아직도 비밀로 하고 있지? 쉽게 말해 더블 위자료라고 보면 돼."

"…녹화했던 거냐."

"거리 풍경을 찍고 있었는데, 우연히 두 사람의 대화가 녹음되어 버렸네. 경찰에 가져가면 스토커 방지법에 걸릴지도 모르겠네. 아니면 공갈죄일 수도 있고."

"이 자식이!"

팔을 내뻗는 사에키 씨에게 아츠키가 스마트폰을 앞으로 내밀었다.

"참고로 촬영과 동시에 클라우드에 데이터가 업로드됐어. 스마트폰을 빼앗거나 망가뜨리는 건 좋은데, 절도와 기물파손죄도 추가 될 거야."

"뭐…?"

"자, 어떻게 할래? 결정은 아저씨 몫인데."

뒷모습만 봐도 알 수 있었다. 아츠키는 지금 대담하기 그지없는 미소를 짓고 있을 것이다.

그날, 아츠키와 제방 옆 계단에서 대화한 지 딱 1년이었다.

날마다 빨라지는 석양 속에서 강변에서는 개를 산책시키는 사람이 걸어가고 있었다.

"아까는 고마웠어."

옆에 앉은 아츠키에게 고개를 숙이자 새침한 얼굴로 대답했다.

"뭘. 그냥 내 잡지식을 과시한 것뿐인데."

만난 횟수는 많지 않지만 처음 봤을 때보다 옆모습이 어른스러워진 느낌이 들었다.

그렇겠지. 죽음의 예고를 들은 뒤로 벌써 3년이나 지났으니까.

"지난 1년 동안, 엄청 힘들었어."

"자세한 사정은 모르지만 아까 상황을 보면 알 것 같아. 분명히 그랬겠네."

아츠키는 추운 듯이 몸을 움츠리다가 내 손을 잡았다. 잠시 눈을 감은 뒤에 손가락 하나를 세워 보였다.

"남친 문제는 이제 괜찮을 것 같아. 사슬이 죽음의 색에서 바뀌었어."

이젠 전남친인데, 하고 말하려다가 그만두었다.

"죽을 운명을 피했다는 거야?"

"아니, 그 사람과의 관계에 괴로워하다가 결국 스스로 죽음을 선택하는 일은 없을 것 같다는 말이야. 하지만 그 인간은 위험해 보이니까 칼에 찔려 죽는 미래는 있을 수도 있겠지."

아무렇지 않게 무서운 소리를 하더니 아츠키는 내 손을 잡은 채로 미래를 읽어 내듯 하늘을 노려보았다.

"올해에는 그것 말고 커다란 사건이 일어날 거고, 내년에는 그보다도 큰일이 벌어질 거야. 그게 전부 겹쳤을 때 넌 죽게 돼."

아무렇지 않게 죽음을 예고했지만 나도 이제 익숙해졌는지 예전처럼 충격적으로 들리지는 않았다.

"참 신기해. 다들 나한테 어떤 비밀을 숨기고 있거나 거짓말을 하고 있는 거지? 사에키 씨의 거짓말에 심하게 상처받았지만, 지금은 완전히 떨쳐 낼 수 있었어. 다른 사람들도 그만큼 심하게 날 상처를 입히게 될까?"

하늘에는 회색 구름이 뒤덮여 있어서 당장이라도 첫눈이 내릴 것 같다. 눈은 예쁘지만 눈이 내릴 때의 무거운 하늘은 싫었다.

"조금만 더 손을 잡고 있어도 될까?"

"…응."

아츠키의 예언은 늘 적중했다. 이제 손을 내미는 것을 주저하진 않는다.

깜짝 놀랄 만큼 차가운 손이었기에 왠지 아츠키가 이 세상 사람이 아닌 것 같다는 생각마저 든다.

"…보여. 올겨울도, 내년 겨울도 네 마음을 죽이게 될 비밀과 거짓말…. 특히 커다란 거짓말이 드러나는 것 같아. 가족이나 동료, 친구들 중 누군가가 거짓말을 하고 있어."

"거짓말을 모른 채 살아가면 오히려 살아남을 수 있다는 의미인 거야?"

"어떻게 하든 결국 넌 알게 될 거야. …그리고 마음의 죽음도 느껴져."

"마음의?"

아츠키의 옆모습이 천천히 눈을 내리깔았다.

"내게 보이는 미래에서는 넌 마음의 죽음을 맞이한 뒤에 육체의 죽음까지 바라게 돼. 하지만 도망치지 않고 거짓말과 마주한다면 분명 운명을 바꿀 수 있을 거야."

기묘한 대화가 몇 년 동안 이어지고 있다. 처음에는 믿지 않았지만 이제는 아츠키의 말 한 마디 한 마디가 날 인도하는 표지판이 되어 주었다.

"그 거짓말을 하고 있다는 친구가 혹시 아츠키일 가능성은 없는 거야?"

손을 놓자 또다시 북풍이 위협적으로 휘몰아치며 머리카락을

뒤흔들었다. 처음 만났을 때는 짧았던 내 머리도 지금은 허리 정
도까지 길어져 있었다.

"우리는 겨울만 만나는 친구잖아."

"겨울만 만나는 친구…."

"오히려 전우라는 말이 더 어울릴지도 몰라. 이래 봬도 널 위해
서 뭐든 해 주고 싶다고 생각하거든."

그 말을 듣고 깜짝 놀랐다.

그러고 보니 아츠키는 왜 나를 위해 많은 것들을 알려 주는 걸
까. 아까도 아츠키가 개입해 주지 않았더라면 큰일이 생길 수도
있었다.

"지금까지 딱 한 명, 죽음에서 구해 낸 사람이 있다고 했지? 그
사람은 어떻게 해서 운명을 바꾸어 낸 거야?"

그 질문을 하자마자 아츠키의 얼굴이 밝아졌다. 하지만 이내 진
지한 표정으로 돌아오더니 헛기침을 하며 얼버무렸다.

"전에도 말한 것 같은데, 내 말을 믿게 된 뒤로 그 사람은 강해
졌어. 운명에 저항하려고 필사적으로 노력하면서, 진심 어린 눈물
로 친구와 가족들을 마주했지. 마지막 시련인 자기 자신까지도 이
겨 냈어."

아츠키가 순수한 마음으로 그 사람을 구하려 했었다는 게 전해
져 왔다.

나도 그렇게 할 수 있을까…. 아니, 해야만 한다. 내 운명을 바

뛰어야만 하니까.

결심과 함께 어두운 감정이 가슴을 가득 채웠다.

지금보다도 괴로운 일이 생긴다면, 내가 견뎌 낼 수 있을까? 나에 대해 가장 모르는 사람은 늘 나였다.

"아츠키, 지금은 공장에서 일한다고 했지? 그런 능력을 활용한 일을 해 보려고 생각한 적은 없어?"

무거운 마음을 털어 내고 싶어서 다른 화제를 꺼냈다.

"물론 생각은 해 봤지. 하지만 인간은 눈에 보이는 것만 믿게 마련이야. 환경의 변화를 꺼리고, 결국에는 내가 정신 나간 녀석이라는 결론을 내리더라고."

"난 믿어. 하지만 만약에 내 운명을 극복해 내면, 그다음은 아츠키도 바뀌었으면 해."

"내가? 그럼 내가 하는 말을 믿어 준다는 거야?"

어리둥절한 얼굴로 자신을 가리키는 아츠키에게 고개를 끄덕여 보였다.

처음엔 의심밖에 들지 않았다. 하지만 어느 시점부터는 내게 남은 시간이 많지 않다는 뜻이니 믿기로 했다. 이제 1년밖에 남지 않았다면, 아츠키의 말을 믿을 수밖에 없다.

"믿어. 그러니까 언젠가 아츠키도 다른 사람들을 두려워하지 않고 살아갔으면 좋겠어."

그렇게 말하는 내게 아츠키는 "헤에." 하고 중얼거린 다음 무언가를 떨쳐 내듯 고개를 가로저었다.

"그럼 그렇게 되기 위해서라도 히마리는 지금 벌어지는 일을 해결해 줘야겠어."

"해결이라면, 역시 SNS의 지격을 말하는 거야?"

그게 올겨울에 주어진 과제라면, 대체 어떻게 해결해야 하는 것일까?

"지금 벌어지는 일은 과거에서 이어지는 인과관계의 결과물이야. SNS의 저격은 커다란 슬픔에 의해 벌어지고 있어. 중요한 건 그 슬픔의 사슬이 너와 이어지고 있다는 거고."

중요한 부분은 구체적으로 알려 주지 않는다. 선명히 보이는 건 아니라서 어쩔 수 없는 건지도 모르지만.

"어쨌든 천천히 움직일 수밖에 없다고 생각해. 너무 눈에 띄는 행동을 할 수는 없는 거니까."

내가 할 수 있는 일을 하나씩 해 나갈 수밖에 없었다.

"'군자는 표변豹變한다.'라는 말 알아?"

점점 밤에 삼켜져 가는 풍경을 바라보며 아츠키가 물었다.

"자기 사정에 따라 갑자기 말을 바꾼다는 뜻 아냐?"

"최근에는 그런 의미로도 쓰이지. 그런데 원래는 훨씬 긍정적인 의미야. 뛰어난 인물은 잘못을 알면 바로 고칠 줄 안다는 뜻이거든. '언젠가'나 '다음에'라는 생각으로 조금씩 바뀔 수는 없고, 무슨 일이든 당장 시도해야만 바뀔 수 있다는 이야기야."

일어선 아츠키가 "춥네." 하고 몸을 떠는 시늉을 했다.

"이제 겨울은 막 시작됐을 뿐이야. 현상만 보지 말고 왜 그렇게 되었는지를 이해하고 네가 표변할 수 있기를 바랄게."

아츠키는 자기 할 말만 다 하고는 역 쪽으로 되돌아갔다. 늘 그랬기에 이젠 익숙했지만.

올해도 또 시련의 겨울이 찾아왔다.

종무식이 다가오는 목요일에 사건이 벌어졌다.

다음 주부터 연휴지만 꼭 처리해야 할 업무가 있는 사람은 출근해야 했다.

지금 사무실에 있는 사람은 나와 노다 씨뿐이었다. 항의 전화 내용이 자동응답기에 잔뜩 쌓여 갔지만 SNS에는 예상대로 더 이상 게시물이 올라오지 않았다. 그 뒤로 사장님은 이쪽으로 출근하지 않았고 다들 이대로 사태가 진정되기를 바라는 중이었다.

업무가 일단락되고 이제 남은 건 '스테키 무테키 채널'의 최신 영상을 체크하는 것뿐이었다. 작년에 간신히 온라인 강좌를 수료한 덕분에 요즘에는 원격 근무 직원들과 협력해서 편집 작업에 참여하고 있었다.

자막과 효과음 하나로 더 재미있어지기도 하고 흥미를 끄는 섬네일thumbnail을 만들어 사람들의 관심을 끌 수도 있다. 지금은 내가 편집한 영상을 코토부키 씨가 확인해 주고 있었다.

탕비실에서 코코아를 타서 자리로 돌아오니 무슨 일인지 노다 씨가 카호 언니의 의자에 앉아 있었다.

이건 내게 뭔가 하고 싶은 말이 있다는 신호였다. 지금까지도 편집한 영상에 대한 지적을 여러 번 받았지만 순순히 받아들이고 수정해 왔다. 노다 씨가 지시하는 내용은 언제나 정확하니까.

"저기 말이야."

"네."

노다 씨가 스마트폰을 들고 있었기에 나도 모르게 큰 목소리로 대답하고 말았다.

"히마리 씨는 사에키 씨하고 사귀고 있었지?"

노다 씨가 나를 똑바로 바라보고 있었다.

"네? 아, 아닌데요."

생각지도 못한 말에 잔뜩 동요하고 말았다. 노다 씨는 재미있다는 듯 입을 다문 채 큭큭 웃었다.

"미안. 놀랐나 보네. 하지만 다들 눈치채고 있었을걸? 헤어졌다는 것도 보면 알고."

"아… 네."

"사내 연애니까 말 못 한 거잖아. 사에키 씨는 결혼했다는 사실도 숨기고 있었고. 그걸 알고 헤어진 거야?"

"네. 하지만 그건…."

뭐라고 대답해야 좋을지 알 수 없었다.

딩동. 노다 씨의 스마트폰이 얼빠진 효과음을 냈다.

"아, 뭐가 올라왔나 본데."

노다 씨가 스마트폰을 켰기에 같이 들여다보자 그 SNS가 표시되었다. 아이콘의 오른쪽 위에 '1'이라는 숫자가 보였다.

"우리 회사에 대해 쓰던 계정에 새 게시물이 올라왔나 봐."

화면을 터치하던 노다 씨의 오른손이 흠칫 떨렸다. 새 게시물에는 이번에도 스피커 마크가 표시되어 있다.

들어 볼게, 하고 말하듯 나를 바라보기에 고개를 끄덕였다.

[알 게 뭐야!]

사장님의 것으로 들리는 목소리가 갑자기 호통치는 것을 듣고 절망적인 기분이 들었다.

[사람을 갖고 노는 거냐고! 이쪽은 그럴 상황이 아니라니까!]

재생이 끝나자 노다 씨는 질렸다는 듯이 한숨을 쉬었다.

"또 음성이…. 이건 또 논란이 되겠네."

"그렇겠네요…. 이제는 안 올라오나 싶었는데."

대체 누가 이런 짓을 하는 걸까?

노다 씨가 명탐정처럼 턱에 손을 대며 허공을 노려보았다.

"방금 그건 전화 상대에게 소리치는 느낌이었지?"

"그런 것 같은데, 여기 사무실에서 그랬던 적이 있었던가요? 이렇게 격한 반응을 보였다면 분명 기억이 날 텐데요."

내가 자리를 비웠을 때 그런 일이 있었던 건지도 모른다. 하지만 노다 씨는 바로 고개를 끄덕거렸다.

"나도 이런 말은 들어 본 기억이 없어. 혹시 사장님 자택에 도청기가 설치된 거 아닐까?"

"설마요." 하고 웃으려다가 표정이 굳어 버리고 말았다. 요즘 시대에 그런 일이 절대 없다고 단정할 수는 없었으니까.

노다 씨는 스마트폰을 주머니에 넣으며 자리에서 일어났다.

"사에키 씨를 조심해."

"네?"

"사에키 씨, 요즘 행동이 수상하지 않아? 사장님이 무슨 말을 할 때마다 탕비실로 도망치고. 업무 중에도 마음이 딴 데 가 있을 때가 많잖아."

노다 씨가 무슨 의도로 하는 말인지 알 수 없어서 미간을 찡그렸다. 설마 이번 SNS 사건의 범인으로 사에키 씨를 의심하는 걸까…?

"…알겠습니다."

고개를 끄덕이는 내게 노다 씨가 희미하게 웃어 보였다.

"갑자기 이런 말 꺼내서 미안해. 나도 너무 걱정이 되거든."

자기 자리로 돌아가는 노다 씨를 복잡한 심정으로 바라보는데 자동문이 열리며 사에키 씨가 들어왔다.

인사도 없이 나에게서 도망치듯 자기 자리에 앉더니 PC를 켜고 작업을 시작했다. 그날 이후로 사에키 씨는 꼭 필요한 대화가 아니면 내게 말을 걸어오지 않게 되었다.

이걸로 됐다고 생각하는 마음과 형용할 수 없는 불안감이 교차했다. 마치 폭풍 전날의 고요함 같다.

아츠키가 말한 '군자는 표변한다'라는 말이 그날 이후로 계속 머릿속에 남아 있었다. 나도 한 번에 상황을 바꿔 보고 싶지만, 그걸 대체 어떻게 해야 하는 건지….

"큰일이에요!"

이번에는 리카 씨가 돌아왔다. 오른손에 스마트폰을 들고 있는 걸 보면 그녀 역시 SNS의 게시물을 발견할 것이리라.

리카 씨는 사에키 씨의 자리로 직행하더니 스마트폰을 보여 주었다.

또 한 번 사장님의 호통 소리가 재생되었다.

"이거 어떡해요? 전 엄청 무서운데."

애니메이션 캐릭터 같은 목소리로 유난을 떨며 몸을 부르르 떠는 리카 씨에게 사에키 씨가 부드럽게 말했다.

"괜찮아."

"하지만 이건 사장님에게 상당한 원한이 있어야 할 수 있는 일이잖아요. 저하고 사에키 씨는 아닌 게 확실하다고 치고, 대체 누구 짓일까요?"

사무실을 둘러보는 리카 씨와 눈이 마주친 순간, 고개를 홱 돌리는 게 보였다. 카호 언니 말처럼 사에키 씨를 마음에 두고 있는 거겠지만 괜히 미움을 받고 있는 것 같다.

리카 씨는 사에키 씨가 내게 집착하고 있다는 걸 분명 알고 있을 것이다. 어쩌면 그에게서 나에 대한 험담을 들었을 수도 있고.

어느 쪽이든 간에 이번 주 들어서면서부터 나에 대한 태도가 갑자기 차가워졌다.

둘이서 잘됐으면 좋겠다. 그러면 퇴근길에 몇 번이나 주위를 두리번거리지 않아도 될 테니까.

아까 업로드된 게시물에는 '좋아요'를 이미 100개 넘게 받았고. 이제부터 점점 늘어나 또 순식간에 리트윗될 것이다.

SNS 화면을 새로고침하자 이미 수많은 댓글이 달려 있었다.

회사를 규탄하는 의견들 속에서 '직원이 불쌍하다.'라는 의견이 눈에 들어왔다.

"앗?"

사에키 씨와 작게 소곤거리며 이야기를 나누던 리카 씨가 갑자기 등을 꼿꼿이 폈다.

"큰일이에요. 또 새로운 게시물이…!"

다급히 한 번 더 새로고침 버튼을 누르자 리카 씨의 말대로 새로운 게시물이 제일 위에 표시되었다.

'사장 부인이 죽었다.

가정부처럼 혹사당하다가 병으로 사망.

사장은 신경도 쓰지 않고 직원들에게 막말을 내뱉는 하루하루.'

"어….."

큰엄마의 장례는 가족장으로 치러졌다. 직원들도 소식은 알고 있었지만 장례에 참석하진 않았고 외부에는 특별히 알려지지도 않았다. 그런데 어떻게 사장 부인이 사망했다는 사실까지 알고 있는 거지…?

목구멍이 꽉 죄어드는 느낌이 들며 숨을 쉬기 힘들어졌다.

어쩌면 이 계정 주인은 삭제 요청을 받고 초조해하는 건지도 모른다. 표시된 문장을 다시 한번 읽어 보는데 누군가의 시선이 느껴졌다.

얼굴을 들자 리카 씨가 나를 물끄러미 보고 있었다. 긴 속눈썹이 인상적인 눈을 크게 뜬 채 눈 깜빡임 한번 없었다.

"저, 봤어요."

"…네?"

무슨 뜻인지 몰라 어리둥절하게 대답하고 말았다.

"히마리 씨, 스마트폰을 만지고 있었죠?"

덜컹거리는 소리가 나서 돌아보니 노다 씨가 의자를 박차며 몸을 일으키는 게 보였다.

"그런 식으로 말하지 마, 리카 씨."

"하지만 전 봤는걸요. 아까부터 계속 스마트폰을 조작하고 있

241

었어요. 그리고 방금 게시물이 올라왔고요. 의심하고 싶진 않지만, 그렇게 볼 수밖에 없는 것 아닌가요?"

그제야 깨달았다. 리카 씨는 나를 의심하고 있었던 것이다.

시에키 씨는 어안이 벙벙해져서 리카 씨를 올려다볼 뿐 움직이지 않았다. 노다 씨도 반박할 말이 없었는지 내 눈치를 살폈다.

"아아…."

무의식중에 흘러나오는 중얼거림과 함께 자리에서 일어섰다.

군자는 표변한다.

지금은 불리해졌을 때 태도를 바꾸는 것을 가리키는 말이지만 원래는 잘못을 인정하고 바른 길로 되돌아간다는 의미였다.

의심 가득한 눈초리로 나를 바라보던 리카 씨는 이번엔 모두의 시선이 자신에게 향했다는 걸 깨닫고 조금 당황하는 눈치였다.

"뭔데요…. 전 그냥 생각한 대로 말한 것뿐이에요."

"응. 방금 마침 스마트폰을 보고 있었으니까 오해를 샀을 거라고 생각해. 미안."

"…인정하시는 거죠?"

그녀의 손은 사에키 씨의 어깨를 짚고 있었다.

"인정하지 않아. 난 하지 않았으니까."

난 화면을 표시시킨 스마트폰을 들고 사에키 씨의 책상으로 다가가 두 사람 앞에 내려놓았다.

"마음껏 조사해 봐도 좋아. 난 다른 계정 이름을 사용하고 있고,

서브 계정 같은 것도 없어. 난 이번 일과는 상관없어."

"내 것도 보든가."

노다 씨가 다가와서 똑같이 스마트폰을 내려놓았다.

내 스마트폰을 집어 들려는 리카 씨의 손을 사에키 씨가 잽싸게 막았다.

"이런 건 좋지 않아. 동료들끼리 의심하진 말자."

"난 괜찮아. 원한다면 내 스마트폰도 보여 줄 수 있으니까."

"리카."

사에키 씨의 타이르는 듯한 말투를 들으며 자연스레 옆에 선 노다 씨와 눈이 마주쳤다.

리카 씨의 짝사랑설은 착각이었던 것 같다. 편하게 이름으로 부를 정도면 두 사람의 관계는 카호 언니가 상상하는 것 이상으로 진전된 건지도 모른다.

얼마 전까지 그렇게 집착했던 걸 생각하면 복잡한 심정이지만, 안도하는 마음이 더 컸다.

"아무튼 분명히 해 두는 편이 좋다고 생각해요. 제 것도 보셔도 되니까요."

리카 씨가 자기 스마트폰을 꺼내는 동시에 SNS에 새 게시물이 올라왔다는 알림이 떴다.

"꺄악."

비명을 지르며 스마트폰을 내던진 리카 씨의 화면을 다 같이 들여다보았다.

'올해 송년회는 18일.

사장의 자택에 강제적으로 모여 몇 시간이나 어울러야 한다.

다들 싫은 소리를 들으면서 열심히 비위를 맞춘다.

정말 최악인 못된 관습.'

모두가 말없이 그 글만 읽고 있었다.

"히마리 씨."

"네."

노다 씨의 목소리에 화면에서 눈을 떼지 않고 대답했다.

"예약 업로드를 하면 화면에 뭔가 표시되지?"

"네. 아마 '업로드가 완료되었습니다.'라는 알림이 표시되는 걸로 알아요."

"그렇다면 우리 중에는 범인이 없다는 얘기잖아?"

여기서 그 말을 인정한다면 모두가 편해질 수 있었다. 하지만…. 나는 자리에서 일어나 한 걸음 물러나서 모두의 얼굴을 돌아보았다.

"단정할 수는 없을 거예요. PC나 태블릿에서 다른 계정으로 로그인했을 수도 있으니까요."

"뭐야, 그럼 의미 없잖아…."

리카 씨는 어이가 없다는 듯 자기 스마트폰을 집어넣더니 화장실로 휙 가 버렸다.

"히마리 씨는 너무 정직해. 모두에게 무죄 판결을 내려 줘도 되잖아."

노다 씨도 내 스마트폰을 건네주고는 자리로 돌아갔다.

결국 아무도 혐의를 벗지 못했지만 행동을 함으로써 조금은 무거운 기분을 떨쳐 낸 느낌도 들었다.

"뭐야, 결국 아무것도 해결되지 않은 건가."

사에키 씨가 작은 목소리로 중얼거렸다.

"네?"

"의외로 리카가 범인인지도 모르지."

히죽히죽 웃는 사에키 씨의 모습에 소름이 돋았다.

"그런 심한 말은 하지 마세요."

"아니, 난 그냥…."

따뜻한 사에키 씨가 좋았다. 하지만 그건 이미 먼 과거의 일이다. 마음은 사라졌지만 이걸 계기로 죄책감도 버려야겠다.

그렇게 생각할 수 있는 나 자신이 조금 대견하게 느껴졌다.

"완전히 추워졌네."

올해도 질리지 않고 내 생일을 위해 금요일 밤에 찾아온 후코쨩은 내 방 현관문을 열자마자 그렇게 말했다.

그녀는 캐리어와 함께 양손에 식재료가 담긴 에코백을 들고 있었다.

"회사에 문제 생겨서 힘들겠다."

얼마 전에 SNS 문제에 관해 후코쨩에게 간단히 이야기해 주었다. 후코쨩은 SNS가 뭔지도 모르는 눈치였지만.

"그렇게까지 논란이 되진 않았지만, 분위기가 영 안 좋아."

에코백 안의 식재료를 냉장고에 넣었다. 그러는 사이 후코쨩은 캐리어에 담아 온 짐을 빠르게 정리했다.

이사 선물이라며 후코쨩이 준 행거니까 뭐라고 할 수는 없지만 올 때마다 방에 후코쨩의 물건이 늘어 가는 걸 보면 복잡한 심정이 들었다.

그래도 뭐…. 나는 후코쨩을 바라보았다.

사에키 씨와 있었던 일을 자세히 말하진 않았지만 엄마답게 무슨 사연이 있었다는 건 짐작한 것 같다. 예전 같으면 끈질기게 물어봤을 텐데 헤어졌다는 사실을 말한 이후로 후코쨩의 입에서 그 사람의 이름이 나온 적은 없었다.

이사한 이유도 분명 짐작하고 있겠지….

뭐든 다 알아내려고 하는 대신에 이 방에 짐이 늘어나는 거라면 얼마든지 받아들일 수 있었다.

그리고 많은 일을 상담하면서 후코쨩과의 거리가 가까워진 것도 사실이었다.

"후코쨩이 하는 말은 늘 옳다니까."

"혹시 방금 날 칭찬해 준 거니? 어어, 너무 기뻐서 울 것 같아."

금세 눈물이 그렁그렁해지는 후코쨩을 보며 웃고 말았다.

이번 일정은 내 생일인 일요일까지 사흘 동안 묵고 가기로 했다. 오기 전에 내게 미리 물어보았고, 이번에는 나도 혼자서 지내기는 불안했기에 흔쾌히 수락했다.

하지만 새로운 방으로 이사하고 나서 세 번째 방문이니까 매달 한 번씩은 놀러 온 셈이 된다.

"아빠는 쓸쓸해하지 않았어?"

"괜찮아. 어차피 연말연시에는 집에 돌아올 거잖니?"

"올해는 좀 오래 있다가 갈까?"

아타미가 그립게 느껴졌다.

"그냥 계속 살아도 된단다."

후코쨩이 틈만 나면 귀향을 종용하는 것에도 이젠 완전히 익숙해졌다. 아무리 본가가 그리워도 아직 돌아갈 마음은 없었지만.

"겨우 영상 편집에 참여할 수 있게 됐는걸. 본가로 돌아가려면 아직 멀었어."

짐을 다 정리한 후코쨩에게 차를 내주었다.

코타츠에 발을 넣은 채 둘이서 마주 앉았다. 어느새 코타츠 위에는 귤이 놓여 있었다.

귤껍질을 빠르게 까는 후코쨩. 잔뜩 까 놓고 나서 한 번에 먹는 습관은 옛날부터 그대로였다.

"말이 나와서 말인데, 후코쨩도 LINE 정도는 배워. 요즘 세상에
연락 수단이 편지하고 전화뿐이라니, 너무 불편하잖아."

"어머, 편지가 얼마나 좋은데. 마음의 소리를 전할 수 있잖니.
전화도 그래. 문자나 메신저보다 몇 배나…."

"네, 네. 알겠습니다."

"아직 말 안 끝났는데…."

뺨을 부풀리는 후코쨩을 보며 웃고 말았다.

신기했다. 후코쨩을 성가시게 느꼈던 게 먼 옛날 일처럼 느껴졌
다. 성인이 되어 사회라는 큰 바다로 나간 뒤에도 멀어졌다 가까
워졌다 하면서 같은 편이 되어 주는 게 가족인지도 모르겠다.

지금쯤 카호 언니는 뭘 하고 있으려나. 엄마가 돌아가시고 애인
과도 헤어진 지금, 그 집에서 사는 사람은 사장님과 카호 언니뿐
이다. 직장 분위기도 최악인데, 괜찮을까….

SNS 소란 탓에 최근의 카호 언니는 피로를 감추지 못하는 모습
이었다. 많이 걱정되었다.

"하지만."

후코쨩이 입술을 삐죽 내밀었다.

"아주버님은 고집이 세고 남의 마음을 잘 이해하지 못하는 성격
이지만, 의미 없이 화낼 사람은 아닌걸. 이렇게까지 심한 말을 들
을 이유는 없어."

"전혀 옹호해 주는 말처럼 안 들리는데."

"어머, 그러니? 잘은 모르겠지만, 카호는 제 아빠한테 어지간히 깊은 원한이 있는 게 아닐까?"

후코쨩이 귤을 통째로 입에 쏙 집어넣었다. 나도 하나 집어 들어 보지만, 두 번으로 나눠도 다 먹기 힘든 크기였다.

"사장님한테가 아니라 회사에 원한이 있는 거 아닐까?"

"으우음… 있다면서?"

무슨 말을 하는 건지 알 수 없었기에 다 먹을 때까지 기다리기로 했다.

우리 회사는 좋은 의미에서든 나쁜 의미에서든 오래된 체제를 벗어나지 못하는 곳이었다. 그렇다고 악덕 기업까지는 아니고, 가족 경영이라서인지 고속 성장기로 불리는 시대에 당연시되던 관습을 완전히 버리지 못한 느낌이다.

그때 문득 뇌리에 무언가가 스쳤다. 잔상처럼 잡히지 않는 윤곽을 계속 생각하는 사이, 귤을 다 먹은 후코쨩이 녹차를 마시고 있었다.

"아니, 전부 아주버님에 관한 내용만 적혀 있다면서?"

"뭐… 확실히 그렇지."

위화감 같은 것이 서서히 고개를 들었다.

"아마 나 같으면 '못된 관습' 같은 문장은 절대 생각해 내지 못했을 텐데."

"…."

"그보다도 오늘 저녁은 비프스튜로 할까 하는데."

"…응."

"배 아프니?"

고개를 가로젓지만 위화감은 그대로였다.

가슴 안쪽 깊은 데서 싹튼 의혹이 점점 형태를 이루어 갔다.

"후코쨩."

"응, 응."

얼굴을 가까이 들이미는 후코쨩에게 조금 망설이다가 입을 열었다.

"일요일에 생일 파티를 해 줄 거지?"

"당연하지! 아침부터 밤까지 파티야. 올해는 케이크를 직접 만들려고 하거든."

싱글벙글 웃는 후코쨩에게 고개를 끄덕여 보이면서, 마음속으로는 '군자는 표변한다.'라는 말을 떠올리고 있었다.

내가 믿던 것이 잘못되었다면, 그걸 바로잡아야만 한다. 운명을 바꿀 수 있는 건 나 자신뿐이니까….

"일요일 예정을 변경해도 될까?"

"뭐엇?"

비명을 지르는 후코쨩에게 얼굴을 바싹 들이댔다.

"협력해 줬으면 하는 일이 있거든."

그렇게 말하는 나를 보며 후코쨩은 "응?" 하고 어리둥절해하며 눈을 동그랗게 떴다.

남안 저기압이 내리는 눈은 저녁이 됐는데도 아직 그치지 않았다. 창밖은 눈발에 흐려지고, 가정집 지붕을 같은 색으로 물들였다. 생일에 눈이 내리는 건 기쁘지만, 지금부터 하려고 하는 일을 생각하면 마음이 무거웠다.

"도쿄에도 요즘엔 이렇게 눈이 오는구나."

앞치마를 벗은 후코쨩이 감개무량하게 말했다.

"지난 몇 년 동안 12월에 한 번은 내렸던 것 같아. 메인은 2월이지만."

"많이 내리기 전에 너하고 같이 스카이트리에 가길 잘했네. 아빠 줄 선물도 샀고. 알차게 보낸 생일이었어."

"예정을 바꿔서 미안. 케이크도 엄청 급하게 만들게 해서 미안. 그리고 빨리 돌아가게 하는 것도… 미안해."

거듭되는 '미안'에 후코쨩은 싱긋 웃으며 캐리어를 가리켰다. 스카이트리 모양의 인형이 억지로 구겨 넣어져 있다. 본가의 침실에 놓인 도쿄 타워 인형 옆에 나란히 둘 거라고 했다.

"정말 괜찮아. 딸에게 도움이 될 수 있어서 오히려 기쁜걸."

후코쨩에게는 그저 "생일에 손님을 부르고 싶으니까 올해는 그전에 돌아가 줘."라고만 부탁했다.

후코쨩은 물론 그 손님의 정체와 부르는 이유를 알고 싶어 했지만, 도저히 말할 수 없었다. 벽시계는 곧 5시를 가리키고 있었다.

후코쨩이 캐리어를 닫으면서 "아, 그렇지." 하고 슬그머니 나를 바라보았다.

"스카이트리에서 먹은 점심 사진, 나중에 보내 줘. 야마모토 씨네 아줌마한테 자랑하고 싶으니까."

"알았어."

고개를 끄덕이는 것과 동시에 현관 벨소리가 커다란 소리로 울렸다.

"그럼 또 보자."

움직이지 못하는 나를 대신해서 후코쨩이 캐리어를 끌어안고 현관으로 타닥타닥 달려갔다.

…결국 이 순간이 왔다.

이 정도로 부담감이 느껴지는 생일은 처음이었다. 내 생각을 제대로 전달할 수 있다면 좋겠지만, 그럴 만한 말솜씨가 없다는 건 잘 알고 있다.

하지만 할 수밖에 없다.

떠들썩한 목소리가 현관에서 들려왔다. 두 사람은 즐겁게 수다를 떤 다음, 후코쨩이 먼저 집 밖으로 나갔다.

현관으로 걸어오는 소리가 들리고 거실 문이 열렸다. 얼굴을 내민 사람은 카호 언니였다.

"후코 숙모랑 오랜만에 만났네. 여전히 밝으시다."

손에 든 하늘색 코트와 분홍색 가방이 눈에 젖어 있었다. 묶지 않은 머리카락에 휴일용 화장이 무척 잘 어울렸다.

그런 카호 언니를 지금부터 상처입히게 될지도 몰랐다.

카호 언니는 코타츠 위에 놓인 케이크를 보며 눈을 반짝였다. 후코쨩이 만든 케이크는 늘 특대 사이즈다. 폭신폭신한 스펀지에 두껍게 바른 생크림. 위쪽에는 딸기가 산맥처럼 장식되어 있다.

"어, 이거 직접 만든 거지? 후코 숙모는 정말로 요리를….'

갑자기 말이 멈춘 카호 언니와 눈이 마주쳤다. 순간 눈빛에 깃든 당혹감을 감추듯이, 카호 언니는 짐을 옆에 내려놓고 코타츠에 발을 넣었다.

"난 당연히 후코 숙모도 같이 생일 파티를 하는 줄 알았는데. 설마 우리끼리만이야?"

카호 언니가 스마트폰으로 케이크를 촬영하면서 물었다. 찰칵, 찰칵 하는 무기질적인 소리가 이어졌다.

"언니랑 꼭 하고 싶은 이야기가 있어서."

"어어? 뭔데, 뭔데? 갑자기 그러니까 무섭잖아."

익살을 부리지만 일부러 시선을 피하는 게 느껴졌다. 바닥에 똑바로 앉아 바라보는데도 카호 언니는 스마트폰으로 촬영한 사진을 들여다볼 뿐이다.

"그 SNS에 관한 거예요."

"SNS? 그 계정, 결국 삭제됐던데."

지난주 금요일 밤, 카호 언니를 생일 파티에 초대했다. 그 직후, 문제의 그 SNS 계정은 세상에서 사라졌다.

음성과 댓글도 대부분 사라졌지만 확산된 데이터는 앞으로도 계속 남아 있을 것이다.

"언니가 게시물 삭제 요청을 안 했으니까 사장님이 재촉한 거죠? 그래서 바로 삭제한 거고?"

"어… 무슨 말이 그래? 그럼 꼭 내가 범인이라는 것 같잖아."

당황하는 눈동자가 불안하게 흔들렸다.

"나는….."

그렇게 말을 꺼내자 그 목소리는 나에게도 잘 들리지 않을 만큼 작았다. 배에 힘을 꽉 주면서 앞을 바라보았다.

"나는 그렇다고 생각해요."

무거운 침묵 뒤에 카호 언니가 재미있다는 듯 웃음을 터뜨렸다.

"그런 농담은 너무 심한 거 아냐? 그리고 아까부터 회사도 아닌데 계속 존댓말이고."

"진실을 말해 줬으면 좋겠어요. 그 계정은 카호 언니가 만든 게 맞죠?"

"아니야. 진짜 어이없다."

"하지만 그게 아니라면 설명이….."

"그만하라니까!"

날카로운 목소리가 울려 퍼졌다. 흠칫하며 고개를 숙인 카호 언니가 코트와 가방을 들고 몸을 일으켰다.

"히마리, 너 오늘 이상하다. 난 그만 가 볼게."

"잠시만요."

내가 카호 언니의 등에 대고 말했지만 그대로 현관으로 걸어가 버렸다.

어쩌지? 이대로는 아무것도 해결되지 않는데….

"카호 언니. 사장님을 계속 원망하고 있었죠?"

"아니라니까 왜 그러는데!"

카호 언니는 힐을 신으면서 짜증을 내듯 말했다. 그 목소리와 뒷모습에서 그녀의 분노가 드러났다.

"비난하려는 게 아냐. 난 카호 언니가 좋으니까. 그래서 꼭 이야기를 듣고 싶어. 카호 언니를 이해하고 싶어!"

움직임을 딱 멈춰 버린 카호 언니가 이윽고 천천히 고개를 돌렸다. 의외로 입가에는 부드러운 미소가 맺혀 있었다.

"저기, 히마리. 내가 사장님을 싫어하는 것처럼 보였다면 미안해. 그렇지만 그런 식으로 생각한 적은 단 한 번도 없어."

타이르듯 말하는 카호 언니의 기세에 눌려 고개를 끄덕거렸다. 그러나 그것도 거짓말이다.

"확실히 카호 언니는 늘 사장님을 존경한다고 말해 왔어. 하지만 그건 본심이 아냐."

"…내가 거짓말을 했다는 거야?"

"거짓말이 아니라 바람이었다고 생각해."

"바람?"

"존경하고 싶다고 바라 왔던 거야. 그래서 계속 그렇게 말하면서 자신을 타일러 왔어."

아츠키는 과거로부터 이어진 인과관계로 SNS의 사건이 벌어지고 있다고 말했다. 커다란 슬픔이 내게 휘감긴 사슬의 색을 바꿔버릴 거라고.

그렇다면 카호 언니의 슬픔을 알고 싶었다.

"뭐야, 그게."

카호 언니는 코웃음을 치며 머리카락을 쓸어 넘겼다.

"난 무슨 말인지 전혀 모르겠는데. 네가 날 의심하다니 슬퍼."

지금까지의 나였다면 순순히 납득하고 반성까지 했을지도 모른다. 하지만 난 운명을 바꾸기로 결심했다.

"카호 언니한테는 어릴 때부터 가졌던 꿈이 있었지? 그런데 오빠가 집을 나가 버리면서 강제적으로 사장님의 회사에 들어가야 했어. 꿈을 포기하고 가족의 규칙에 따를 수밖에 없었던 거야."

흠칫 몸을 떤 카호 언니가 천천히 나를 바라보았다.

"그래도 카호 언니는 사장님을 용서하려고 노력해 왔어. 하지만 사장님은 그게 당연하다는 듯이 엄하게 몰아붙일 뿐이었지."

카호 언니는 불타오르는 듯한 눈빛으로 나를 노려보고 있었다.

그래도 나는 망설이지 않았다.

"유일한 아군이던 큰엄마가 돌아가시면서 희미한 희망마저 사라져 버렸어. 오랜 시간 동안 참아 왔던 분노가 폭발한 거라고 생각해."

"…다른 건 없어?"

카호 언니가 생기 없는 목소리로 물었다.

"SNS 계정을 만들 때, 오랫동안 만났던 애인한테 카호 언니가 먼저 헤어지자고 했잖아. 좋아하는 사람에게는 폐를 끼치고 싶지 않았으니까."

멍하니 멈춰선 카호 언니가 "그래." 하고 한숨을 쉬었다.

"그게 전부 너의 망상인 거지?"

"그럴지도 몰라. 그래서 꼭 카호 언니와 이야기를 하고 싶어."

찰칵 하는 소리를 내며 현관문 잠금장치가 풀렸다.

활짝 열린 현관문에서 찬바람이 거세게 불어 들어왔다.

"더 이상 너하고 이런 얘기 하고 싶지 않아."

"제대로 얘기해 보고 싶어. 카호 언니, 제발 부탁이니까…."

"적당히 좀 해!"

눈앞에서 문이 쾅 하고 닫히며 바람이 이마를 차갑게 식혔다.

…이대로 보내면 안 돼.

목도리만 손에 들고 뛰쳐나가자 가랑눈이 복도로 떨어지고 있었다. 복도 끝에 있는 엘리베이터 문이 닫히는 게 보였다.

"카호 언니!"

뒤쫓는 나를 기다려 주지 않고 엘리베이터가 밑으로 내려갔다. 주저 없이 비상계단 문을 열고 뛰어 내려갔다.

카호 언니를 화나게 해 버렸어…. 내가 지금 하려는 일이 정말 옳은 걸까?

죄책감을 떨쳐 내듯 1층까지 내려가서 건물 밖으로 뛰쳐나왔지만 카호 언니의 모습은 보이지 않았다. 조용히 내리는 눈이 날 방해하듯 시야를 가로막았다.

역으로 이어지는 길을 달려가려는데 진창에 발이 미끄러지며 요란하게 넘어지고 말았다.

쿵 하는 소리와 함께 젖은 아스팔트에 무릎과 뺨을 부딪쳤다. 체크무늬 롱스커트가 진흙으로 물들었다.

간신히 몸을 일으켜 종종걸음으로 역으로 향했다. 머릿속에는 카호 언니 생각뿐이었다.

얼마나 큰 괴로움을 견뎌 왔던 걸까. 아버지이자 사장인 코이치 삼촌에게 거역하지 못하고 어릴 때부터의 꿈을 전부 포기해야만 했다니.

늘 웃어 주던 카호 언니가 사실은 울고 싶은 심정으로 가득했다는 걸 알아차리지 못했다. 그런 나 자신이 너무 한심했다.

역 앞 고가철도 밑에 도착할 때까지 카호 언니의 모습은 보이지 않았다. 이미 주변 풍경은 밤의 어둠에 잠기고 있었다.

"어쩌지…."

이대로 카호 언니의 집까지 가고 싶어도 지갑조차 갖고 있지 않았다. 그때 갑자기 몸이 식는 게 느껴졌다. 코트도 없이 목도리만으로는 역시 추위를 버티기 힘들었다.

일단 다시 집으로 돌아가서 스마트폰과 지갑… 무엇보다 코트를 가져와야겠다.

몸을 벌벌 떨면서 맨션으로 이어지는 길을 돌아오는데 왼쪽에 있는 작은 공원에서 하늘색 코트를 입은 뒷모습이 보였다.

…여기 있었네.

카호 언니는 공원 벤치에 앉아 있었다. 말을 걸면 도망쳐 버릴까 봐 뒤에서 천천히 다가갔다.

눈이 그녀의 머리카락을 적셨고 가냘픈 뒷모습이 가늘게 떨리고 있다. 울고 싶은 기분이 울컥하며 올라왔지만 이를 악물며 참아 냈다.

근처까지 다가가자 카호 언니는 내 기척을 알아챘는지 얼굴을 들었다가 다시 고개를 숙였다.

"…미안해."

분노는 느껴지지 않는 목소리로 카호 언니가 쥐어 짜내듯 말했다. 옆자리에 앉았지만 이제 도망칠 기미는 보이지 않았다.

"나야말로 미안해."

하얀 한숨을 허공에 날려 보내자 카호 언니가 그것이 흩어지는 것을 바라보고 있었다. 그리고 또 한 번의 한숨.

"…내가 했다는 걸 어떻게 안 거야?"

이윽고 기어들어가는 듯한 목소리가 귀에 겨우 들려왔다.

역시 카호 언니였구나….

내 추측이 들어맞았다는 게 이렇게 괴로울 줄은 몰랐다. 나도 모르게 흘러넘친 눈물이 순식간에 무릎 위로 떨어졌다.

"마지막 게시물에서 위화감이 느껴졌거든."

"마지막?"

카호 언니가 추위에 굳은 손으로 스마트폰을 열었다. 화면에 표시된 '정말 최악인 못된 관습' 부분을 가리켰다.

"나도 처음엔 몰랐어. 그런데 문득 생각이 난 거야. '못된'이라는 말, 카호 언니는 가끔 쓰잖아. 그래서 카호 언니가 범인이라고 가정해 보니까 모든 게 설명되는 느낌이 들었어."

게시물을 볼 때는 몰랐지만, 후코쨩과 이야기를 하다가 문득 생각났던 것이다.

"아아… 그랬구나."

스마트폰을 든 손이 무릎 위로 툭 떨어졌다.

"아까 했던 말들, 전부 맞았어."

"카호 언니…."

"사장님을… 아빠를 좋아하고 싶었어. 좋아해야만 한다고 생각했어. 네 말처럼 그렇게 바라면서 나 자신에게 거짓말을 해 왔던 거야."

카호 언니는 코를 훌쩍이고는 천천히 고개를 가로저었다.

"아빠의 말을 거역하지 못하고 소중한 것들을 포기하면서 살아왔어. 하지만 엄마가 돌아가셨을 때 생각했어. 나는 대체 뭘 위해서 살고 있는 건가 하고."

아름다운 눈동자에서 한 줄기의 눈물이 흘러내렸다. 눈도 울고 있는 것처럼 하늘에서 하늘하늘 떨어져 내렸다.

"전부 그 사람이 시키는 대로 해 왔어. 그런데도 계속 다그치기만 하고. 한 번도… 단 한 번도 사랑받고 있다고 느꼈던 적이 없어. 그래서 겨우 결심한 거야. 사랑받기를 바라는 건 이제 그만두자고."

눈물도 닦지 않고 담담히 말하는 모습에 가슴이 먹먹해졌다.

"남은 건 분노뿐이었어. 그래서 회사를… 모든 걸 끝내 버리자고 생각했어. 하지만… 그렇다고 그런 짓을 하면 안 됐어."

스스로를 타이르듯 한 마디 한 마디 천천히 말하고 있다. 해 주고 싶은 말은 잔뜩 있었지만 무슨 말을 해도 이 눈처럼 금세 녹아사라질 것만 같았다.

"너와 다른 직원들에게도 엄청난 폐를 끼쳤어. 정말로 한심하게 보이지?"

"대체 뭐가 한심한데!"

의도했던 것보다 훨씬 강한 말이 나오고 말았다. 눈을 동그랗게 뜨는 카호 언니에게 이제 내가 생각한 바를 전부 말해야겠다고 결심했다.

"그 사람, 사실은 좋은 사람이야.' 같은 말을 흔히들 하잖아? 그건 그 사람을 깊이 알게 될수록 느끼는 거라고 생각해. 하지만 난 몇 년이 지났어도 사장님이 좋은 사람이라고 생각하지 않아. 애초에 깊이 알고 싶지도 않은걸. 그만큼 사장님은 독선적이고 고집도 세고 답이 없다는 얘기야."

"뭐…?"

"카호 언니도 화내도 돼. 하고 싶은 말을 참으면 점점 쌓이기만 할 뿐이니까."

콧김을 확 내뿜자 카호 언니의 표정이 조금 부드러워진 것처럼 보였다.

"화내도 된다라…. 그러고 보니 난 계속 그 감정을 억눌러 왔는지도 모르겠다."

"나도 옆에서 도울게. 아니, 꼭 돕게 해 줘. 카호 언니가 카호 언니답게 살아 줬으면 좋겠어."

'살아 줬으면'이라는 말에 카호 언니의 표정이 눈에 띄게 어두워졌다.

어쩌면 카호 언니는 죽을 생각이었는지도 모르겠다. 아니면 마음이 죽어 가고 있었는지도.

카호 언니에게서 뻗어 나온 사슬이 나를 휘감아 그 색을 탁하게 바꾸는 거라면 난 운명에 저항하고 싶다. 카호 언니의 마음을 되살리고 싶다.

"아츠키가 말했어. 나한테는 여러 개의 사슬이 휘감겨 있다고. 사슬의 색을 바꿀 수 있는 건 나 자신뿐이라는 말도 했어."

"'겨울의 그 남자'를 말하는 거지?"

"맞아. 겨울이 올 때마다 나에게 죽음을 예고하러 와. 분명 올해의 임무는 카호 언니에게서 뻗어 나온 사슬의 색을 바꾸는 거라고 생각해."

카호 언니는 눈을 깜빡거리더니 또 힘없이 시선을 떨구었다.

그 차갑게 식은 손을 잡는 데 큰 용기는 필요하지 않았다.

"계정은 삭제했으니까, 이건 이제 완전 범죄야."

"응?"

카호 언니는 분명 계정 삭제 요청 같은 건 하지도 않았고 경찰에도 신고하지 않았다. 왜냐하면 그녀가 범인이니까.

"이 일을 알고 있는 건 나뿐이야. SNS도 금세 다른 화제에 휩쓸려 갈 테고 이번 일도 논란이라고 할 만큼 큰 소동으로 발전하진 않았어. 그러니까 그냥 시치미 떼고 있으면 된다고 생각해."

"하지만⋯ 난 그렇게 안 돼. 이런 일을 저지른 이상, 다시 회사로 돌아갈 수는 없어."

"일을 그만두고 싶어?"

쓸쓸하게 말하는 카호 언니에게 직설적으로 묻자 망설이듯 눈을 내리깔았다.

"모르겠어. 지금은 아무것도 모르겠어. 조금 혼란스러워서…. 하지만 그만둘 수밖에 없지 않을까."

힘없이 도망치려는 손에 힘을 주었다.

"이런 상황에서 쉽게 직장을 떠나는 사람도 있잖아? 하지만 난 그건 아니라고 생각해. 무엇이 올바른지는 사람마다 다른 거니까, 난 카호 언니가 선택한 길을 응원할게."

잠시 서로를 바라보다가, 카호 언니가 "훗." 하고 살짝 웃었다.

"히마리, 대단하다. 몇 년 만에 엄청 강해진 것 같아."

"강해진다는 게 뭔지 알려 준 사람은 카호 언니야."

눈이 조금씩 비로 바뀌어 갔다. 젖은 앞머리를 타고 흘러내리는 물방울이 얼음처럼 차가웠다. 공원 조명이 소리도 없이 켜지는 걸 보고 생각이 났다.

"어라… 지금 몇 시야?"

카호 언니는 갑작스러운 질문에 당황하면서 손목시계를 내려다보았다.

"이제 곧 6시 반인데."

"안 돼!"

카호 언니의 팔을 잡고 억지로 일으켰다. 영문을 모르는 카호 언니를 잡아끌며 길거리로 나왔다.

"어, 어디 가는데?"

"약속을 잡아 놨어."

역 쪽으로 나아갔다. 내가 먼저 부탁해 놓고 완전히 까먹고 있었다.

"실은 어떤 사람한테 연락했거든. 집에 와 달라고 할까 하다가, 카호 언니가 싫어할지도 모른다는 생각이 들어서. 그래서 역 앞에서 만나기로 했어."

일방통행 길을 한참 나아가자 드디어 역의 고가철도가 보였다.

"잠깐, 잠깐만. 지금 사장님 얼굴을 어떻게 보라고….""

"아니야. 아이바 씨야."

그렇게 말하는 나를 보며 카호 언니가 멍하니 입을 벌렸다.

"아이바… 씨? 어, 어떻게….""

"아이바 코지幸次 씨. 행복幸이 다음次에 온다는 뜻의 좋은 이름이잖아."

고개를 세차게 저은 카호 언니가 내 팔을 꽉 잡았다.

"코지를 어떻게 안 거야? 난… 말한 적이 없는 것 같은데."

"회사명하고 부서, 그리고 부임지까지 말해 줬잖아. 이름을 알아내는 건 힘들었지만 우리 본사와도 거래가 있는 곳이지? 본사 사람을 잘 구슬려서 알아냈어."

실은 몰래 삿포로 지부에 전화했는데 운 좋게 아이바 씨가 전화를 받았다.

"들었어. 일방적으로 헤어지자는 말을 꺼냈다면서. 아이바 씨는 체중이 3킬로나 빠졌대."

"어… 어…?"

역 앞 인도에 까만 우산을 쓴 사람이 서 있었다.

"카호 언니."

나는 혼란스러워하는 카호 언니의 어깨를 양손으로 붙잡았다.

"이제부터 어떻게 할지는 카호 언니가 정하면 돼. 카호 언니가 행복해질 방법을 선택했으면 해. 뭐, 난 지금 이대로 회사에 남아 줬으면 하지만."

"히마리…."

"자, 그만 가 봐. 난 이제 슬슬 얼어 죽기 직전이니까."

농담이 아니라 정말 몸이 꽁꽁 얼어붙은 것만 같아서 붙잡은 손 끝의 감각도 둔해져 있었다.

아이바 씨를 바라보는 카호 언니의 눈동자에 눈물이 글썽이면 서 반짝거렸다. 내 입가에는 자연스레 미소가 맺혔다.

"고마워. 정말로 고마워."

카호 언니가 단숨에 달려가기 시작했다. "코지!" 하고 외치는 동 시에 아이바 씨를 끌어안았다.

카호 언니가 자기 길을 스스로 선택하기를 바라면서 나도 이제 돌아가야겠다.

젖은 몸에 진흙투성이 스커트로 추위가 뼈에 스며들 듯하지만 지금은 자랑스러운 마음이 가득했다.

히마리에게

스물다섯 살 생일 축하해.

지금 어떤 생일을 보내고 있니?

히마리.

다섯 살 때 생일을 기억하니?

후미에가 갑자기 못 오게 돼서 넌 무척 쓸쓸해했지.

하지만 후미에도 똑같이 널 만나는 걸 기대하고 있었단다.

'미국에서 축하할게.'라는 말도 했어.

그로부터 벌써 20년이 지나다니, 세월 참 빠르지.

생일인 오늘, 네가 사랑하는 사람과 함께 지내길 바랄게.

엄마가

막간

나에게 가장 소중했던 건 가족의 존재.

그때, 운명을 바꾸기 위해 필사적이었던 겨울을 후회한 적은 없다.

지금쯤 그쪽 세계에서 나와 가족들은 웃으며 지내고 있겠지.

그렇게 생각하면 이 암흑조차 무섭지 않았다.

올겨울도 넌 운명과 맞서 주었어.

널 보고 있으면 난 오래전에 배웠던 용기를 떠올릴 수 있어.

하지만 다음에 올 겨울에 운명은 결국 널 붙잡으러 올 거야.

넌 괴로워하면서 죽음을 선택하게 될지도 몰라.

요령이 없는 나지만, 이 겨울의 미로에서 너만은 구해 낼게.

설령 내가 영원한 겨울에 갇히게 된다고 해도.

그러니까 부디 두려워하지 말고 이 앞에 기다리는 비극을 극복해 줬
으면 해.

이제 곧, 마지막 겨울이 찾아올 거야.

4년째

오랜 거짓말이 끝나는 날에

사무실에서 PC를 노려보고 있는데 문득 뇌리를 스치는 기억이 있었다.

그건 작년에 후코쨩이 준 편지의 내용이었다.

스물다섯 살의 생일을 축하하는 그 편지 내용이 아직도 믿기지 않았다. 다섯 번째 생일날, 후미 이모와 둘이 후코쨩을 기다렸던 기억이 내 착각이었다니.

후코쨩에게 확인해 보니 예전엔 까먹었다고 대답한 주제에, "맞아. 그날은 히마리 혼자 기다렸지." 하고 당연하다는 듯이 말했다.

도쿄로 오기 전에 아빠에게도 물어봤다. 하지만 아빠는 애초에 그날 집에 없었기 때문에 알 도리가 없다고 했다. 아빠는 미안하다는 듯 웃을 뿐이었다.

"그래도….."

키보드를 두드리던 손을 멈추며 중얼거렸다.

그날 후미 이모는 분명 옆에서 날 위로해 주었다. 그 덕분에 후코짱이 돌아오는 걸 울지 않고 기다릴 수 있었다.

그렇게 생각하니 사람의 기억이란 게 참으로 애매하다는 생각이 든다.

자동문이 열리는 소리에 고개를 들자 사장님이 들어오는 게 보였다. 책상에 목도리를 내던지고는 직원들을 소집했다.

그런 태도만 봐도 지금 기분이 좋지 않다는 걸 알 수 있다. 오히려 기분이 좋을 때를 보기 힘든 사람이긴 하지만.

그 SNS 소동으로부터 1년 가까이 지났다. 최종적으로는 그렇게 큰 논란으로 번지지 않고 해프닝으로 끝나자 잠시 얌전해졌던 사장님도 금세 원래대로 돌아왔다.

뭐, 그게 사장님답긴 하다. 하지만 최근에는 우리의 참을성도 강해지고 있었다.

영상 편집을 오늘까지 끝내는 건 포기하고 지금까지 작업한 내용을 저장했다.

카디건을 걸치고 있는데 맞은편 책상의 리카 씨가 눈빛으로 신호를 보냈다. 이제 곧 퇴근할 시간인데 웬 소집이냐는 불만이 전해져 왔다.

어쩔 수 없다는 듯이 어깨를 으쓱해 보이고 사장님에게 갔다.

노다 씨도 조금 늦게 떨떠름한 얼굴로 다가왔다.

"뭐야, 이게 다냐?"

사장님이 내게 시선을 보냈기에 "네." 하고 대답했다.

"직원들의 예정은 온라인 스케줄표대로예요. 곧 전원이 퇴근할 시간이에요. 파트 근무 직원들은 3시에 이미 퇴근했고요."

그렇게나 대하기 어려웠던 사장님인데도 이제 업무상의 대답은 주눅 들지 않고 할 수 있게 되었다.

"뭐, 그래."

사장님은 벽에 걸어 둔 달력을 턱짓으로 가리켰다.

"올해 송년회 말인데, 24일에 개최한다. 일정을 비워 둬."

크리스마스이브를 완전히 무시하고 송년회 일정을 넣는다는 게 사장님답지만, 우리의 반응이 미적지근하다는 것도 빨리 알아채 주면 안 되는 걸까.

"저는 거기 참가 못 해요. 케이크도 예약해 뒀고요."

노다 씨가 도화선에 불을 댕기는 것과 동시에 리카 씨가 "저도요." 하고 말을 받았다.

"그날은 데이트가 있거든요."

"뭐?"

"저희 약혼했어요. 그날은 단둘이 보낼 예정이에요. 아, 연차 신청은 예전에 해 뒀고요."

입을 쩍 벌린 채 듣고 있던 사장님이 눈썹을 찡그렸다.

"사에키하고?"

"어머, 사장님. 사에키 씨하고는 애초에 사귄 적도 없거든요?"

"저희라고 하지 않았나?"

"코도부키 씨하고요. 저는 이제 곧 코도부키 리카가 될 거에요. 아, 참고로 결혼식은 3월이고, 그 뒤에 신혼여행으로 하와이에 가야 하니까 장기 휴가를 받을 예정이에요."

대체 언제 가까워진 건지, 두 사람의 약혼 소식을 들었을 때는 다들 놀라고 말았다. 혼자서만 아무것도 몰랐던 사장님은 말문이 막힌 모습이다.

사에키 씨는 봄에 기획연출부로 옮겨 간 이후, 사무실도 바뀌었기 때문에 온라인으로만 얼굴을 마주치게 되었다. 새 부서 일이 힘든지, 개인적으로 말을 걸어오는 일도 사라졌다.

모든 것을 바뀌게 마련이다.

지난 1년 동안 우리 여자 직원들의 결속이 강해진 것도 그 변화 중 하나였다.

"두 사람이나 못 온다고? 그럼 다른 날로 바꿔도 돼."

사장님이 짜증을 숨기지 못하고 혀를 찼다. 이번에는 내가 말할 차례겠지.

"이번 송년회는 27일 월요일에 하기로 했어요."

"27일은 너무 늦지. 게다가 월요일이라니?"

"이미 모두에게 메일로 설명했어요. 올해는 발주가 많아서 그

272

날이 종무식이 돼요. 그래서 그날 망년회를⋯."

"어쩌라고."

사장님이 더욱 불쾌해하는 게 보였다. 하지만 한 가지 더 보고해야 할 사항이 있었다.

"송년회는 업무 종료 후에 여기서 할 겁니다. 시간도 2시간으로 한정할 거고요."

"뭐?"

노골적으로 불쾌해하는 목소리를 못 들은 체하며 그대로 말을 이었다.

"회사에 피자 같은 걸 배달시켜서 가볍게 할 거예요. 연말은 다들 바쁘니까요."

"정시 이후엔 아이를 데려와도 된다고 쓰여 있던데. 고마워."

노다 씨의 목소리도 귀에 들어오지 않는지 사장님의 얼굴이 점점 새빨개졌다.

"그런 걸 누가 허가했지?"

분노를 억누르며 노려보는 눈이 무섭다.

그때였다.

"제가 허가했습니다."

외근에서 돌아온 카호 언니가 이쪽을 향해 걸어왔다.

머리를 짧게 자른 카호 언니는 최근 들어 더욱 예뻐졌다.

지난달, 직원들 앞에서 아이바 씨와 결혼한다는 사실을 밝힐 때의 카호 언니는 당당한 아름다움이 흘러넘쳤다.

사장님의 분노를 신경조차 쓰지 않고, 카호 언니는 가방에서 종이 한 장을 꺼냈다.

"여기에 개요를 적어 뒀어요. 메일로 보내 드렸지만 어차피 안 읽으셨겠죠."

"어쩌라고. 이런 데서 모인다니, 무슨 보이 스카우트냐? 좀 적당히 하라고…"

"전부터 말씀드렸지만요."

카호 언니가 천장을 슬쩍 바라보았다. 시선을 따라간 사장님의 표정이 겸연쩍게 바뀌었다. 지난 SNS 사건 이후로 설치해 둔 방범 카메라였다.

"사무실 상황은 저 카메라로 계속 녹화되고 있어요. 고함을 지르고, 책상을 내리치고, 한번 승인한 일을 뒤집고, 자택에서의 송년회를 강요하고. 이것들은 전부 갑질에 해당해요."

"너…"

사장님이 무섭게 노려보았지만 무슨 일인지 카호 언니는 피식 웃었다.

"한 번씩은 괜찮잖아요. 크리스마스이브는 가족끼리 보내요. 올해는 오빠도 집에 와 준다고 하니까요."

"하루야가?"

그건 나도 처음 듣는 이야기였다.

274

"오빠하고 연락이 된 거예요?"

깜짝 놀라 나도 모르게 끼어들자 카호 언니는 "응." 하고 기쁘게 웃었다.

"실은 몰래 연락하고 있었어. 내가 결혼한다는 말을 하니까 엄청 기뻐해 줬거든. 가족을 데리고 놀러 오기로 한 거야."

"그럼 아이바 씨도 오시겠네요."

"물론이지."

할 말을 잃은 사장님에게 카호 언니가 한 걸음 다가갔다.

"오빠랑 만나는 것도 기대되지만, 새언니랑 하루카를 만나는 게 더 기대돼. 하루카는 이제 세 살이래. 할아버지도 미리 선물 준비해 두세요."

그렇게 말하며 사장님의 어깨를 두드리는 모습은 작년까지의 카호 언니와 완전히 딴 사람 같다. 등을 꼿꼿이 펴고 엄격함과 따뜻함을 동시에 드러내며 사장님을 어린아이 다루듯 하고 있었다.

잠시 말없이 고개를 숙이든 사장님이 불안하다는 듯이 카호 언니를 올려다보았다.

"세 살 여자애한테는 뭘 사 줘야 하지?"

카호 언니는 "그럼…." 하고 손목시계를 확인했다.

"지금부터 같이 사러 갈까요?"

"알았다. 내 차로 가지. …오늘은 먼저 돌아간다. 수고들 해."

둘이서 사무실을 빠져나가는 걸 눈으로 배웅하고 사무실에 남은 우리들은 서로의 얼굴을 마주 보며 큰 소리로 웃었다.

올해는 좋은 겨울이 될 것만 같다.

…하지만 그런 예감이 환상에 불과하다는 걸 난 알고 있다.

이 겨울, 난 죽게 될 테니까.

육교 위에서 보이는 풍경은 나도 모르는 사이 많이 바뀌었다.

높은 굴뚝 같은 빌딩이 멀리 보이고 바로 앞쪽에는 맨션이 늘어서 있다. 도로 옆에 있던 카페는 소형 헬스장이 된 지 오래다.

구름 한 점 없이 쾌청했던 오늘. 저녁이 되어도 주황색 하늘은 겨울답게 계속 맑았다.

퇴근길에는 늘 육교 위에서 멈춰 서게 된다.

시시각각 밤의 풍경을 바꿔 가는 하늘을 올려다보고 있는데 후코쨩에게서 전화가 왔다.

[여보세요, 딸. 나도 들었어. 카호가 결혼한다면서.]

흥분을 감추지 못하는 후코쨩의 목소리가 너무 커서 스마트폰을 귀에서 조금 떨어뜨렸다.

"그래, 그래. 드디어 남친하고 결혼에 골인한 거지."

[사위로 받아들이기로 한 거잖아. 대단하네. 축하 선물로 뭘 해 주면 좋을까.]

결혼식까지는 아직 멀었다고 말하려다가 입을 닫았다. 하루하루는 순식간에 흘러가고, 정신을 차리고 보니 벌써 가을이다. 카호 언니뿐만 아니라 리카 씨의 결혼식도 순식간에 다가올 것이다.

[그러고 보니 얼마 전에 보낸 편지는 읽어 줬어?]

"읽었어. 최근에 유독 많이 보내던데, 너무 급하게 쓰는 거 아냐? 가끔 알아볼 수 없을 만큼 글자가 흐트러진 편지가 있던데."

[…]

사흘 전에 튀김을 만들다가 오른손가락에 화상을 입었다. 그걸 후코쨩에게 말했더니 어제 받은 편지에는 화상 자국의 처치 방법이 자세히 적혀 있었다. 어지간히 급하게 썼는지 글씨가 엉망이었다.

"여보세요. 듣고 있어?"

[듣고 있어. 그런데 내가 뭐라고 적었더라?]

쓰자마자 까먹는 건 후코쨩에겐 일상이었다.

"화상 처치에 관해서였잖아."

[아, 그랬지, 그랬지. 네가 너무 걱정됐는걸. 그보다도 연말연시에는 집에 올 거지? 야마모토 씨네 아줌마가 너한테 소개하고 싶은 사람이 있대.]

"방금 그 말 때문에 갑자기 가기 싫어지는데."

솔직하게 말하자 스마트폰 너머에서 야유하는 목소리가 들려왔다.

[내 체면을 봐서 한 번만 만나 줘. 내가 이렇게 부탁할게.]

고개를 숙이든 손을 모으든, 전화로는 알 수가 없다.

"올해 생일에도 올라올 거지? 자세한 얘기는 그때 해. 그럼 또 연락할게."

후코쨩은 불만스러운 눈치였지만 나는 억지로 통화를 끝냈다. 올해 생일은 월요일이라 출근해야 하지만 오후부터는 반차를 쓰기로 했다. 참고로 후코쨩은 토요일부터 올라와 있기로 했다.

난간에 팔을 기댄 채 차도를 내려다보았다. 가로수에 붙은 전구 장식이 푸르게 반짝이는 걸 보면 이제 6시가 넘었다는 뜻이었다.

매년 바뀌지 않는 계절의 상징. 이 소박한 전구 장식을 매년 기대하는 사람은 나 정도밖에 없을 것이다.

발소리가 들려서 고개를 들자 당연한 듯이 아츠키가 서 있었다. 검은색 체스터 코트에 하얀색 니트가 작년보다 그를 더 어른스럽게 보이게 했다.

전구 장식으로부터 등을 돌리듯 난간에 몸을 기대더니 아츠키가 평범한 인사를 했다.

"안녕."

"안녕. 오랜만이야."

"왠지 어른스러워 보이네."

"그건 내가 할 말이지. 서로 한 살씩 먹은 거구나."

그렇게 평범한 대화를 해 보지만 사실은 잔뜩 긴장하고 있었다. 겨울이 되고 아츠키와 만날 때마다 내 운명의 날이 가까워지는 셈이니까. 게다가 올해는….

동시에 이제야 만났다는 기쁨도 있었다. 내 운명을 알고 있는 유일한 사람과.

길게 뻗은 앞머리 사이로 나를 확인하듯 바라보던 아츠키는 고개를 갸웃거렸다.

"당연히 어두운 표정일 줄 알았는데. 의외로 좋아 보이네. 즐거운 1년이었어?"

방금 했던 말 취소. 천진난만한 표정을 짓는 아츠키를 보니 나 혼자만 나이를 먹은 기분이 든다.

"올해는 즐거운 한 해였어. 카호 언니도 기운을 되찾았고, 직장에서도 힘든 일이 없어졌거든. 전부 아츠키의 조언 덕분이야."

"솔직한 히마리는 히마리 같지가 않은데."

괜한 심술을 부리면서도 아츠키의 입가에는 미소가 맺혔다.

올해는 따뜻한 편이라 해가 지면서 기온이 내려갔는데도 서로의 입에서 하얀 입김은 새어 나오지 않았다.

아츠키가 내 손을 잡았다. 너무 자연스러운 흐름이라 반응하는 게 늦어지고 말았다.

"다른 뜻은 없어. 그냥 보기 위해서니까."

"…알고 있어."

한동안 그대로 까만 하늘을 올려다보았다. 죽을 거란 예언을 처음 들었던 날로부터 4년. 많은 일을 겪었지만 지금도 이렇게 살아 있다. 나 자신이 조금은 바뀐 기분도 든다.

혹시 죽음의 운명이 사라진 게 아닐까?

지난 1년 동안 몰래 품어 왔던 기대는 다음 순간 아츠키가 깊게 내쉰 한숨으로 쉽게 부정당했다.

"역시 운명은 바뀌지 않았어. 올겨울, 넌 죽게 돼."

아츠키가 손을 놓자 조금 전까지는 느껴지지 않았던 추위가 몰려왔다.

"사슬의 색을 바꾸라고 했잖아. 바뀌지 않았어?"

"사슬은 인연을 나타내. 너와 엮인 누군가의 거짓말 때문에 올겨울 너는 절망과 직면하게 될 거야."

"절망…."

사에키 씨의 거짓말. 카호 언니가 일으킨 반란. 그 두 번 모두 사실을 알게 되었을 때는 충격과 동시에 슬픔을 느꼈다. 그보다 깊은 슬픔이 기다리고 있다면 나는 과연 그걸 견뎌 낼 수 있을까?

아츠키가 난간에서 떨어지며 내 쪽으로 몸을 돌렸다.

"히마리가 절망하는 원인은 대충 알 것 같아. 하지만 운명을 바꾸려면 직접 알아내고 직접 저항할 수밖에 없어. 그러니까 더 이상은 말해 줄 수 없어. 미안."

"아니야…."

신기했다. 나보다도 아츠키가 더 슬퍼 보인다는 게.

"나 때문에 미안해."

나도 모르게 흘러나온 말에 내가 놀라고 말았다.

"아… 그게, 내 미래를 읽어 내면서 괜한 걱정을 하게 되니까 말이야."

"힘든 건 내가 아냐. 히마리지."

갑자기 차가운 말투로 바뀌었다. 아츠키는 마치 아지랑이 같다. 가까이 다가갈수록 멀리 도망치는 덧없는 신기루.

찬바람이 소리도 없이 머리카락을 휘날리며 우리 사이를 스쳐 지나갔다.

마치 코앞까지 다가온 죽음을 예고하는 것 같아서 마음이 불안하게 흔들렸다.

"그래도…."

그는 바람을 바라보듯 얼굴을 들었다.

"히마리에게는 감사하고 있어. 내게는 암흑이기만 했던 겨울을 조금은 밝게 만들어 줬으니까."

전에도 그런 이야기를 했던 게 기억났다. 아츠키에게 겨울이란 계절은 암흑이고, 나에게는 흰색이라고.

그게 이제는 꽤나 먼 옛날 일처럼 느껴졌다.

"이젠 오히려 내가 암흑으로 바뀐 것 같아."

"그럼 둘이 합치면 회색이겠네."

농담처럼 말한 다음, 아츠키가 날 똑바로 바라보았다.

"절망을 느끼더라도 너라면 분명 운명에 맞설 수 있을 거야. 뭐라고 말해야 할지 잘 모르겠지만, 응원할게."

고개를 끄덕이는 내게 아츠키가 처음으로 하얀 치아를 드러내며 웃어 주었다.

12월 13일, 월요일. 아침부터 가슴이 술렁이는 기분이 들었다.

집을 나서자마자 소나기에 맞은 것, 카호 언니가 열이 나서 회사를 쉰 것, 회사 인터넷이 끊어져서 복구에 시간이 걸렸던 것, 그리고 예상외로 많은 영상 수정 지시가 내려진 것까지….

다 세자면 끝이 없을 정도의 문제가 이어지며 점심시간도 쉬지 못하고 작업을 진행하고 있었다.

"그럼 수정은 이쪽에서 작업하겠습니다."

PC 모니터에 표시된 코토부키 씨가 언제나처럼 빠른 말투로 그렇게 말했다.

"번거롭게 해 드려서 죄송해요. 납기일이 내일…."

"아침까지죠? 어떻게든 될 거예요."

"잘 부탁드립니다."

"무슨 일이 생기면 연락할게요."

코토부키 씨의 왼손에 빛나는 새 약혼반지에 관해 말할 새도 없이 온라인 회의는 바쁘게 종료되었다.

종무식까지는 이제 2주 남았다. 상당히 급한 속도로 진행하지 않으면 업무가 끝날 것 같지 않았다.

"남은 건…."

메일 화면을 열자 답장이 필요한 내용이 몇 가지 보였다.

"수고하십니다!"

자동문이 열리는 걸 못 기다렸는지 리카 씨의 목소리가 먼저 들렸다.

"정말 최악이에요. 계약에 늦겠어요!"

겨울인데도 이마에 땀을 흘리며 달려오는 리카 씨에게 계약서가 든 봉투를 건넸다.

"어, 미리 준비해 주신 거예요?"

"다른 회사 계약서를 작성하는 김에 만들어 뒀어. 일단 상대측 이름은 확인해 둬."

"감사합니다. 정말이지, 진짜 연말은 장난 아니네요."

"상대측…."

말이 끝나기도 전에 리카 씨는 다시 뛰쳐나가 버렸다.

아무도 없는 사무실에서 메일에 답장을 쓰고 있는데 뇌리에 아츠키의 얼굴이 떠올랐다. 지난 며칠 동안은 혼자 있을 때마다 자동 재생 상태였다.

직장인이 된 뒤로 많은 문제와 마주쳤지만 지금까지는 전부 극복할 수 있었다. 그건 전부 아츠키 덕분이었다.

"절망이라…."

아츠키는 날 걱정해 줬지만 무슨 일이 생기더라도 지금은 괜찮을 것 같다.

하지만… 이 겨울에 찾아온다는, 나를 죽음으로 이끄는 시련이라는 게 대체 뭘까? 가끔 형용할 수 없는 불안에 짓눌리는 기분이었다.

자동문이 열리는 소리에 얼굴을 들자 사장님이 "수고가 많군." 하며 들어왔다.

"고생하셨습니다."

"차 좀 부탁하지."

"네."

탕비실로 향하면서 자꾸만 웃음이 나오는 입가에 힘을 주었다.

온라인에 등록된 스케줄표를 확인하고 카호 언니가 없을 때만 몰래 사무실에 오게 된 사장님. 자기 의견을 거침없이 말하게 된 카호 언니를 피한다는 게 뻔히 보였다.

오늘은 카호 언니가 쉬는 날이라 당당히 출근한 것이리라. 요즘은 그런 사장님이 조금 귀엽다는 생각이 들었다.

"여기요. 저기, 카호 언니는 좀 괜찮은가요?"

"독감이라 방에서 농성 중이야. 쇼핑 목록만 건네받았으니까 이제부터 사러 가야 해."

사장님이 양복 가슴 주머니에서 반으로 접힌 메모를 꺼냈다. 들여다보니 '스포츠 드링크(칼로리 제로)×3, 우동(당질0)×1, 달걀(6개 들이)'라는 식으로 자세히 적힌 목록이었다.

내가 대신 사다 줄 수도 있지만, 따뜻한 눈빛으로 메모를 바라보는 사장님에게는 괜한 참견일 것이다.

누가 봐도 알 수 있을 만큼 사장님의 태도는 유연해졌다. 그건 분명 카호 언니 덕분이자 하루야 오빠와 그 가족 덕분일 것이다.

"뭐야, 혼자 히죽거리고."

"아뇨. 왠지 사장님이 기뻐하는 것처럼 보여서요."

"뭐, 그래. 정말이지, 카호 녀석. 나한테 차갑게 대하니까 벌 받은 거라고."

사실은 카호 언니에게 부탁받은 게 기뻤을 것이다. 고개를 숙이고 다시 업무를 하러 가려는데 "그러고 보니." 하고 사장님이 말을 이어 나갔다.

"히마리도 여기에 온 지 꽤 됐지? 이젠 완전히 카호같이 변해 버렸어."

"카호 언니는 제 롤모델이니까 기쁜데요?"

"칭찬하는 게 아냐. 잘 들어. 그런 녀석을 롤모델로 삼으면 안 돼. 너는 어릴 때부터 착하고 얌전해서 난 그런 모습이 좋았다고. 왠지 집사람하고 닮은 느낌이었으니까."

돌아가신 큰엄마 이야기를 할 때 사장님은 늘 슬퍼 보였다. 자기도 그걸 아는지 얼버무리듯 차를 마시다가 너무 뜨거운지 눈을 깜빡거렸다.

"큰엄마가 돌아가시고 벌써 2년이라니. 세월 참 빠르네요."

"카호는 결혼하면 집을 나가겠다더군. 결국 집에 나 혼자 남게 됐어."

카호 언니가 알려 준 정보에 따르면, 크리스마스이브에 하루야 오빠 가족이 와서 앞으로 어떻게 지낼지를 의논한다고 한다. 하루야 오빠는 "세 식구가 함께 갈 수 있다면 본가로 들어갈 수도 있다."라고 말했다고 하는데, 이건 사장님에겐 비밀이었다. 그리고 이 회사에 입사할 생각이 있다는 것도 입이 가벼운 사장님에게는 아직 비밀이다.

사장님과 달리 난 입이 무거우니까.

"그러고 보니, 후코 제수씨는 건강한가?"

사장님의 입에서 후코쨩의 이름이 나오는 건 오랜만이었다.

"덕분에 여전히 매일 같이 전화를 해 와요."

"매일? 그것 참 힘들겠군."

"건강한 건 좋지만, 울다가 웃다가 화내다가 또 울고. 희로애락의 감정이 얼마나 격렬한지 몰라요."

사장님이 쓴웃음을 짓다가 문득 생각났다는 듯 눈을 가늘게 뜨며 말했다.

"그렇게 건강해진 건가. 결혼할 당시하고 비교하면 딴 사람 같아졌어."

"네? 옛날하고 지금의 후코쨩… 엄마는 인상이 다른가요?"

내 기억으로는 옛날부터 후코쨩은 그대로 후코쨩이었다. 무슨 일이든 저돌적으로 부딪히다가 울음을 터뜨리고 나중에 크게 웃는다. 그런 이미지밖에 없다.

"전혀 달랐지. 마모루가 처음 데려와서 소개할 때는 '저렇게 어두운 사람이랑 결혼해도 괜찮은 거야?' 하고 친척들이 다 걱정했을 정도니까."

"깜짝 놀랐는데요. 그거, 정말로 우리 엄마 얘기예요?"

갑자기 믿기는 힘든 이야기다. 어두운 후코쨩이라니, 싸운 직후 말고는 본 적이 없고 그것도 오래 이어진 전례가 없다.

의자 등받이에 몸을 기댄 사장님이 감상에 잠기듯 말했다.

"네 덕분에 제수씨는 다시 일어설 수 있었던 거야."

다시 일어섰다고…? 무슨 뜻인지 알 수 없어서 애매하게 고개를 끄덕였다.

"이건 비밀인데…."

입이 가벼운 건 좀 고쳐야 하지 않나 싶다. 그런 생각도 이어지는 사장님의 말에 확 날아가 버렸다.

"제수씨는 그 시절에 살아갈 기력을 잃어버린 상태였으니까."

"네…?"

생각지도 못한 단어에 머릿속이 새하얘졌다.

"심정은 이해해. 겨우 생긴 아이를 유산한 거니까."

아침부터 이어지던 불길한 예감이 단숨에 밀려오는 듯한 느낌이었다.

후코쨩이 유산했다고…? 그런 이야기는 한 번도 들어 보지 못

했다.

현기증이 나서 버텨 서려고 했지만 다리에서 힘이 빠져나가는 게 느껴졌다.

혼란스러운 기운데 사장님의 스마트폰이 울렸다.

"아마….."

사장님은 스마트폰을 바라보며 말했다.

"유키코라는 이름까지 지어 놓고 상당히 기대했던 것 같던데."

밤의 편의점이 암흑 속에서 우주선처럼 눈에 띄었다.

전자음에 환영받으며 안으로 들어가서 바로 복사기 앞으로 다가갔다.

그 뒤로 일이 손에 잡히지 않았다. 노다 씨와 리카 씨가 돌아간 뒤에도 사장님의 말이 머릿속에서 떠나지 않았다. 정신을 차리고 보니 두 사람은 이미 퇴근한 뒤였다.

후코쨩이 유산을 했다니…. 업무 한 가지를 마무리할 때마다 그 생각만 떠오르고 있었다.

유산했다는 건 나에게 언니가 있었지만 태어나지 못했다는 뜻이다. 하지만 '유키코'라는 이름은 기억이 났다. 몇 년 전 편지에 그 이름이 적혀 있었으니까. 내가 태어난 날에 눈이 많이 내려서 '유키코라는 이름이 유력 후보로 떠올랐을 정도였지.' 분명 그런 내용이었던 걸로 기억한다.

혹시 이게 이번 겨울의 시련과 상관이 있는 게 아닐까…?

어쩌면 유키코가 이 세상에 태어났을 수도 있다는 생각까지 이른 건 야근이 끝난 직후였다. 나에게는 죽은 언니가 있었을 가능성이 높았다.

그렇다면 호적 등본에 해당 내용이 남아 있을 것이다.

그런 생각이 들자 당장이라도 알아보고 싶었고 편의점에서 호적 등본을 뗄 수 있다는 사실을 떠올렸다. 전에 이용 등록을 신청해 둔 게 다행이었다.

복사기 앞에 서자 문득 손이 멈췄다.

'내가 지금 뭐 하는 거지….'

내가 태어나기도 전에 벌어졌던 불행한 사건을 이제 와서 알아낸다고 달라질 건 없다. 후코쨩과 아빠가 내게 말하지 않았던 건 쓸데없는 걱정을 끼치고 싶지 않아서일 것이다. 그게 분명했다.

그리고 태어나지 못했던 유키코라는 이름을 나에게 붙이려고 했다.

냉정히 생각해 보면 그런 내용이 호적 등본에는 실려 있지 않을 것이다.

다 아는데도 어쩔 수 없는 불안감을 씻어 낼 수 없었다.

'올겨울, 절망과 직면하게 될 거야.'

귓가에서 아츠키가 속삭이는 느낌이 들어 주위를 둘러보았다. 하얀 조명이 눈부신 편의점 안에는 다른 손님이 없었고 당연히 아츠키도 없었다.

'괜찮아….'

만약 유키코가 세상에 태어났었다면 절망보다는 오히려 감사의 마음이 클 것이다.

나 자신을 몰아붙이듯 동전을 집어넣고 패널을 조작해서 '호적등본 전부 사항 증명서'의 항목을 터치하고는 숨죽인 채 기다렸다. 복사기가 부르르 떨리며 종이를 뱉어 내기 시작했다.

다시 한번 '괜찮아.' 하고 중얼거리고 나서 종이를 눈앞으로 가져왔다.

'호적'란에 아타미의 주소와 아빠의 이름인 '키타오리 마모루'가 적혀 있었다.

'호적에 등록된 사람'은 크게 3개의 칸으로 나뉘어져 '마모루', '후코', 그리고 내 이름인 '히마리'라고 적혀 있었다. 어디에도 유키코라는 이름은 없다.

온몸에서 힘이 빠져나가는 동시에 거스름돈 배출구로 잔돈이 떨어지는 소리가 났다.

역시 유키코는 태어나지 않았던 거구나….

사장님의 수다에 농락당했다는 게 억울했다. 이게 이번 겨울의 시련이라고 믿었는데….

내일도 격무에 시달려야 할 테니까 빨리 집에 가서 자야겠지. 종이를 반으로 잡으려다가 문득 이상한 점을 느꼈다.

본적	시즈오카현 아타미시 츄오구 이이다 ×-××
성명	키타오리 마모루
호적사항	생략
호적편제	
호적에 기록된 사람	【이름】 마모루 【생년월일】 1969년 7월 10일 【배우자 구분】 남편 【아버지】 키타오리 쇼지 【어머니】 키타오리 유코 【가족관계】 차남
신분 사항	
출생	생략
혼인	
호적에 기록된 사람	【이름】 후코 【생년월일】 1975년 4월 3일 【배우자 구분】 아내 【아버지】 카즈오 【어머니】 미츠코 【가족관계】 장녀
신분사항	
출생	생략
혼인	
호적에 기록된 사람	【이름】 히마리 【생년월일】 2001년 12월 20일 【아버지】 키타오리 마모루 【어머니】 키타오리 후코 【가족관계】 장녀
신분사항	

출생	생략
민법 817조의 2	【민법 817조의 2에 따른 재판확정일】2003년 12월 24일 【신고인】부모 【종전 호적】시즈오카현 아타미시 츄오구 이이다 ×-××

내 이름 밑에 있는 '신분사항'란에 '민법 817조의 2'라고 적혀 있었다.

등줄기가 섬뜩해지는 것이 느껴졌다.

이건… 뭐지?

오른쪽 항목으로 눈을 돌리자 '민법 817조의 2에 따른 재판확정일'이라고 적혀 있고, 내 두 살 생일이 적혀 있었다.

두 살 생일에 재판이 확정됐다니…?

혹시 유키코에서 히마리로 개명이 된 걸까?

스마트폰을 꺼냈더니 손가락이 우스꽝스러울 만큼 바들바들 떨리고 있었다. 머릿속에서 울리는 경보음이 보면 안 된다고 경고하는 듯했다.

인터넷의 검색창에 '민법 817조의 2'라고 입력하는 데도 많은 시간이 걸리고 말았다. 표시된 검색 결과 중에서 가장 위에 표시된 것을 터치하자 곧 그 글자가 눈에 들어왔다.

그 후 어떻게 집에 돌아왔는지 기억나지 않는다.

정신이 들고 보니 나는 다리에 힘이 풀린 채 내 방 벽에 몸을 기댄 상태로 앉아 있었다.

"특별 양자 결연…."

나는… 양녀였던 거야.

엄마 아빠의 친자식이 아니었어. 두 살 생일에 아빠와 후코쨩의 딸이 된 거였어….

그럴 리가 없다고 부정하고 싶어도 호적 등본이 거짓말을 할 리는 없었다. 기도하듯이 양손을 깍지 끼고 있다는 걸 깨닫고 한 번 심호흡을 하며 몸을 이완시켰다.

팔을 뻗어 가방 안에서 스마트폰을 꺼냈다. 후코쨩의 부재중 전화가 2건 있는 것을 보고 스마트폰을 뒤집어 놓았다.

도저히 후코쨩과 대화할 기분이 아니었다.

방 안에 있는데도 희미하게 하얀 입김마저 보였다. 온풍기 리모컨을 가지러 갈 기운도 없었다. 에어컨 리모컨을 가지러 갈 기운도 없었다. 힘없이 무릎을 안으며 몸을 잔뜩 웅크렸다.

오른손을 들었다가 힘껏 주먹 쥐어 보았다.

괜찮아. 아직 이 현실에 간신히 버티고 있어.

만약 아츠키와 만나지 못했다면 훨씬 동요했을 것이다. 조금이나마 마음의 대비가 되어 있던 게 그나마 다행이었다.

설마 그게 이런 사실일 줄은 상상도 못 했지만. 아무 것도 모르는 상태였다면 답답한 감정을 전부 후코쨩에게 쏟아 냈을지도 모른다.

'괜찮아…….'

오늘만 몇 번째인지 모를 격려의 말을 중얼거렸다.

학생 시절에 이 사실을 알았다면 지금보다 훨씬 큰 충격을 받았을 것이다. 이제 곧 스물여섯 살인데 '이 정도 일로 동요하면 안 돼.' 하고 나 자신을 타일렀다.

그래. 후코쨩은 어떤 부모보다도 큰 애정을 내게 쏟아 주고 있고 아빠도 늘 날 따뜻하게 지켜봐 줬어.

설령 친부모가 아니라 해도 두 사람에게 받은 사랑은 진짜였어.

몸이 떨리면서 이가 딱딱 부딪쳤다. 그게 추위 때문인지 공포때문인지도 알지 못한 채 옷을 갈아입고 침대 위로 파고들었다.

눈을 질끈 감자 어째서인지 다섯 살 생일날에 혼자 후코쨩을 기다리는 내 모습이 보였다.

그곳에 후미 이모의 모습은 없었다. 그날의 불안감이 시간을 초월해서 내게 덮쳐 오는 것만 같다.

오늘 밤엔 잠이 올 것 같지 않았다.

금요일에 카호 언니가 같이 점심을 먹자고 했다.

우편물을 보내고 돌아오는 길에 전화를 받고 최근에 생겼다는 회사 근처의 카페로 갔다.

카페 앞에는 개점을 축하하는 호접란 화환이 여러 개 놓여 있었다. 목재 문을 열고 들어가자 젊은 부부가 모자와 앞치마를 나란히 맞춘 모습으로 맞아 주었다.

친절한 미소에서 눈을 돌리자 4인용 테이블이 여러 개 놓여 있었다. 심플한 테이블에 목재 의자. 안쪽 자리에서 손을 들어 보이는 카호 언니.

그 모든 게 꿈속에서 보는 광경 같았다.

"갑자기 미안."

자리에 앉자 카호 언니가 그렇게 말했다.

"오늘 점심은 파스타래. 다른 메뉴도 있다고는 하는데…."

"파스타도 괜찮아요."

코트를 벗지 않았다는 걸 깨달았다. 엉거주춤한 자세로 벗자 가게 주인이 행거에 걸어 주었다.

"그럼 오늘 런치 메뉴 2개 주문할게요. 디저트는 커피로요. 히마리는?"

"아… 똑같은 걸로."

가게 주인은 주문 내용을 한 번 더 확인하고는 상쾌한 미소를 남기며 부엌으로 사라졌다. 다른 손님의 모습이 없어서인지 음악

소리가 유독 크게 들렸다.

무슨 말이든 하고 싶어도 지난 며칠 동안은 그럴 만한 기력이 없었다.

호적 등본을 본 이후로 내가 양녀라는 사실을 받아들였다고 생각했는데 계속 그 생각만 머리에 맴돌았다. 시간차로 다가오는 충격이 날마다 나를 약하게 하고 있었다.

"히마리, 무슨 일 있어?"

"어…?"

"요즘 몸이 안 좋아 보여서. 리카도 걱정하던데."

분명 진심으로 걱정해 주는 것이리라. 알고 있으면서도 카호 언니의 눈을 쳐다볼 수 없었다.

"괜찮아요. 며칠 동안 잠을 잘 못 자서 그래요."

"혹시 사에키 씨 때문이야?"

"아니에요. 지금은 온라인 회의로만 만나는데요."

더 이상 언급하고 싶지 않다는 걸 알아챘는지 카호 언니는 화제를 바꾸었다.

27일까지의 스케줄. 송년회. 그리고 아이바 씨와의 관계.

그 말들이 전부 내 표면에만 맴돌다가 미끄러지며 떨어져 갔다. 집중해서 듣고 싶어도 머릿속에 잘 들어오지 않았다.

파스타를 억지로 입에 넣고, 식후 커피를 마셨다.

지금 카호 언니는 아이바 씨와의 결혼식에 관한 이야기를 하고 있다. 결혼식에 하루야 오빠도 참석한다니까 히마리도 꼭 와. 기쁜 듯이. 즐거운 듯이.

이렇게 행복해 보이는 미소가 또 있을까? 나로서는 두 번 다시 지을 수 없을 그 미소가 부러웠고 그 이상으로 질투가 났다.

카호 언니에게 화풀이를 해 봐야 의미가 없다는 걸 알지만 무거운 감정에 휩싸이고 있었다.

문득 침묵이 내려앉았다. 시선을 향하자 카호 언니는 눈을 내리깔고 있었다.

정신 차려야지. 무슨 말이든 꺼내 보려고 입을 연 순간, 카호 언니가 결심을 굳힌 듯이 고개를 들었다.

"지난 며칠 동안 계속 우울해 보이던데. 다른 직원들도 걱정하더라."

자각하고는 있었다. 하지만 누구에게도 털어놓을 수가 없었다.

"사장님한테 물어보니까 쓸데없는 말을 해 버렸는지도 모르겠다고 하던데. …들은 거지?"

"…."

"후코 숙모가 유산했다는 거."

속삭이는 듯한 목소리가 귀에 닿았다.

"아… 응."

'이미 옛날 얘기잖아.', '정말, 사장님은 입이 가볍다니까.', '많이 놀랐어.'라고 다음에 꺼낼 말이 여러 개 떠올랐다.

그중 어느 것도 이 자리에는 어울리지 않는다는 생각이 들었다.

사장님은 유산했다는 사실밖에 말하지 않았다. 아마 카호 언니도 내가 양녀인 건 모를 테니까, 절대 들키지 않도록 해야….

"어디까지 알고 있어?"

나를 똑바로 바라본 채로 카호 언니가 물었다.

시간이 멈춰 버린 것만 같았다. 카호 언니의 눈동자가 슬픔으로 흔들렸기 때문이다.

"…카호 언니는 어디까지 알고 있는데?"

똑같은 질문으로 대답하자 그녀는 곤란한 듯이 시선을 피했다.

…내가 양녀라는 걸 카호 언니는 알고 있는 거구나.

난 그 표정을 보고 확신했다.

"카호 언니는 언제부터 내 출생에 대해 알고 있었어?"

카페에 흐르던 음악 소리가 썰물처럼 멀어져 갔다.

카호 언니는 예상치 못한 질문에 고개를 숙이면서 "그게…." 하고 말을 꺼내다가 입을 다물어 버렸다. 잠시 기다렸지만 아무 말도 해 주지 않았다.

그럴 거면 왜 먼저 말을 꺼낸 건지 알 수 없었다.

"내가 양녀라는 걸 알고 있던 거지?"

핵심을 찌르는 질문에 그녀는 굉장히 동요하는 표정을 지었다.

"그게… 말이지, 사장님이 옛날에…."

카호 언니는 몇 번이고 앞머리를 만지작거리면서 횡설수설하는 변명을 늘어놓았다.

"아니, 하지만 나도 이미 까맣게 잊고 있었을 정도였으니까…."

납덩이처럼 무거운 공기가 숨을 들이마실 때마다 뱃속에서 점점 부풀어 올랐다.

지난 며칠 동안 내 상태가 이상해진 원인을 카호 언니는 이미 알고 있었다. 그러면서 아무것도 모르는 척 "무슨 일 있었어?" 하고 뻔뻔하게 물었던 거야….

"도쿄에 오기 전부터, 아니, 그보다도 훨씬 전부터 알고 있었는데, 불쌍하니까 말할 수가 없었던 거겠네."

"그런 건…."

"그래서 도쿄에 온 뒤에도 후코쨩하고 계속 연락을 주고받았던 거고."

이제야 알겠다.

후코쨩과 카호 언니가 똑같이 해외여행을 반대했던 건 여권을 만들려면 호적 등본이 필요하기 때문이었다.

만약 그렇게 되면 사실을 알게 될지도 모르니까. 어쩌면 큰엄마까지 알고 있었을지도… 아니, 당연히 알았겠지.

"히마리, 그런 게 아냐."

눈물을 글썽이는 카호 언니가 비겁하다는 생각이 들었다.

울고 싶은 건 나인데. 거짓말에 속은 사람은 나인데.

"그래…."

이거였구나. 모든 사람이 나에게 거짓말을 하고 있었어.

양녀라는 걸 알려 주지 않아서 억울한 게 아니다. 나만 몰랐다는 것에 이렇게나 상처받았다.

그렇게 생각하면 아빠의 따뜻함이나 후코짱의 과한 걱정도 설명이 된다. 사장님이 나에게만 호통을 치지 않았던 것도, 카호 언니가 내게 친절했던 것도….

모든 일에는 이유가 있었다. 모든 것이 거짓말이었다.

자리에서 일어난 내 손을 카호 언니가 강하게 붙잡았다.

"부탁이야, 들어 줘. 그런 게 아니야."

아츠키가 말했던 게 바로 이것이었나 보다. 긴 시간 동안 거짓말의 사슬이 나를 휘감고 있었다.

하지만… 아직은 괜찮다.

"괜찮아요. 조금 놀란 것뿐이니까요."

손을 부드럽게 떼어 내며 의식적인 미소를 지었다.

거절당할 것을 각오하고 있었는지 카호 언니는 놀란 표정 그대로 손을 테이블 위로 툭 떨어뜨렸다.

"하지만 조금 충격이 커서…. 죄송하지만 다음 주에 휴가를 써도 될까요?"

끝까지 미소를 잃지 않고 말한 나 자신을 칭찬해 주고 싶었다.

그날 밤, 육교 위에 아츠키가 당연한 듯이 서 있었다.

이제 곧 밤 9시였다.

다음 월요일부터 일주일 동안 유급휴가를 쓰기로 했기 때문에 인수인계에 시간이 걸리고 말았다. 노다 씨는 쉬는 이유에 관해 한 마디도 물어보지 않았다.

그녀 나름의 배려라고 생각하는 한편, 그녀 역시 모든 걸 알고 있는 게 아닐까 하는 공포마저 느껴졌다.

카호 언니는 몇 번이나 이야기를 하고 싶다고 했지만 결국 도망치듯이 퇴근하고 말았다.

"얼굴이 엉망이네."

아츠키가 내 얼굴을 보며 그렇게 말했다.

"아츠키가 했던 말이 맞았어. 난 수많은 거짓말에 둘러싸여서 살았던 것 같아."

"울고 싶어?"

"울고 싶지만 안 울 거야."

입술을 깨무는 나를 보며, 아츠키는 "그래." 하고 어깨를 으쓱거렸다.

평소처럼 대해 주는 게 고마웠다. 그러지 않았다면 당장이라도 무너져 내릴 것 같았으니까.

"그래서, 거짓말이 뭐였어?"

난간에 몸을 기댄 아츠키의 뒤로 초승달이 떠 있었다. 미약한 달빛과 당장이라도 꺾일 것만 같은 얇은 모양은 내 마음과 닮아 있었다.

괜찮아. 아직 괜찮아….

"후코쨩이 유산한 적이 있었대. 어쩌면 나한테 언니가 있었던 건지도 몰라. 그리고… 난 양녀였대. 두 살 생일 때 입양된 거야."

"이제부터 어떻게 할 거야? 부모님한테 화풀이?"

"그런 짓 안 해."

"왜?"

오늘따라 아츠키는 귀찮을 정도로 질문만 해 대고 있다. 너무 지쳐 있어서 아무 말도 하고 싶지 않았지만 그와 만나고 싶었던 것도 사실이었다.

"두 사람 모두 친자식처럼 키워 줬어. 오히려 다른 부모들보다 훨씬 따뜻하게 보살펴 줬어."

아츠키는 흠, 하고 콧김을 내뿜더니 고개를 갸웃거렸다.

"그럼 왜 그렇게 화가 난 거야?"

갑자기 가슴 언저리가 뜨거워지더니 무언가가 울컥 솟구쳐 올라왔다. 눈물인가 했지만 그건 아니다. 이 감정은 아츠키의 말대로 분노였다.

"그야 나를 제외한 모든 사람이 알고 있었으니까. 거짓말에 계속 속아 왔다는 걸 알았는데 어떻게 아무렇지 않은 얼굴로 살 수 있겠어."

어째서 후코쨩과 아빠는 말해 주지 않았던 걸까. 말할 타이밍은 얼마든지 있었을 텐데, 어째서 계속 거짓말을 해 온 거야?

아츠키는 난간에 기댄 채로 팔짱을 끼었다.

"아무렇지 않은 얼굴을 하라는 건 아니야. 하지만 부모님이 널 생각하는 마음은 진짜야."

"그런 건 나도 알아."

아니까 괴로운 거야. 아니까 슬픈 거야.

마음껏 소리치고 싶은 감정을 대신하듯 입에서 하얀 한숨이 흘러나왔다.

"말로만 감사하는 게 아니라 마음으로 이해해야지."

"아츠키는 이해 못 해."

강한 어조로 말하는 나를 아츠키가 슬픈 눈빛으로 바라보았다. 똑같았다. 카호 언니와 노다 씨의 눈빛과.

아무도 내 기분이 어떤지 이해 못 한다.

"부모자식간의 사랑은 표면적인 말로 설명할 수 없을 만큼 강하고 깊어. 양쪽 모두 똑같은 만큼 서로를 생각한다고."

"그만해!"

발끈하며 소리를 지르고 말았다. 하지만 한번 터져 나온 감정은 갑자기 멈춰지지 않았다.

"무너지지 않으려고 필사적으로 버티고 있어. 아무것도 모르는 주제에 다 안다는 듯이 말하지 마!"

분해서 눈물이 나올 것만 같다. 부끄러워져서 얼굴을 숙이자 바람 소리가 들려왔다. 나를 아프게 때리듯 강하게 불어오는 바람이었다.

"아직…이야."

그 목소리에 용기를 내머 얼굴을 들었다. 눈물로 흐려진 세계에서는 아츠키의 얼굴도 흐릿해져 있었다.

"이 겨울, 너에게 찾아올 시련은 아직 더 남아 있어. 제발 너 자신을 잃지 마. 히마리가 진실이라고 믿는 것들이 전부 진실인 것은 아니야."

"…이제, 됐어."

한계였다. 현기증을 느끼며 양손으로 관자놀이를 억눌렀다.

"부탁이니까 그냥 내버려 둬. 그냥, 가 버려. 내 앞에서 사라지라고!"

눈을 질끈 감아 버렸다. 현실로부터, 나쁜 예감으로부터.

여기서 또 무슨 일이 벌어진다면 견디지 못할 것이다. 겨울은 확실하게 나를 죽음의 운명으로 이끌려 하고 있다. 그런 느낌이 들었다.

조용히 눈을 뜨자 이미 아츠키의 모습은 어디에도 없었다.

머리가 지독하게 아팠다. 귀와 손끝이 얼어붙을 만큼 차가운 공기를 헤치듯 육교 계단을 내려갔다.

일방통행 차도를 걸어가다가 전에 사고를 당할 뻔했던 것을 떠올렸다. 그날 아츠키와 만나지 않았다면 과연 어떻게 되었을까?

지난 몇 년 동안 겨울마다 찾아오는 운명 때문에 나는 이미 이 세상에서 사라졌을지도 모른다. 하지만 이렇게 괴로운 일을 겪을 바에는 운명에 그냥 휩쓸려 버리는 게 나을 뻔했다.

아아, 이런 생각이 드는 걸 보면 증상이 심각한 것 같다. 아츠키는 이 겨울에 다른 시련이 찾아온다고 말했는데.

견뎌 낼 수 있을까? 지금의 내가.

'괜찮아….'

자신을 타이르지만 하얀 숨결이 맥없이 생겨났다가 밤공기에 녹아 사라져 갔다.

내가 사는 맨션 건물이 가까워지자 불길한 예감이 들었다. 입구 자동문 안에 누군가가 서 있었다. 낯익은 캐리어를 들고 유리문에 얼굴을 딱 붙이고 있는 사람은 후코쨩이었다.

오늘은 스마트폰을 계속 들여다보지 않았다. 카호 언니와 점심을 먹고 난 뒤로 계속 무음 모드로 해 두었다.

"딸!"

후코쨩이 짐을 들고 달려왔다. 그래, 내가 출생의 비밀을 알게 됐다고 카호 언니한테 들은 거겠지…. 걱정이 되어 안절부절못하다가 상경한 것일 테고.

후코쨩의 심정을 손에 잡히듯 알 수 있었다.

"히마리, 내 딸."

몇 번이나 나를 부르는 이 사람은 진짜 엄마가 아니다.

하지만 진심으로 나를 사랑해 준 사람. 나에게 거짓말을 한 사람… 나에 관해 전부는 모르는 타인.

걸음을 멈추고 어둡게 탁해져 가는 머릿속을 털어 냈다.

후코쨩은 이미 눈에 눈물이 잔뜩 고여 있었다.

"미안해. 제대로 말하지 않아서 미안해."

여기서 소란을 피우면 이웃에 폐가 되겠지.

방에 들어온 뒤에도 후코쨩은 코트를 벗지 않고 손수건으로 눈물을 닦으며 계속 사과하고 있었다.

"후코쨩, 난 양녀였던 거구나."

내가 문을 열자마자 그렇게 묻자, 후코쨩은 굵은 눈물을 흘리며 천천히 고개를 끄덕였다.

이제 예전만큼의 충격은 느껴지지 않았다.

"사장님한테는… 큰아빠한테는 후코쨩이 말한 거야?"

"아니야. 아빠가 아주버님과 의논을 했고… 어느샌가 카호도 알고 있어서…."

"그럼 후미 이모한테는?"

그렇게 묻는 나를 보며 후코쨩은 눈에 띄게 동요했다. 시선을 정신없이 움직이다가 "미안해." 하고 고개를 숙였다.

역시 나 말고는 모두 알고 있었던 거야. 지독하게 비참한 기분이었다.

후미 이모가 오지 않게 된 건 미국에 갔기 때문이라고 생각해 왔다. 어쩌면 내가 양녀라는 걸 알고 관심이 없어져서 만나러 오지 않았던 건지도 모른다.

"내일 아빠도 여기 오기로 했어. 히마리에게 제대로 이야기해 주자고…."

이제 와서 설명을 듣는다고 무슨 소용이 있을까? 과거는 바꿀 수 없고 두 사람이 날 키워 줬다는 건 사실이니까 난 감사한 마음으로 전부 받아들일 수밖에 없는걸.

하지만 그렇다면 이 개운치 않은 감정은 어떻게 되는 거지?

"후코쨩. 한 가지 묻고 싶은 게 있어."

"응, 말해. 이제 다 대답해 줄게."

숨이 맞닿을 만큼 얼굴을 가까이 내미는 후코쨩에게 결심을 굳히며 물었다.

"만약에 큰아빠의 입이 무거웠다면, 내가 양녀라는 걸 계속 몰랐다면… 후코쨩은 나한테 말할 생각이었어?"

"그건…."

"언젠가는 말해 줄 거였어?"

"…."

힘겹게 고개를 숙이는 모습만으로 대답이 되었다.

후코쨩은 죽을 때까지 나에게 털어놓을 생각이 없었다. 분명 아빠도 같은 생각이었겠지.

"잠깐… 혼자 있고 싶어."

"안 돼. 그건 안 돼…."

울고 싶을 때마다 꼭 그렇게 먼저 눈물을 흘리니까 나는 참을 수밖에 없다. 내일 셋이서 이야기를 한다고 해도 분명 똑같은 일이 벌어질 것이다.

"전부 받아들일게. 그러니까 부탁이야… 혼자 생각하고 싶어."

오열하는 후코쨩이 마치 타인 같다. 아니, 실제로 타인이다.

"알았어."

내 목소리에 비통한 감정이 묻어나는 걸 느꼈나 보다.

"월요일부터 휴가지? 오후에는 와도 되니?"

후코쨩은 억지로 활기찬 목소리를 냈다.

"응. 다시 돌아가게 해서 미안."

"괜찮아. 그런 건 정말 괜찮아."

후코쨩은 캐리어를 열고 한 장의 편지를 꺼내더니 늘 그랬듯 내게 건넸다.

"지금 읽으면 틀리다고 생각할 내용도 있을지 모르지만…."

"고마워. 조심히 돌아가."

문이 닫힐 때까지 후코쨩은 몇 번이나 사과했다. 나를 상처입힌 것, 진실을 이야기하지 않은 것에 대해서.

거짓말로 만들어진 가족이라면 '언젠가는 말할 생각이었어.'라는 거짓말도 해 주지.

어째서 꼭 중요한 거짓말은 못 하는 걸까?

308

나는 아타미의 집에 있었다. 그날은 엄청 추웠고 어른들이 없을
때는 석유난로를 사용하지 못하게 해서 코타츠 안으로 들어가서
만화를 읽고 있었다.

　집 전화가 울렸다. 귀찮다고 생각하면서 팔을 뻗어 수화기를 들
었다.

　"여보세요. 키타오리입니다."

　전화 받는 방법은 후코쨩에게 배웠다.

　[히마리.]

　"후코쨩?"

　평소보다 기운이 없는 목소리에 불안해졌다. 이 사람은 정말 후
코쨩인 걸까….

　세상에는 무서운 사람이 잔뜩 있다고 후코쨩이 알려 주었다.

　[그래, 후코쨩이야. 춥지 않니?]

　아, 역시 후코쨩이었다. 나는 안도하며 수화기를 든 손에서 힘
을 뺐다.

　"괜찮아. 후코쨩, 이제 집에 오는 거지?"

　[미안해. 갑자기 일이 생겨서 늦어질 것 같아….]

　오늘은 아빠도 출장 가서 집에 없었다.

　"괜찮아. 후미 이모도 곧 올 테고."

창밖으로 보이는 하늘은 흐렸고, 벌써 밤이 온 것처럼 어두컴컴해졌다.

[미안해. 후미 이모도 갑자기 못 가게 됐어.]

"어, 또 넘어진 거야?"

지난여름에 왔을 때, 후미 이모는 발에 골절을 당했고, 그래서 제대로 걸을 수 없다고 투덜거렸다.

[아니. 급한 일이 생겼대. 나도 최대한 빨리 돌아갈 테니까 기다려 줄래?]

어지간히 급한 건지 후코쨩은 빠른 속도로 그렇게 말했다.

"괜찮아."

[미안해. 정말로 미안해.]

울먹거리는 목소리의 후코쨩. 나도 무슨 일이 있으면 금세 울어 버리지만 오늘은 조금도 외롭지 않다. 왜냐하면 기다리는 동안은 혼자서 마음대로 이 집에서 놀 수 있으니까.

살짝 강한 척하며 그렇게 생각하기로 하고 전화를 끊었다.

냉장고 안에는 후코쨩이 생일 파티용으로 아침에 만든 달걀 샐러드가 그릇째로 들어 있었다. 이걸 먹어 버리면 아무래도 혼날 것 같았다. 그래서 하루에 하나만 먹기로 약속하고 사 달라고 한 초콜릿 과자를 꺼냈다.

TV를 보거나 만화를 읽으면서 즐거웠던 건 처음뿐. 시간이 지날수록 불안한 마음이 커져만 갔다.

집이 유독 크게 느껴졌다. 바람이 캄캄한 창문을 때리는 소리가 괴물의 울음소리처럼 들렸다.

나는 도망치듯 다시 코타츠 안으로 들어갔다.

"빨리 돌아와⋯."

혼자가 즐겁다는 생각은 이제 안 할 테니까. 제발 부탁이니까 돌아와 줘.

울면서 몇 번이고 그런 생각을 했다.

코타츠 안이 너무 더워서 얼굴을 내밀자 싸늘한 공기가 뺨을 시원하게 식혀 주었다.

신기하게도 방금 전까지의 불안한 마음은 이제 없었다. 내 방에서 스케치북과 크레파스를 가져와서 엎드린 채 그림을 그렸다.

아빠와 후코쨩의 그림은 지금까지도 잔뜩 그렸다.

오늘은 후미 이모를 그려야겠다. 분명 생일 선물을 보내 줄 테니까 그 답례로 보내야지.

정말 좋은 생각이라고 나 자신을 칭찬하면서 크레파스를 한 자루 꺼내 들었다.

눈을 뜨자 익숙한 천장이 희미하게 보였다.

방 안은 추웠고 이불을 코밑까지 올린 채였다.

"꿈인가…."

오랜만에 다섯 살 생일의 꿈을 꾸고 말았다. 너무나도 생생한 꿈이었다.

그 뒤에 집으로 돌아온 후코쨩은 울면서 몇 번이나 사과해 주었다. 그저께 이곳에 왔을 때와 똑같았다.

그 뒤에 잠기운과 싸우면서 생일파티를 했던 것은 기억난다. 후코쨩은 어지간히 미안했던지 슬픈 얼굴로 계속 생각날 때마다 눈물을 흘렸다. 그런 후코쨩을 보고 있으면 나까지 눈물이 나왔던 것 같다.

기억 속의 그리운 추억도 지금은 인상이 확 바뀌었다. 아츠키는 내 눈에 보이는 것만이 진실이 아니라고 말했지만 그 생일 파티에 관해서도 같은 말을 할 수 있을 것이다.

친모녀가 아닌 두 사람이 울면서 생일파티를 했다는 게 진실이니까.

어두운 기분을 떨쳐 내듯 침대에서 일어나자 또 천천히 현기증이 일었다. 금요일 점심 이후로 거의 아무것도 먹지 않은 탓인지도 모른다.

가운을 걸치고 침실에서 나오자 부엌은 더 추웠다. 주전자로 물을 끓이면서 스마트폰을 열었다.

후코쨩의 부재중 전화가 2건, 카호 언니의 문자가 1건 들어와 있었다. 문자에는 연말까지 쭉 쉬어도 괜찮다는 이야기와 함께,

몇 번째인지 모를 사과의 말이 적혀 있었다.

나 자신이 싫다는 생각이 들었다.

아무리 해도 내가 양녀라는 사실은 바뀌지 않는다. 그걸 받아들이기 힘든 것도 아니었다. 내가 친딸이 아닌 걸 알았다고 해서 달라질 건 아무것도 없다는 것도 안다.

하지만 나 말고 모든 사람들이 알고 있었다는 사실이 계속 마음에 걸렸다. 거짓말의 사슬이 아직도 내 몸에 휘감겨 풀리지 않고 있었다.

후코쨩이 나에게 사실을 말할 생각이 없었다는 사실도 아직까지 떨쳐 내지 못하고 있다.

주전자에서 시끄러운 소리가 나서 불을 껐다. 커피를 타려고 한 거지만 그럴 마음도 동시에 사라졌다.

오늘은 일요일. 내일은 후코쨩이 아빠를 데리고 올 것이다.

그때 난 무슨 말을 하면 좋을까. 슬픈 생일의 추억은 이제 만들고 싶지 않았다.

코타츠에 전원을 켜고 아직 차가운 코타츠 이불 안으로 발을 넣었다.

코타츠 위에는 후코쨩이 놓아둔 편지가 그대로 놓여 있었다.

"어라…?"

평소에 주던 봉투보다도 한층 커다랗다. 겉에는 뭐라고 작은 글씨로 적혀 있었다.

안에 들어 있는 또 하나의 봉투는 제대로 봉인이 되어 있는데 이쪽은 풀칠이 되어 있지 않았다.

뭐지, 이 숫자는?

영문을 모르는 채로 안에 든 봉투를 꺼내 편지지를 펼치자 휘갈겨 쓴 글자로 적혀 있어서 솔직히 너무 읽기 힘들었다.

분명 카호 언니에게서 연락을 받고 급하게 쓴 거겠지.

후코쨩은 무슨 일이 있을 때마다 편지를 건네준다. 하지만 난 역시 직접 이야기해 주길 바랐다.

양녀라는 사실을 후코쨩의 입으로 들었다면 내 기분도 달랐을지 모른다.

"만나고 싶지 않은데…."

어떤 표정으로 두 사람을 봐야 할지 모르겠다.

마치 다섯 살의 내가 투정을 부리는 것 같아서 부끄러워진다. 추위에 떨면서 후코쨩의 편지를 읽기 시작했다.

―――――――――――――――――――――

히마리에게

신은 극복하지 못할 시련은 내리지 않는다.

이 말을 들어 본 적이 있니?

엄마도 인생을 뒤흔들 정도의 고민과 직면했던 적이 있단다.

그때는 이렇게 생각했어.

그런 건 그냥 그럴듯한 말일 뿐이라고.

슬프고 괴로워서 한 걸음도 움직일 수 없게 되었을 때,

그게 신이 내린 시련이라는 생각은 도저히 할 수 없었단다.

만약 네게 시련이 주어졌을 때.

네게 소중한 사람이 있다면 그 사람과.

만약 없다면 가족들과 히마리의 아픔을 공유해 주렴.

널 걱정해 주는 사람은 분명히 있을 테니까.

억지로 웃지 않아도 되고, 괜찮은 척할 필요도 없어.

정말로 괴롭다면 도망쳐 버리는 것도 하나의 방법이란다.

히마리의 마음이 평온하기를 바랄게.

엄마가

—·—·—·—·—·—·—·—·—·—·—·—·—·—·—·—·—·—

'뭐야, 이게….'

편지를 다 읽고 나자 방금 전의 추위는 더 이상 느끼지 않게 되었다. 오히려 분노에 몸이 떨릴 정도다.

본문에 적힌 '가족'이라는 글자를 가만히 바라보았다.

이런 상황에 가족에 관한 이야기를 쓰다니, 제정신인 걸까. 가족 때문에 힘들어하고 있는데 진짜 가족이 아닌 사람들에게 무슨

말을 할 수 있을까.

문득 창밖을 올려다보니 내 실망스러운 기분이 하늘에 그대로 반영된 것만 같다. 흐린 하늘에서는 당장이라도 눈이 펑펑 쏟아질 것만 같았다.

이런 기분으로 내일 후코쨩을 볼 수는 없다. 아니, 어쩌면 당장 오늘밤에 쳐들어올지도 모르고.

도망치는 것도 하나의 방법이라면 실제로 그렇게 해 보는 건 어떨까?

한동안 누구와도 만나지 않고 혼자서 생각하고 싶었다.

하지만 맨션 앞에서 계속 기다리게 할 수도 없고…. 늘 걱정이 과한 후코쨩이라면 내가 실종됐다고 난리를 치며 경찰서에 달려갈 수도 있었다.

전화로 설명한다고 이해해 주지도 않을 거고.

계속 고민한 끝에 스마트폰을 꺼내서 아빠에게 메시지를 보내기로 했다.

「한동안 생각해 보고 싶어서 여행을 떠나려고 해. 온천에서 느긋하게 지내면서 맛있는 것도 먹고.

미안하지만 내일은 오지 말아 줘.

후코쨩한테는 아빠가 잘 설명해 줬으면 좋겠어.

그리고 전화는 자제해 달라고도 전해 줘.

정리가 되면 연초에라도 보러 갈게.」

보내기 버튼을 누른 다음 짐을 쌌다. 스마트폰 전원은 꺼 놓기로 했다.

월요일도 흐린 하늘이었다.

결국 여행지를 정하지 못해서 어제는 도쿄 내의 호텔에서 잤다. 생각보다 요금이 저렴한 덕분에 연박으로 전환해서 오늘 밤도 묵고 갈 예정이었다.

잘 돌아가지 않는 머리로 문득 눈에 띄었던 것이 작년 송년회 장소로 거론됐던 스미다구의 호텔이었다.

조금 기분을 내서 넓은 방을 잡았다. 여성 전용 층이었다.

하지만 전혀 잠이 오지 않았다. 내일부터 여행 갈 만한 곳을 인터넷으로 찾아보다가 후코쨩한테 받은 편지 내용을 떠올리며 분노하는 상황의 반복이었다.

역시 그 '가족'이라는 단어에 민감하게 반응하고 있는 것 같다. 중요한 편지를 그렇게 엉망인 글씨로 적은 것도 이해되지 않았다.

생각하면 할수록 후코쨩에 대한 믿음이 희미해져 가고 몇 번이나 얕은 잠에 들었다가 다시 깨곤 했다.

지금도 눈을 뜨긴 했지만 비몽사몽인 가운데 문득 드는 생각이 있었다. …내 친부모님은 어디서 뭘 하고 있는 걸까.

충격이 너무 컸던 탓에 지금까지 그런 생각을 떠올리지도 못하고 있었다.

양녀로 보낼 정도였으니까 어지간한 사정이 있었으리라. 사생아로 태어났다거나, 부모님이 두 분 다 사고를 당했다거나…. 예상치 못한 임신이었지만 낳을 수밖에 없었다는 상황일 수도 있다.

"잠깐만…."

후코쨩이 유산했다는 것과 관련 있을지도 모른다.

호적 등본을 보면 유키코가 태어나지 못했다는 건 분명했다. 아이를 낳지 못한 후코쨩에게 자식이 많은 부부가 나를 맡겼을 가능성도 부정할 수 없다.

어떻게 하면 내 친부모를 찾을 수 있을까?

갑자기 뇌가 각성하며 다급히 스마트폰 전원을 켰다. 인터넷으로 검색해 보니 양자결연에는 보통 양자결연과 특별 양자결연의 두 종류가 있다는 걸 알 수 있었다.

침대에서 몸을 일으켜 창가에 놓인 의자에 앉았다. 동트기 전 거리에 오토바이 한 대가 별똥별처럼 빠르게 달려갔다. 보이지 않게 될 때까지 바라보다가 스마트폰으로 시선을 내렸다.

표시된 '특별 양자결연이란'이라는 제목을 터치했다.

【특별 양자결연이란】
다양한 사정으로 친부모와 살아갈 수 없는 아이들을 위해 새로운 부모와 친자식으로서의 법률상의 친자 관계를 성립시키는 제도입니다.
특별 양자결연을 성립시키기 위해서는 보통 양자결연과는 달리 가정재판소의 판결이 필요합니다.
특별 양자결연이 성립되면 양자와 친부모 사이에 법률상의 친자관계는 소멸됩니다.

"친자관계는 소멸됩니다."

마지막에 적힌 문장이 너무 충격적이라서 따끔한 목 상태로 나도 모르게 소리 내어 읽었다.

다시 말해 친부모와는 호적상으로 타인이 된 것이다. 호적에서 빼 버릴 만큼 나는 친부모에게 필요 없는 존재였던 걸까.

가슴을 도려내지는 기분이었다.

인터넷을 더 검색해 보니 친부모에 관해 조사하려면 내 이전 호적을 조회하면 된다는 걸 알 수 있었다. 그렇게 쉽게 친부모를 알아낼 수 있다는 게 의외였다.

생일에 친부모에 관해 조사를 하다니, 이것도 또한 무슨 운명인 걸까.

이제 와서 알아내더라도 아무 의미가 없다는 건 알고 있다. 그저 이 답답한 마음을 풀어내고 싶을 뿐이다.

일단 지금은 더 이상 할 수 있는 일이 없었기에 '괜찮아….' 하고 중얼거리며 다시 침대에 누웠다. 하지만 결국 아무리 노력해도 잠은 오지 않았다.

아타미시로 돌아오는 건 오랜만이었다.

결국 잠들지 못한 채 침대 위에서 인터넷 검색을 계속한 결과 알아낸 것은 이전 호적을 조사하려면 본적… 아타미시의 시청으로 갈 수밖에 없다는 사실이었다.

갑작스럽게 이 여행의 행선지가 아타미시로 정해졌다.

호텔에서 서둘러 체크아웃하고 신칸센을 타자 아침 8시 무렵에 아타미역에 도착했다. 역 앞에 있는 무료 족욕 코너는 이미 수많은 관광객으로 붐비고 있었다.

버스 터미널에서 시청으로 가는 버스에 무사히 올라타자 마음이 놓였다. 아는 사람과는 절대 마주치고 싶지 않았으니까.

텅 빈 버스 안에서 고개를 숙이고 있는데 도주범이라도 된 것 같은 기분이다. 시청 앞의 버스 정류장에서 내리자 마침 문을 여는 시간인지 자동문 앞에서 기다리던 사람들이 입장하고 있었다.

월요일에는 시청이 붐비는지 사람들이 줄지어서 들어갔다. 카운터 앞에 있는 대기실도 만석 상태였다.

수면 부족으로 몸은 나른했지만 머리는 완전히 맑았다.

신칸센 안에서 많은 생각을 했고, 만약 친부모에 관해 알게 되더라도 만나러 가지는 않으리라고 마음을 정했다. 단지 내가 태어난 뿌리를 알고 싶을 뿐이다.

스스로를 그렇게 타이르고 있는데 팔에 '안내 담당'이라고 적힌 완장을 찬 여성이 다가왔다.

현재 호적 이전의 호적 등본을 보고 싶다는 뜻을 전하자 빠르게 일처리를 해 주었다.

건네받은 서류에 내용을 기입하면서 지금쯤 회사에서는 난리가 났을 거라는 생각을 했다.

종무식까지 해야 할 일을 최소한의 인수인계는 하고 왔지만 연말 정산 등의 사무 작업까지는 손을 쓸 수 없었다. 리카 씨가 있으니까 괜찮을 테지만 모두가 바쁜 시기에 내 업무까지 떠넘겼다는 죄책감을 씻을 수 없다.

이윽고 여러 개 늘어선 상담창구 중 한 곳으로 안내받아서 다가가자 중년 남성이 의자에 앉아 있었고 요청받은 대로 신분증명서를 제시했다.

남자는 "잠시만 기다려 주세요." 하고 자리에서 일어났다.

체온이 확 내려가면서 가슴이 빠르게 뛰었다.

드디어 진짜 부모가 누군지 알 수 있어….

그 사람들은 지금쯤 어디서 어떻게 살고 있을까? 인터넷에 나온 정보에 따르면 주소까지는 알 수 없다고 하는데 이렇게나 SNS가 발달한 지금이라면 찾아내는 게 불가능하지는 않을 것이다.

'찾아낸다고? 이제 와서 찾아내서 뭘 어쩌려는 건데?'

나 자신에게 물어봐도 생각나는 대로 행동하고 있는 지금 대답할 수 있을 리가 없었다. 만나러 가진 않기로 결심한 마음이 이미 흔들리고 있었다.

'괜찮아.'

또 한 번 작게 중얼거리며 자세를 바로 했다.

이윽고 돌아온 남자가 종이를 내밀었다.

"이게 이전 원 호적입니다."

하지만 그 종이에는 어째서인지 내 이름의 항목밖에 없었다.

당황하며 보자 "죄송합니다." 하고 남자가 말했다.

"특별 양자결연의 경우는 일단 제적되어 단독 호적이 됩니다."

"단독 호적…이라고요?"

"원래의 호적, 즉 친부모의 호적에서 제외되어 1인 호적을 만드는 거죠. 그다음 현재 부모님의 호적으로 들어가게 되는 겁니다."

그러고 보니 호적 등본의 중앙 칸에 빨간 글씨로 '제적'이라고 선명하게 적혀 있었다. 하단에도 똑같은 빨간 글씨로 '특별 양자결연'이라고 적힌 게 보였다. 오른쪽으로 눈을 돌리자 내가 찾던 항목이 있었다.

그 내용을 보며 숨을 멈추었다.

【이전 호적】시즈오카현 아타미시 츄오구 오오타 후미에

…거기에 적힌 것은 후미 이모의 이름이었다.

하얀 한숨이 하늘로 피어오르는 것을 계속 바라보고 있었다.

에도강의 강변은 너무 추웠고, 얇은 코트가 바람에 나부꼈다. 멀리 보이는 이치가와 다리도 얼어붙은 것처럼 보였다.

이제 해 질 녘인데도 동네 야구를 하는 남자애들이 보였다. 이제 조금만 있으면 그들의 모습도 그림자가 되어 어둠에 삼켜질 것이다.

무릎을 끌어안으며 몸을 작게 움츠렸다. 몇 년 전에 카호 언니에게 받았던 목도리는 가방 안에 들어 있었다.

…그때부터 얼마나 시간이 흘렀을까?

아무 생각도 하지 못한 채 그대로 신칸센에 올라타서 결국 어제 묵었던 호텔로 다시 돌아왔다.

그 뒤로 뭘 했더라…? 아아, 그렇지. 최대한 묵을 수 있는 만큼 연박을 했는데 24일에는 빈방이 없다고 해서 오늘 아침 체크아웃했다.

오늘은 크리스마스이브. 분명 후코쨩이 기다리고 있을 테니까 맨션에는 돌아가고 싶지 않았다. 다른 호텔들도 어차피 만실일 테니까 오늘 밤은 만화 카페에라도 가서 자야….

그때 발소리가 들리나 싶더니….

"역시 여기 있었네."

그런 목소리가 이어졌다. 고개를 돌리지 않아도 누가 왔는지 알 수 있었다.

"아츠키…."

아츠키는 당연한 일처럼 옆에 앉더니 춥다는 듯 몸을 움츠렸다.

마지막으로 만났을 때 차갑게 밀어냈던 것을 사과할 기력도 없었다. 무슨 말이든 해야겠다는 생각이 들지만 가슴속의 복잡한 감정들이 단어들을 다 삼켜 버리는 느낌이 든다.

아츠키는 아무 말도 하지 못한 채 자기 목에서 목도리를 풀더니 내게 둘러 주었다.

"춥지 않으니까… 괜찮아."

"괜찮다는 말을 자주 하는 사람일수록 사실은 괜찮지 않은 거더라고."

"괜찮다니까. 목도리라면 가방에 있고."

또 말하고 말았다. 카호 언니의 목도리가 있는데도 두르지 않은 것에 대한 죄책감이 느껴졌다. 내가 가방 안에서 목도리를 꺼내자 아츠키는 그것을 자기 목에 둘렀다.

"이걸로 비긴 걸로 쳐."

그는 어째서 이렇게 내게 따뜻하게 대해 주는 걸까.

"아츠키에게는 보였던 거지? 이 미래가."

이 겨울, 또 하나의 시련이 있을 거라고 했다. 설마 이런 일일 거라고는 상상하지도 못했지만.

"응."

고개를 살짝 끄덕거린 아츠키가 내 머리 위로 척 손을 올렸다.

"널 휘감고 있는 사슬은 후코 씨와 친어머니의 것이었어."

"…후미 이모야. 후코쨩의 사촌 여동생이고, 나한테는 오촌 이모인데…."

거기까지 말하다가 깨달았다. 후코쨩의 이전 성씨는 오오타였다. 그런데 사촌 여동생인 후미 이모가 왜 똑같은 성씨였을까? 결혼한 뒤에 성을 바꾸지 않았던 걸까?

이가 딱딱 부딪칠 만큼 몸이 떨렸다. 추위와 공포가 한꺼번에 나를 덮쳐 왔다.

"설마 후미 이모가 친엄마일 줄은 생각 못 했어. 두 살 때 재판소에서 후코쨩이 새로운 엄마로 확정됐고, 다섯 살 때 후미 이모는 미국으로… 그 사람이… 나를 버린 거야."

후미 이모가 친엄마였다는 사실에 절망하는 게 아니었다.

나를 버린 주제에 이모라고 속이면서 만나러 왔었다는 걸 용서할 수 없었다. 그 거짓말에 협력한 후코쨩과 아빠도 똑같이 용서할 수 없었다.

"전에도 말했지? 히마리가 진실이라고 믿는 것들이 전부 진실은 아니라고."

아츠키가 머리에 얹었던 손을 떼자 갑자기 더 추워지는 기분이 들었다.

"시청에서 알려 줬어. 특별 양자결연을 하려면 일정 기간 후코쨩하고 살아야만 했대. 그래서 후코쨩은 내 앞에서 부모인 척하며 나를 키웠고 친엄마인 후미 이모는 이모라고 속이면서 날 만나러 왔어. 그러다 재판소가 양자결연을 인정해 주니까 후미 이모는 서서히 사라져 갔던 거야."

내가 믿었던 것이 전부 거짓말이었다.

양녀였다는 게 슬픈 게 아니라 모두가 거짓말을 했다는 게 견딜수 없이 슬펐다. 설마 후미 이모까지 나에게 거짓말을 했다니. 그리고 그렇게나 좋아했던 후미 이모가 나를 버린 엄마였다니….

시청에서 받은 호적 등본은 그 자리에서 찢어 버렸다.

후미 이모의 이름을 봤을 때의 절망감은 그 누구도 이해할 수 없다. 이해해 주길 바라지도 않았다.

게다가 후코쨩은 나에게 이야기할 생각이 없었다는 말도 했다. 모든 사람이 '히마리를 위해서'라는 명분으로 지금까지 거짓말을 해 왔다.

"이제 아무것도 못 믿겠어."

생일파티도 크리스마스 파티도, 매일처럼 오는 전화와 편지도, 그 모든 게 거짓말의 세계에서 일어났던 일이었다.

사랑이라 믿었던 것의 기반이 유리처럼 산산조각 나며 나를 상처입힌다.

"저기 말이야."

아츠키가 내 얼굴을 들여다보았다.

"설마 죽으려는 생각을 하는 건 아니지?"

아무도 믿을 수 없다. 아츠키도 어쩌면 후코쨩의 부탁으로 이곳에 온 건지도 모르겠다. 머리가 제대로 돌아가지 않았다.

…그렇다면 나도 아무렇지 않은 얼굴로 거짓말을 해도 되겠지.

"왜 죽을 생각 같은 걸 하겠어."

"정말이야?"

"정말이야. 하지만 아직 아무도 보고 싶지 않으니까 오늘은 만화 카페라도 가서 하룻밤 지내려고. 생각이 정리되면 돌아갈게."

그런데도 아츠키는 나를 미심쩍게 관찰한 다음 앞쪽을 바라보았다.

"겨울이 될 때마다 넌 시련을 극복해 왔어. 올해가 마지막이야."

"알고 있어. 이걸로 무죄 방면인 거네."

"사슬의 색을 바꿔 줬으면 해. 누구를 위해서도 아니고, 너 자신을 위해서."

더 이상은 이야기하고 싶지 않았기에 "응." 하고 밝게 고개를 끄덕이며 자리에서 일어났다.

"괜찮아. 지금은 아직 괴롭지만, 꼭 기운을 되찾을게."

캐리어를 잡는 나를 보며 아츠키도 몸을 일으켰다.

"어쩌면 이걸로 나와 만나는 건 마지막이 될지도 몰라. 몇 년 동안 무서운 말만 해서 미안해."

"영원히 못 볼 것처럼 말하지 마. 계속 이 근처에서 만나는 걸 보면 어차피 같은 동네에 사는 거잖아. 그러면 분명 또 만나게 될 거야."

마치 미소 짓는 나 자신을 멀리서 지켜보는 기분이다. 몸과 마음이 분리되어 버린 듯한 느낌.

마음이 죽는다는 게 이런 거였구나….

"하지만 일단 나도 작별 인사는 할게. 지금까지 고마웠어."

아츠키가 내민 손을 일부러 힘주어 잡았다.

"아프잖아."

놀라는 아츠키에게 나는 또 거짓 미소를 지었다.

"그럼 또 만나."

캐리어를 끌고 제방 옆으로 난 길을 나아갔다. 잠시 뒤에 뒤돌아보니 아츠키는 이미 없었고 먼 하늘에서는 별이 반짝였다.

이제 아츠키와 만날 일은 없겠지.

후코쨩과도. 아빠하고도.

마음이 죽어 버린 사람은 육체의 죽음을 선택한다⋯. 아츠키가 전에 했던 말은 사실이었구나.

죽고 싶지는 않지만 거짓말투성이인 세계에서 계속 살아갈 용기 같은 건 남아 있지 않았다.

이치가와 다리에 도착할 무렵에는 눈이 내리기 시작했다.

쌍둥이처럼 걸린 두 다리에는 2차선 도로와 인도가 연결되어 있다. 난간에 손을 올리며 걸어가자 이윽고 물소리가 들려왔다.

거기에 차의 엔진음과 바람소리가 뒤섞이며 귀를 마구 때렸다.

눈발이 더욱 거세지면서 자동차 불빛까지 흐릿해져 갔다.

'설마 죽으려는 생각을 하는 건 아니지?'

아츠키의 말이 귓가에 맴돌았다.

지금까지 자살 같은 건 생각해 본 적도 없었다. 유서도 남기지 않고 충격적으로 죽음을 선택한 사람들의 뉴스를 볼 때마다 의문이 들었다.

하지만 지금이라면 이해할 수 있다. 막다른 곳에 몰린 사람은 죽음을 선택할 수밖에 없다는 걸. 오직 그것만이 자신을 구원할 거라고 굳게 믿고 있다는 걸.

에도강의 중앙 부근에서 걸음을 멈추고 다리 밑을 내려다보았다. 생각보다 높아 보이진 않지만 차가운 물로 뛰어든다면 수영 못 하는 난 확실하게 생명의 불꽃을 꺼 버릴 수 있다.

'아….'

아츠키의 목도리를 아직 두르고 있었다는 걸 깨달았다. 카호 언니의 목도리도 아츠키가 가져가 버렸다.

만약 내가 죽어서 이걸 두른 채로 발견된다면 아츠키에게 피해가 갈 것이다.

거칠게 풀어 버리고 목도리를 다리 밖으로 길게 내밀었다. 바람에 나부끼는 대로 손을 놓자 하늘하늘 춤을 추며 어두운 강물 속으로 사라져 갔다. 물이 튀는 소리조차 들리지 않았다.

저런 식으로 나도 사라질 수 있다면….

사람들에게 수상하게 보이지 않도록 경치를 감상하듯 난간 위에 양손을 짚었다.

그때였다.

"히마리!"

후코쨩의 목소리가 들린 것 같았다.

돌아보니 어둑어둑한 길 위로 발소리를 내며 달려오는 사람이 보였다. 저 둥근 실루엣은 틀림없는 후코쨩이었다.

필사적으로 소리치고 있었다. 분명 또 울고 있을 것이다.

참견하기 좋아하고, 수다스럽고, 늘 웃지만 그 이상으로 잘 울고…. 감정이 향하는 대로 살아간다고 생각했던 후코쨩이 계속 거짓말을 해 왔던 건 분명 나를 지키기 위해서였다.

갑자기 후코쨩을 용서하는 마음이 생겨났다. 그건 분명 죽음에 대한 망설임이 사라졌기 때문일 것이다.

아무리 빨리 달려와도 내가 여기서 뛰어내리는 게 더 빠르다. 후코쨩의 다리로는 따라잡을 수 없다. 보는 앞에서 사라진다는 게 나도 괴롭지만, 이젠 가야만 한다.

양손에 힘을 주고 상반신을 난간 위로 내밀었다. 공기를 찢어발기는 듯한 비명과 발소리….

안녕, 후코쨩.

"난 괜찮아."

그렇게 말하며 몸을 내던지려고 한 순간이었다.

"괜찮다는 말을 자주 하는 사람일수록 사실은 괜찮지 않은 거더라고."

팔을 붙잡히는 동시에 바로 옆에서 목소리가 들린 바람에 이번엔 내가 비명을 질렀다.

언제 온 건지 아즈키가 내 왼쪽에 서 있었다.

"어… 어떻게…?"

"옆의 다리를 건너서 반대편에서 왔어."

아츠키는 마음에 안 든다는 표정으로 말하며 팔짱을 끼었다.

"그런 게 아니라… 어떻게 내가 죽으려는 걸 안 거야?"

"아아."

아츠키는 쓸쓸한 듯이 눈을 내리깔았다.

"아까 악수를 할 때 사슬 색이 바뀌지 않은 게 보였으니까."

늘 그랬다. 나만 모르는 걸 다들 알고 있다.

"나는 막을 수 없어. 하지만 네가 계속 살아갔으면 좋겠어. 모처럼 지난 3년 동안 극복해 왔잖아."

그렇게 말하는 아츠키의 눈이 촉촉해 보이는 건 분명 차가운 공기 때문일 것이다.

"하지만, 하지만… 이제 편해지고 싶어. 이렇게 괴로운 일들만 가득한데, 못 견디겠어!"

어째서 다들 방해만 하는 걸까. 어째서 나한테만 불행이 찾아오는 건데?

"히마리는 나를 바꾸어 줬어. 암흑에 빛을 가져와 준 거야. 똑같이 나도 너를 구하고 싶어."

이렇게 필사적인 아츠키는 처음이었다.

하지만, 하지만…!

"미안. 나… 가야 해."

다시 한번 몸을 난간 위로 내민 다음 순간, 내 몸은 강한 충격과 함께 튕겨 나가고 말았다.

아스팔트 위로 몸을 부딪치는 동시에 엄청난 무게가 느껴졌다.

"히마리!"

후코짱이 내 몸 위로 엎드려 있다. 니무 무거워서 숨을 쉴 수 없었다.

"미안해, 딸! 미안해, 미안해!"

큰 소리로 울부짖는 후코짱의 등 뒤로 하늘을 향해 뻗은 다리의 철 뼈대가 보였다. 무수히 많은 흰 눈이 머리카락에, 얼굴에, 슬픔에 내려 쌓이고 있다.

"이대로 있으면 히마리의 사인이 압사가 될 거예요."

아츠키가 후코짱의 목덜미를 붙잡아서 옆으로 옮겨 준 덕분에 간신히 숨을 쉴 수 있었다.

후코짱은 아츠키가 움직이는 대로 아스팔트에 얼굴을 비비며 오열하고 있었다.

"아파…."

하지만 내가 그렇게 중얼거리자 퍼뜩 얼굴을 들더니 내 옆으로 기어오듯이 다가왔다.

그리고 다음 순간, 후코짱이 있는 힘껏 내 뺨을 때렸다. 메마른 소리가 메아리치다가 사라졌다.

"왜 이런 짓을 하는 거야!"

후코짱이 두 눈에서 눈물을 마구 흘리면서 소리쳤다.

"왜냐니…."

"절대 안 돼! 소중한 목숨을 버리려고 하다니, 절대 안 된…단 말야…!"

눈물을 참지 못하며 필사적으로 외치는 후코쨩을 보자 가슴 안쪽이 욱신거리듯 아파 왔다.

하지만… 난 버림받았어. 후코쨩도 나한테 거짓말을 했잖아.

하고 싶은 말이 잔뜩 있었지만 뺨이 점점 더 많이 아파 왔다.

후코쨩에게 맞은 건 처음이었으니까, 물리적인 아픔보다도 놀라는 마음이 더 컸다.

"아아!"

갑자기 후코쨩이 크게 소리치더니, 어째서인지 이번에는 자기 뺨을 있는 힘껏 때렸다.

"미안해. 내가 히마리를 때리다니!"

그렇게 말하며 몇 번이나 자기 뺨을 때리는 걸 보고, 나와 아츠키가 둘이서 말렸다.

어느새 다리 위에는 많은 사람이 모여 있었다. 다들 각자 "괜찮은 건가?", "무슨 일이지?" 하고 소란스러웠다.

우리는 사람들에게 사과하면서 간신히 그 자리를 벗어났다.

내가 사는 맨션 방의 현관문 앞까지 두 사람은 아무 말없이 따라왔다.

아까 충동적으로 죽고 싶었던 기분이 가라앉은 느낌은 든다. 하지만 혼자가 되면 내가 무슨 짓을 저지를지 알 수 없을 만큼 정서가 불안정한 상태였다.

후코쨩에 대한 분노는 죽는 것을 저지당하자 조용히 되살아나고 있었다. 죽고 싶은 마음이 사라진 것도 아니었다.

"후코 씨."

아츠키가 후코쨩에게 말했다.

"이대로라면 히마리는 또 죽으려 할 거예요."

"안 돼! 그건 안 돼!"

몸을 홱 돌리며 나를 보는 후코쨩과 몸이 부딪치면서 손에 들고 있던 열쇠를 놓치고 말았다.

"아… 미안."

"그럼 제대로 이야기해야죠. 모든 걸 백일하에 드러낼 때가 온 거예요."

아츠키는 엄숙하게 말하고는 이번에는 내게로 시선을 향했다.

"사실을 알게 되는 건 무서워. 하지만 도망치지 말고 맞서 주었으면 해."

"그래도…."

반론하려는 나를 아츠키가 고개를 저으며 제지했다.

"일단 후코 씨에게서 진실을 전부 듣고, 그래도 죽고 싶다고 한다면 더 이상 말리지 않을게."

그렇게 말하더니 아츠키는 등을 돌려 걸어가기 시작했다.

"어, 가려고?"

"둘이서 천천히 이야기해. 아, 다음에 만날 일이 있으면 목도리는 꼭 돌려줘."

목도리를 강에 던져 버렸다는 걸 결국 말하지 못한 채로 아츠키는 엘리베이터를 타고 돌아갔다.

방으로 들어온 우리는 교대로 샤워를 해서 몸을 덥힌 다음 코타츠 앞에 앉았다.

"미안해."

아까부터 후코쨩은 계속 사과만 하고 있다. 머그컵에서 피어오르는 커피의 김이 사라질 때까지.

나는 못 들은 척 침묵을 지키고 있다.

창밖에서 눈이 내리는 소리까지 들릴 것 같은 정적이었다.

아츠키는 자기 인생은 스스로 바꾸라고 말했다.

크게 숨을 토해 낸 다음, 나는 "후코쨩." 하고 불렀다.

흠칫하며 몸을 떠는 후코쨩. 하지만 시선은 계속 코타츠 위를 향한 채였다.

"내가 거기 있다는 걸 어떻게 안 거야?"

"그건, 저기….."

"아츠키한테 들었어?"

고개를 끄덕인 후코쨩이 방 안을 쭉 돌아보았다.

"여기서 계속 너를 기다리고 있었어. 네가 어디에 간 건지 모르니까, 아빠는 혹시라도 돌아올지 모른다면서 집에 남아 있었고. 난 낮에는 이 아파트 근처를 찾아다녔고, 밤에도…."

후코쨩은 두서없는 말투로 이야기를 시작했다.

"오늘 오후에 역 근처 육교에서 갑자기 어떤 사람이 말을 거는 거야. 자기가 네 친구라고 하더니, 그 사람이 '오늘 밤 히마리는 죽을 거예요.'라고 했어."

"아아…."

나도 모르게 쓴웃음이 저절로 나왔다. 아츠키라면 충분히 그럴 만했다.

"난 깜짝 놀라서…. 그런데 그 남자가 다음에는 이렇게 말하는 거야. '구하고 싶으면 저녁에 에도가와역 앞에 서 있어 주세요.'라고. 그리고 어안이 벙벙한 사이에 그냥 가 버렸어."

"그럼 아까 다리에 왔던 건 아츠키가 불러서 왔었던 거야?"

"역 앞에서 4시쯤부터 기다리고 있었어. 불안했지만 신기하게 아츠키 군이 말하는 게 진짜라는 느낌이 들었거든."

커피를 다시 타 오는 동안에도 후코쨩은 쉬지 않고 계속 말을 이어 나갔다.

"드디어 나타난 아츠키 군은 '이치가와 다리로 빨리 가요. 서두르지 않으면 죽게 돼요.'라고 말하자마자 또 어딘가로 달려가 버렸어. 이치가와 다리가 어딘지 몰랐으니까, 일단 아츠키 군을 뒤쫓아 갔는데 중간에 놓쳐 버려서….”

후코쨩의 입술이 가늘게 떨리고 있다. 모르긴 해도 그만큼 두려 웠던 것이리라.

“다리에 서 있는 그림자가 보인 순간, 그게 너라는 걸 알았어. 얼마나 무서웠던지…. 하지만 절대 죽게 할 수는 없었어.”

커피를 받아 든 후코쨩이 “미안해.” 하고 오늘 몇 번째인지 모를 사과를 했다.

“너는 호적상으로는 우리 딸이야. 하지만 널 낳아 준, 진짜 엄마 는 따로 있어. 후미 이모… 후미에한테서 특별 양자결연을 받은 거야.”

알고 있어. 그래서 이렇게 슬픈 거야.

아무 대답도 하지 않는 나를 보며 후코쨩이 “하지만.” 하고 목소 리에 힘을 주었다.

“우리는 널 친자식으로 생각하고 키웠어. 지금도 진심으로 그 렇게 생각해. 그러니까 절대로 네가 과거를 알게 돼서 슬퍼하는 걸 보고 싶지는 않아.”

“…응. 그건 알아. 하지만 언젠가는 알게 될 사실이잖아? 왜 내 가 물어봤을 때 후미 이모에 대해 말해 주지 않았던 거야?”

호적 등본을 보게 될 일은 여권을 만들지 않더라도 생길 것이 다. 하지만 진실을 알게 된 나에게도 후코쨩은 자세한 이야기를 해 주지 않았다. 그건 어째서일까…?

"제대로 이야기를 해 주고 싶었어. 하지만 할 수 없었어…."

"후미 이모 부부는 지금도 미국에 있는 거야?"

후코쨩은 체념한 듯이 고개를 가로저었다.

그것도 거짓말이었구나.

하나의 거짓말이 들통나면서 지금까지 믿었던 것들이 와르르 무너져 내렸다.

문득 분위기가 바뀌는 게 느껴졌다. 눈앞에서 후코쨩이 한 번도 본 적이 없을 만큼 괴로워하며 얼굴을 찡그리고 있었다.

"그게…."

후코쨩이 입을 연 순간, 얼마 전 시청에서 발행받았던 호적 등본을 떠올렸다.

그래…. 그 등본에는 엄마에 대한 정보만 적혀 있었다. 어쩌면 미혼모로 출산했을 가능성도 있었다. 하지만 안 좋은 예감이 뇌리에서 떠나지 않았다.

"친아빠는… 이미 돌아가신 거야?"

그 순간 후코쨩이 조용히 고개를 끄덕였다.

"아키라 씨는 네가 태어나기 두 달 전에 죽었어."

처음으로 듣는 친아빠의 이름에 나도 모르게 가슴을 억눌렀다.

"…돌아가셨구나."

"그때는 내가 유산한 직후였어. 이제 아이를 갖기는 힘들 거라고 의사 선생님이 말씀하셔서…. 그런 와중에 아키라 씨가 세상을 떠나 버린 거야."

"어⋯."

그런 일이 동시에 벌어졌을 줄은 상상도 하지 못했다. 후코쨩은 과거를 회상하듯 멍하니 허공을 바라보았다.

"인생에서 이렇게 슬픈 일이 생긴다는 게 믿기지 않았어. 후미 이모하고 둘이서 울고 또 울었지."

아아, 그랬구나⋯. 혼자서 날 키울 자신이 없었기에 후미 이모는 날 맡긴 거였어. 나를 버리고 미국으로 가 버린 거야.

"아니야."

내 생각을 읽었는지, 후코쨩이 몸을 앞으로 내밀었다.

"후미 이모는 널 진심으로 사랑했어. 사랑하니까 만나지 못했던 거야."

그런 말을 듣는다고 버림받았다는 사실이 바뀌진 않는다.

"히마리."

나도 모르게 후코쨩의 얼굴을 바라보았다.

후코쨩은 나를 히마리라고 불렀다. 아까 다리 위에서 나를 때렸을 때도 그랬다.

"미안해. 네게 사과해야만 하는 일이 있어."

후코쨩이 내 옆에 캐리어를 내려놓는 게 보였다. 안을 열자 그곳에는 수많은 편지가 들어 있었다.

"지금까지 네게 보낸 편지는 내가 쓴 게 아냐. 후미에가 써 준 거야."

"어….."

후코쨩은 그렇게 말하더니 여러 장의 편지를 내게 억지로 건네주었다. 거기에는 마지막에 받은 편지와 마찬가지로 겉면에 뭐가 뭔지 모를 숫자와 단어가 적혀 있었다.

'친구들과 싸웠을 때 8-15'

'통금 시간을 어겼을 때 13-15'

'고등학교 입학시험에 떨어졌을 때 15'

'골절상을 당했을 때 15-20'

'결혼이 정해졌을 때 20-∞'

'출산했을 때 20-∞'

"난 안에 든 편지에 어떤 내용이 적혔는지 몰라. 그저 여기 적힌 일들이 네게 일어났을 때 건네주라는 부탁을 받은 거야."

"이 숫자는, 혹시 내 나이를 나타내는 거야?"

"맞아. 네가 가진 고민거리하고, 거기 해당하는 나이에 맞춰서 편지를 고르라고 했어."

캐리어로 눈을 돌리자 산더미 같은 편지가 쌓여 있었다.

"후미에는 네게 도움이 되고 싶어서 수많은 편지를 써서 내게 맡긴 거야. 이 모든 편지에 너에 대한 사랑이 담겨 있어."

그래서 편지 내용과 후코쨩의 언행이 일치하지 않을 때가 있었던 거구나.

그러고 보니 분명 편지 안의 후코쨩과 실제의 후코쨩은 인격이 달랐다. 설마 후미 이모의 편지였다니….

"미국에서 보낸 거야? 지금도 후미 이모는 미국에 있어?"

매달리듯 묻는 내게 후코쨩은 말없이 내 손에 한 장의 봉투를 쥐여 주었다.

거기에는 '마지막 편지'라고만 적혀 있었다.

퍼뜩 고개를 들자 후코쨩은 눈물을 참으며 고개를 끄덕였다.

"이걸 읽어 줘."

봉투를 찢듯이 열자 안에서 노란색 봉투가 얼굴을 내밀었다.

떨리는 손으로 옅은 하늘색 편지지를 꺼냈다.

그곳에는 지금까지 본 것 중에서도 가장 흐트러진 글자가 적혀 있었다.

━━━━━━━━━━━━━━━━━━━━━━━━━━━━━

히마리에게

이 편지를 읽고 있다는 건, 진실을 알았다는 거겠지.

오늘은 진실을 알아주었으면 해서 편지를 적고 있단다.

엄마의 이름은 오오타 후미에文絵라고 해.

그리고 아빠의 이름은 오오타 아키라章.

이름의 첫 글자를 붙여서 읽으면 문장文章이 되는, 이름 궁합까지 좋은 부부였단다.

결혼하고 도쿄의 에도가와구에 신혼집을 구해서 행복한 일상을 보내고 있었지.

임신 사실을 알게 되었을 때는 우리 두 사람 모두 크게 기뻐했어.

하지만 인생이란 건 잔혹해서 네가 태어나기 두 달 전의 어느 날 밤, 네 아빠는 사고를 당해서 세상을 떠나게 되었어.

슬픔에 젖은 상태로 나는 아타미로 돌아왔단다.

그리고 네가 태어났어.

네가 태어나면서 내던 울음소리를 지금도 기억해.

절망이라는 암흑에 빛이 내리쬐는 기분이 들었어.

혼자서도, 앞으로 무슨 일이 생기든 너를 건강하게 키울 거라는 결심도 함께 생겨난 것 같았단다.

후코 언니가 유산한 것과 네 아빠가 돌아가신 건 거의 같은 시기였어. 후코 언니는 태어난 아이가 여자애라는 걸 알자마자 이름까지 지어 줄 만큼 네 탄생을 기대하고 있었단다.

후코 언니가 자기 아이에게 지어 주려던 이름. '유키코'를 네게 붙여 주려고 했지만, 태양처럼 따뜻한 사람이 되길 바라는 마음으로 '히마리陽葵'라고 짓기로 했어.

마모루 씨와 후코 언니 부부의 도움 덕분에 넌 건강히 자라났지.

하지만 네 한 살 생일 때 나한테 병이 생겼다는 걸 알았단다.

치료법이 없는 난치병이었어. 손과 발, 목 등의 근육이 점점 퇴화해 가는 병이었어.

사람에 따라 차이가 있지만, 내 경우는 지난 몇 년 만에 놀랄 만큼 빠르게 진행되었어.

날마다 근력이 떨어지는 걸 느꼈지.

지금 적고 있는 이 글자도 떨리는 게 보이지? 읽기 힘들게 해서 미안해.

네가 한 살 때, 시한부 선고를 받고 눈앞이 캄캄해졌지만, 그날 생겨난 결심은 흔들리지 않았어.

하지만 현실적으로 근력이 저하되고 내 앞가림도 못 하는 상황이었지.

그래서 더 이상 악화되기 전에, 아이가 없던 마모루 씨와 후코 언니에게 부탁해서 히마리를 맡기기로 한 거란다.

특별 양자결연을 하면 호적째로 후코 이모 부부가 진짜 부모로 인정받을 수 있기 때문이었어.

부모가 없다는 사실 때문에 네가 슬퍼하길 바라진 않았으니까.

나와 후코 언니의 관계를 네게는 사촌 자매라고 이야기했지만 사실은 아니었단다.

후코 언니는 내 친언니야.

어릴 때 나는 기가 셌고 후코 언니는 굳이 따지자면 얌전한 성격이었어.

널 맡길 때도 처음에는 그런 말 하지 말라며 울기만 할 뿐이었고.

하지만 지금은 '히마리를 위해서 변할게.' 하고 약속해 주었단다.

재판은 힘들었지만, 수많은 친절한 사람들 덕분에 네가 딱 두 살

생일을 맞이한 날에 특별 양자결연이 인정되었어.

난 남은 시간 동안 네게 편지를 쓰기로 했단다.

미래의 너는 어떤 인생을 보내고 있을지. 학교에서 곤란해지는

않을지. 친구와 싸웠을 때 조언이 필요하진 않을지.

히마리, 그리고 후코 언니의 도움이 되기를 바라며 적고 있어.

그걸 히마리에게 전할지는 후코 언니의 결정에 맡겼단다.

엉뚱한 내용이 적혀 있었다면 미안해.

그리고 나는 오촌 이모인 후미 이모로 널 만나기로 했단다.

친엄마라고 밝히고 싶은 마음을 널 볼 때마다 수도 없이 억눌러야

만 했어. 하지만 네 행복을 생각하면 도저히 말할 수 없었지.

넌 날 잘 따랐고, '후미 이모'하고 사랑스러운 목소리로 불러 주었

단다.

계속 네 곁에 있어 주고 싶지만, 내 몸은 이제 곧 움직이지 않게 된

대. 팔다리의 감각이 약해져서 네 앞에서도 몇 번이고 넘어졌었지.

그때마다 '후미 이모, 괜찮아?' 하고 작은 손을 내밀어 주며 걱정해

준 걸 잊지 못할 거야.

올해 유치원 운동회는 휠체어를 타고 몰래 보러 갔었단다.

50미터 경주에서 1등으로 들어오는 네가 자랑스러워서 몰래 울어

버렸어.

여름은 아타미의 불꽃축제에 갔지? 멀리서였지만 후코 언니와 어깨를 맞댄 네 모습을 바로 찾아낼 수 있었어.

불꽃이 하늘에서 터질 때마다 네 옆얼굴이 반짝반짝 빛나고 있었단다.

이 편지를 읽는 너는 지금 몇 살일까?

내 편지는 네가 할머니가 되는 날까지 준비해 뒀는데.

내 의욕이 과했나 봐.

이 편지를 읽은 너는 분명 동요하고 있겠지.

하지만 히마리.

후코 언니는 네 곁에서 늘 너를 지켜봐 주었잖니.

네 진짜 엄마는 내가 아니라 후코 언니야.

후코 언니와 나의 마지막 약속은 '무슨 일이 있어도 너에게 내가 친엄마라는 사실을 말하지 않는 것'이었단다.

하지만 이 편지를 읽고 있다는 건 모든 걸 들켰다는 뜻이겠지.

네 진짜 엄마는 후코 언니니까.

그렇게 생각하길 바라는 마음에 하게 된 거짓말이었어.

부디 후코 언니를 원망하지 말아 주렴.

나는 이제 곧 이 세상을 떠날 거야.

숨을 쉬기 힘들어진 게 스스로도 느껴져.

이제 곧 글씨도 쓸 수 없게 될 것 같아.

결국은 눈만 움직일 수 있게 된다고 들었단다.

생명 유지 장치는 사용하지 않기로 했어.

분명 후코 언니는 울면서 화를 내겠지.

하지만 두렵지는 않아.

네가 건강하게 웃는 모습을 눈 감으면 언제든 떠올릴 수 있으니까.

이 편지가 네게 보내는 마지막 편지란다.

이제부터는 네가 스스로의 손으로 미래를 개척하면서 걸어가길 바랄게.

널 지켜 주었던 사람들을 지켜 줄 수 있는 사람이 되길 바랄게.

난 이제 네 곁에 있어 줄 수 없지만 언제나, 언제나 널 지켜보고 있을 거야.

내 소중한 히마리에게

또 한 명의 엄마가

　오랜만에 만난 아츠키가 내가 건넨 목도리를 보고 놀랐다.

　"어, 비슷한 게 아니라 내 거네…?"

　"후코쨩하고 같이 에도강까지 찾으러 갔어."

　눈을 동그랗게 뜨는 아츠키의 어깨 너머로 눈에 뒤덮인 이치가
와 다리가 보였다.

　"얼마나 힘들었는지 몰라. 후코쨩이 배를 구해서 긴 봉을 들고
강바닥을 헤쳐 가면서 나아갔어. 하지만 나오질 않아서 몇 번이나
포기하자고 하는데도… 정말 고집이 세더라니까."

　그날 일을 떠올리자 지금도 웃음이 나왔다. 결국 꽤 하류까지
내려가서야 바위 표면에 걸려 있는 것을 후코쨩이 발견했다.

　"바위에 걸리면서 찢어진 부분을 꿰매긴 했는데…."

"괜찮아. 정말 기뻐."

온화한 얼굴로 미소 짓던 아츠키가 문득 하늘을 올려다보았다.

하늘에서 조용히 눈이 내리고 있다. 내일부터는 3월. 이 겨울의 마지막 눈일지도 모른다.

아츠키는 이치가와 다리의 난간에 몸을 기대며 "그래서?" 하고 짧은 질문을 던졌다.

"후미 이모는 내 다섯 살 생일 때 돌아가셨대. 그날 병원에 달려가고 장례식 준비를 하느라 후코쨩이 늦게 돌아온 거였어. 절대 나한테는 알리고 싶지 않았다고…."

내 기억 속에 남은, 후미 이모와 함께 후코쨩이 돌아오는 걸 기다리던 시간. 어쩌면 후미 이모는 날 걱정해서 내 곁에 있어 줬는지도 모른다. 아니, 분명 그럴 것이다.

"아츠키가 말한 것처럼 내가 진실이라고 믿어 왔던 게 그렇지 않을 때도 있는 거구나."

나는 숙연하게 중얼거렸다.

"그래서 내가 말했잖아."

아츠키는 자랑스럽게 가슴을 폈다.

생일 때마다 후코쨩이 슬퍼 보였던 것도, 내 생일을 늘 고집스럽게 함께 보내려고 했던 것도, 돌아가신 후미 이모를 떠올렸기 때문이었다. 후미 이모도 함께 축하해 주는 느낌이 들어서였다.

나에게는 후코쨩과 후미 이모, 두 사람의 엄마가 있었고, 그 엄마들의 사랑은 지금까지도 앞으로도 계속 이어질 것이다.

고민이 생겨도 분명 괜찮다. 저돌적인 후코쨩과 후미 이모의 편지가 날 격려해 줄 테니까.

아츠키가 손을 내밀기에 망설이지 않고 잡았다.

"축하해. 넌 운명을 바꾸는 데 성공했어. 네게 휘감긴 사슬은 이제 봄의 색이 되었어."

따뜻한 눈길로 그렇게 말하는 아츠키를 보자 나도 자연스레 웃음이 나왔다.

"전부 아츠키 덕분이야."

기쁜 동시에 이제 아츠키와는 만나지 못할 것 같은 느낌이 들었다.

내 불안을 털어내 주듯이 아츠키가 부드럽게 미소 지었다.

"오랜 시간 동안 겨울에 갇혀 있다고 생각했어. 히마리와 만나면서 조금은 빛이 보였던 것 같아."

누구나 눈동자 안에 쓸쓸함이나 슬픔을 담고 있다.

…널 항상 지켜 주었던 사람들을 지켜 줄 수 있는 사람이 되길 바랄게.

엄마의 마지막 편지를 떠올렸다.

나를 구해 준 사람을 조금이라도 치유할 수 있는 사람이 되고 싶다. 진심으로 그렇게 생각했다.

"다음은 아츠키의 긴 겨울을 내가 끝낼게. 이 겨울이 끝나도 사라지지 마."

아츠키의 마음속 사슬이 내게도 보인다면 좋으련만.

맞잡은 손에 힘을 주자 아츠키는 망설이듯 시선을 내리깔았다.

"다른 계절을 제대로 살아갈 수 있을까?"

"살아갈 수 있어. 봄도 여름도 가을도, 다음 겨울도 여전히 내가 곁에 있을 테니까."

거의 반사적으로 말한 다음, 퍼뜩 손을 놓고 말았다.

"아, 아니… 그냥, 겨울 친구로서 곁에 있어 주겠다는 얘기야."

그렇다. 우리는 겨울 친구. 이번에는 내가 그의 운명을 바꿀 차례다.

"구체적으로는 뭘 해 줄 건데?"

고개를 갸웃거리는 아츠키를 보며 좋은 아이디어가 떠올랐다.

"그럼 일단 연락처부터 교환하자. 4년이나 친구로 지냈는데 우연히 만나기만 하는 건 이상하잖아."

"히마리는 의외로 강압적인 성격이구나."

그렇게 말하면서도 아츠키의 표정은 온화했다.

"난 엄마를 닮아서 저돌적인 구석이 있거든."

"으엑."

이상한 감탄사를 낸 아츠키가 재미있다는 듯 웃었다.

나도 소리 내어 웃었다.

진눈깨비가 섞여 계속 내리는 눈. 긴 겨울이 그 끝을 고하려 하고 있었다.

종막

먼 옛날이야기를 해 보자.

나는 어떤 사람의 운명을 바꾸기 위해 내가 가진 힘을 전부 사용한 적
이 있었다.
그녀는 운명을 이겨 냈다.
이제 두 번 다시 만날 수 없지만 그녀가 행복하다면 그걸로 충분하다
고 생각했다.
하지만 고독은 끝없이 어둡고 추웠다.
어느샌가 나는 어둠 속에 갇히고 말았다.

그런 내가 너를 발견했다.
이제 아무도 구하고 싶지 않다고 생각했는데도 나도 모르게 널 구하
는 일만 생각하고 있었다.

이번엔 네가 내 겨울을 끝내주겠다고 말하고 있네.
언젠가 네게 말해야겠어.
넌 이미 날 구원했다고.

네가 준 빛이 내 앞에 놓인 길을 밝혀 주고 있어.
그 너머에 따뜻한 햇볕이 내리쬐고 있다는 걸, 난 이제 아주 잘 알고
있으니까.

휴대전화 소설 대상 수상 작가 이누준 장편소설
오랜 거짓말이 끝나는 날에

펴낸날 2025년 2월 26일 1판 1쇄

지은이 이누준
옮긴이 김진환
표지 그림 타마키
펴낸이 이종일
디자인 바이텍스트

펴낸곳 알토북스
출판등록 1978년 5월 15일(제13-19호)
주소 경기도 고양시 덕양구 청초로 10 GL메트로시티한강 A동 A1-1924호
전화 (02)719-1424
팩스 (02)719-1404
이메일 genie3261@naver.com

ISBN 979-11-988539-9-8 (03830)